그날 밤 합동수사본부

그날 밤 합동수사본부

박이선 장편소설

프롤로그

　소설을 쓰면서도 항상 소설은 무엇인가 생각해 본다. 이야기이므로 일단 재밌어야겠고 독자들에게 감동을 주어야겠고 통속적으로 흐르지 않는 문학성도 갖추어야 한다. 이 세 가지를 염두에 두고 소설을 쓰지만 쓸 때와 달리 원고를 완결한 후 시간이 흐를수록 과연 제대로 썼는가 하는 끝없는 회의감에 빠진다. 그래서 작품을 선뜻 내보이기 두렵고 부끄러운 마음이 들어 원고를 되작되작 매만지다가 시간이 훌쩍 지나게 된다.

　특히 이번 소설은 출간하는데 있어 많이 망설였다. 먼저 나온 〈궁정동 사람들〉이 대통령이 시해된 10.26사태를 중앙정보부 박흥주 대령 중심으로 다루었다면, 이번 소설은 12.12사태가 벌어지기까지의 과정에 합동수사본부를 전면에 등장시켰다. 당시 합동수사본부장이었던 전두환에 대한 세간의 평가가 어떠한지 잘 알기 때문에 무게중심을 어디에 두어야 할지 곤혹스러웠다.

　프리즘이 백색의 빛을 스펙트럼으로 분리하여 무지개 색깔로 되어 있다는 것을 알게 해주듯 역사소설에서 독자는 작가의 프리즘을 통해 실체적 진실에 보다 가까이 다가갈 수 있다. 여러 시각으로 조명한 작품이 많아야 독자들의 상상력과 통찰력이 증대되고 균형 잡힌 역사의식을 가지게 된다는 점은 두말할 나위도 없을 것이다.

아무리 소설이 픽션이라 해도 역사를 다룬 소설은 의도를 가지고 왜곡해선 곤란하다고 본다. 이런 생각으로 12.12사태의 기본적 사실은 그대로 두고 사건에 등장하는 인물을 통해 이야기를 진행시켰다. 사건의 실체적 진실은 무엇인가 하는 점을 나름대로 고민하고 자료를 검토하여 쓴 소설이지만 독자 모두를 만족시키기는 어려울 것이다. 어떤 이는 불편한 마음을 가지게 될지도 모른다.

작가는 프리즘이다. 독자는 프리즘의 주인이다. 작가가 독자를 구워삶는 게 아니라, 오히려 독자가 작가에게 프리즘을 통해 빛의 속살을 드러내도록 무언의 압력을 넣는 것이다. 작가는 그 의무를 이행해야 된다. 두려움을 떨치고 소설을 세상에 내보일 수 있도록 물심양면으로 지원해주신 신아출판사 서정환 회장님과 원고를 잘 다듬어 준 편집부에 감사드린다.

2024년 9월 늦더위 속에서
박이선

차례

프롤로그

수도경비사령부 헌병단	8
합동수사본부의 고민	17
계엄사령관에 대한 참고인 조사	33
뜻밖의 이사	48
육군본부 장성급 인사의 파장	55
김재규의 혁명계획	70
패륜에서 영웅으로	89
육사 동기생들	108
권력 공백기와 정치	119
살아도 같이 살고 죽어도 같이 죽자	134
이제는 연행뿐이다	154
물밑 움직임	172
조 대령의 진급 턱	185
한남동 공관의 총소리	202
진돗개 하나 발령	225
육본 지휘부를 수경사로 옮기다	240
반란군 놈들!	260
대치	274
아, 김오랑	294
싸우지 말고 말로 해	313
기념 촬영	332

수도경비사령부 헌병단

푸른 하늘 아래 북한산 단풍이 절정을 이루고 그 색깔의 대비가 강렬하여, 마치 먼지로 지저분했던 창을 깨끗하게 닦아낸 기분이 드는 가을 오후였다. 어제 대통령이 시해되었기 때문에 종일토록 라디오에서 우울한 음악이 흘러나오고 있었다. 그 충격이 너무 컸는지 거리를 다니는 사람들은 웃음기가 사라지고 잔뜩 찌푸리거나 초조해하는 얼굴이었다. 바로 어제까지만 해도 멀쩡하게 지방 순시를 다니던 대통령이 간밤에 총을 맞고 세상을 달리했으니 사람들이 놀랄 만도 했다. 그야말로 경천동지할 일이 벌어진 것이다.

시민들이 곤히 잠든 새벽에 지프를 앞세운 탱크와 군병력을 실은 군용트럭이 서울 시내에 배치되고 계엄령이 선포되었다. 광화문 대로에도 출근하느라 바삐 오가는 시민들을 군인들이 무심한 표정으로 바라보며 경계하고 있었다.

하루 만에 누가 총을 쏘았는지 밝혀졌지만, 사람들의 궁금증은 도대체 왜, 가장 가까운 중앙정보부장이 모시던 대통령을 시해했을까 하는 것으로 옮겨 가고 있었다.

시민들은 군인과 탱크가 갑자기 배치되자 낯선 기분이 들어 고개를 자라목처럼 쏙 집어넣고 부지런히 제 갈 길을 갔다. 그래도 궁금증을 참을 수 없어 사람들이 모이는 곳이라면 어디에서든 간밤에 일어난 끔찍한 사건에 대해 이야기를 나누었다. 소리를 낮추어 이것저것 추측하고 추리해 보느라고 자신의 정치적 식견을 맘껏 뽐내는 사람도 있었는데, 간혹 열기가 뜨거워지면 누군가 나지막이 제지하고 나섰다.

"아서, 새벽부터 계엄령 내렸단 소릴 못 들었어? 함부로 혓바닥 놀리다간 큰일 치른다구. 혀 밑에 죽을 말 있는 거야."

사람들은 누가 좀 나서서 속 시원히 내막을 밝혀주길 바랐지만, 그저 신문 쪼가리를 들고 일의 진행을 짐작할 수밖에 없었다. 답답하고 우울한 날이었다.

수도경비사령부의 임무는 대통령을 경호하기 위해 청와대 외곽을 경비하고 수도 서울을 방위하는 것이다. 매우 막중한 임무를 맡고 있기 때문에 사령관은 대통령의 낙점이 있어야만 임명될 수 있는 군의 핵심 보직이었다.

전후방에 있는 사단은 전투 목적의 연대로 편성되지만, 수경사는 임무별로 단을 편성했다. 그 규모는 연대와 비슷했다. 30경비단과 33경비단은 청와대 외곽을 경비했고 포병단은 김포에 위치하여 경비단을 지원하고 있었다.

헌병단은 사령관의 지휘를 받아 대통령 경호·경비와 서울에서의 군기사고 예방활동을 펼치는 임무를 맡았다. 여기에 더해 각종 행사에 동원되는 일이 많아서 지방에 위치한 헌병들보다 바쁘고 쉴 틈이 없었는데, 10월 27일 새벽 계엄령이 내리는 바람에 서울로 진입하는 25개 검문소와 국가기관, 그리고 주요 언론사들에 배치된 헌병들은 군기가 바짝 들어 있었다.

수도경비사령부 헌병단에서 부단장으로 근무하는 신윤희 중령도 마찬가지였다. 하루가 어떻게 지나갔는지 모를 정도로 바빴다. 그는 전형적인 군인답게 군살 없이 다부진 몸매에 양 눈썹 끝이 아래로 내려와 있어 늘 웃는 표정으로 보였다. 그러나 입술을 다물면 원칙을 고수하고 고집을 피우는 남산골 샌님이 떠오르는 인상이었다.

사령부에서 헌병단으로 내려오는 지시를 이행하고 헌병단의 자질구레한 일까지 다 챙기는 것은 모두 부단장의 몫이었다. 그는 시내를 돌고 점검하느라 식사를 제때 하지 못할 정도였다. 곧 퇴근 시간이 다가오고 있었지만 감히 퇴근할 엄두를 내지 못하고 사무실에 앉아 신문을 뒤적였다. 청춘을 군에 바치고 여전히 군복을 입고 있는 그가 대통령 시해에 대해 아는 것은 일반 시민과 다를 바 없었다.

"이런, 엎친 데 덮친 격이라더니 연이어 사고가 터지는구만."

그는 신문 7면에 실린 기사를 보고 혀를 찼다. 경북 문경 소재 은성탄광에서 오늘 아침 6시 40분경, 원인 모를 화재가 발생하여 광부 1백 4십여 명이 갱내에 갇혀 있고 구조 작업 중이라는 내용이었다. 산소 주입기로 산소를 계속 주입하고 있다는 것과 유독 가스가 다량 발생 되었다는 내용으로 볼 때, 앞으로 인명 피해가 크게 날 수도 있겠다는 생각이 들었다. 다른 때 같으면 신문 1면에 위치할 정도로 큰 탄광 사고였지만, 대통령 시해사건이 발생하여 7면으로 밀려나 있었다.

그는 시커먼 얼굴로 갱을 드나들며 작업하는 광부들 얼굴과, 애타는 심정으로 남편의 무사 귀환을 기다리고 있을 가족들의 얼굴이 떠올라 신문을 들고 있기 어려웠다. 모두 내 형제나 다름없는 사람들 아닌가. 그는 탄광 화재사고 기사를 더는 읽기 어려워 신문을 와락 접어버리고 다시 1면부터 읽기 시작했다.

계엄사령관 육군대장 정승화 명의로 된 포고문이 눈에 들어왔다. 최규하 국무총리가 대통령 권한대행이 되고 정승화 육군참모총장이 계엄사령관이 되었다는 소식, 제주도를 제외한 전국에 비상계엄을 선포하고 집회 금지, 언론 출판의 검열, 야간 통행금지 확대, 대학의 휴교 등이 주요 내용이었다. 계엄사령관은 대통령에서 국방부 장관으로 이어지는 지휘계통에 있지만, 비상계엄의 선포와 동시에 계엄지역 내의 모든 행정사무와 사법사무를 관장하게 되므로 실로 막강한 힘을 갖게 되는 셈이었다.

신 중령이 호기심을 가지고 기사를 자세히 살펴보니 계엄포고와 공고 내용이 쭉 나열되었는데, 계엄공고 제5호에 의해 계엄사령부 내에 합동수사본부를 설치하고 대통령 시해사건에 대한 수사권을 부여한다고 되어 있었다. 계엄법에 의해 합동수사본부장은 군의 정보수사기관에 소속한 현역 장성급 장교여야 하므로 자연스럽게 국군보안사령관이 겸직하게 되는 것이었다.

신윤희 중령이 돌아가는 정세를 파악해 볼 요량으로 부지런히 신문을 뒤적이고 있을 때, 노크 소리가 나는 둥 마는 둥 하더니 누군가 불쑥 들어왔다.

"한가하게 신문이나 뒤적이고 있군, 그래."

신 중령은 비아냥거리는 목소리를 듣고 고개를 천천히 들었다. 전차대대장으로 있는 육사 동기생 차기준 중령이 모자를 벗고 이마의 땀을 훔치며 의자에 털썩 주저앉았다.

"바쁠 텐데 무슨 일이야?"

"전차 배치 상황을 보고하고 가는 길에 자네 얼굴이나 보려고."

"고생이 많군."

차 중령이 어깨를 으쓱해 보이곤 물었다.

"신문에 뭔가 쓸 만한 소식이 있나? 난 아직도 김재규가 각하를 시해했다는 것이 믿기지 않는다."

"그건 나도 마찬가지야. 열 길 물속은 알아도 한 길 사람 속은 모른다고 하더니."

차 중령은 주머니 속에서 담배를 꺼내 물고 불을 붙였다. 그는 동기생을 찾아와 신세 한탄을 하며 담배를 태우고 가는 것이 낙이었다. 연기를 깊게 빨아들여 천천히 내뱉었다.

"범인은 정보부장이라고 밝혀졌는데 그것이 과연 단독 범행일까?"

"자넨 그런 걸 왜 나한테 물어?"

"헌병의 임무 가운데 하나가 범죄 수사 아닌가. 아무래도 전차와 함께 사는 나보다 자네의 감각이 훨씬 뛰어나겠지."

차 중령의 말에 신 중령은 피식 웃고 말았다.

"범죄 수사는 현장을 가보고 현장에 있던 사람들을 불러 조사를 해보는 것에서부터 시작해. 합동수사본부가 이번 사건을 수사한다고 했으니 기다려 보면 알겠지."

"합동수사본부?"

"응, 신문에 그렇게 나왔다. 아마 보안사령관이 합수본부장이 될 거야."

"그래?"

신 중령의 말에 차 중령은 담배를 비벼끄고 얼굴을 바짝 들이밀었다. 현재 국군보안사령관은 전두환 소장이 맡고 있는데, 그는 육사 11기로 대선배였다.

육사 10기까지는 6개월 또는 1년도 채 안 되는 단기 교육을 받고 임관하였다. 해방 이후 급박한 사정과 전쟁으로 초급 장교가 많이 필요했기 때문이었다. 그러나 치열한 전쟁의 와중에서도 이승만 대통령은 유엔군 사령관을 겸하고 있던 미8군 사령관 제임스 올워드 밴 플리트 장군의 조언에 따라 육군사관학교의 교육 과정을 4년제로 개편하고 시설 확충에 나섰다.

밴 플리트 장군은 오랜 미국 생활로 영어에 능통하고 미국인의 생활 방식을 잘 이해하는 이승만을 아버지처럼 대했고 이승만 또한 그를 각별하게 여겼다. 그런 밴 플리트 장군의 말이니만큼 이승만 대통령이 흘려들을 수가 없었다. 전선에서는 한 명의 장교가 아쉬운 판국에 4년제 사관학교를 만들자고 하니 반대하는 목소리가 많았다. 하지만 이승만 대통령은 미국이 저렇게 강대국이 된 것은 웨스트 포인트와 같은 사관학교에서 정예 장교들을 양성했기 때문이란 것을 알고, 밴 플리트 장군의 조언을 강력하게 시행하였다.

그리하여 정규 4년제 육사 1기생들이 1952년 1월 20일, 진해에서 대통령이 참석한 가운데 입학식을 갖고 본격적으로 교육받기 시작하였다. 이들은 육사 11기생이자 정규 4년제 육사 1기생이었다.

밴 플리트 장군은 사비를 털어 육사 건물을 짓는 데 보탰고 미국 웨스트 포인트에서 쓰는 교재를 가져다주었으며, 사관학교 교육을 어떻게 해야 되는지 알지 못하는 한국에 그들의 교육방식을 이식해 주었다. 이승만 대통령은 군부를 비롯하여 여기저기서 반대하는 목소리를 막아주고, 생도들이 제대로 교육받고 장차 군의 중추가 될 수 있도록 지원을 아끼지 않았다.

차기준 중령은 기대에 부푼 얼굴로 신윤희 중령을 바라보았다. 신 중령은 동기가 왜 그런 표정인지 알 수 있었다. 자신들과 같은 정규 4년제 출신 대선배 전두환 장군이 보안사령관으로서 합동수사본부장을 겸직하게 되었다는 사실이 감격스럽기 때문이란 것을 왜 모르겠는가. 신 중령 또한 같은 기분이었다.

정규 4년제 육사 출신들에겐 자부심이 있었다. 우리는 단기 교육만 받고 급히 임관한 선배들과 다르고, 미 육사와 같은 고급 교육을 4년 동안 받고 나온 정예 장교다. 때로는 이러한 자부심이 지나쳐 선민의식처럼 자리 잡고 10기 이전의 대선배들을 실력 없다며 깔보고 은근히 경멸하는 일도 있었다. 한 마디로 실력 없고 무능하며 부정부패에 찌든 선배들이 육사의 명예와 전통에 먹칠하고 있다는 생각이었다.

"시간 되면 저녁이나 같이 할까?"

신 중령은 저녁 먹을 시간이 다가오자 출출함이 느껴져서 물었다.

"아닐세. 지금 같은 비상시국에 자리를 오래 비우기 어려워. 그만 가봐야겠네. 아무튼, 전 장군이 일을 잘 처리하시겠지."

"그거야 모를 일이지. 수사는 변수가 많고 간단하게 보이는 것도 파고들면 실이 엉킨 것처럼 복잡하기도 하니까."

신 중령의 신중한 말에 차 중령은 껄껄 웃으며 자리를 털고 일어섰다.

"자넨 영락없는 헌병이군. 난 으르렁대는 전차가 어울려."

"조심해서 가라구."

차 중령은 아무 걱정말라는 투로 손을 어깨 위로 흔들며 나갔다.

합동수사본부의 고민

　대통령 시해사건이 발생한 후 정승화 계엄사령관은 보안사령관을 합동수사본부장으로 임명했다. 계엄 상황에서 합동수사본부는 중앙정보부를 비롯하여 모든 정보수사기관의 업무를 조정 감독할 수 있었다. 말이 각 기관의 업무를 조정하고 감독한다는 것이지, 수사를 위해서는 중앙정보부, 검찰, 경찰, 헌병의 업무까지도 합동수사본부가 사실상 지휘 통제하게 되었던 것이다.
　그러나 힘이 커진 만큼 부담도 늘어나는 법이다. 전두환 합수본부장은 날이 밝자마자 궁정동으로 가서 참극이 벌어진 현장을 둘러보았다. 그때까지 차지철 경호실장과 경호원들의 시신은 처음 있던 상태 그대로 있었다. 전두환은 올 때 어느 정도 짐작했지만, 막상 피비린내 나는 현장을 목도하고 자신의 책임이 얼마나 무거운지 실감할 수 있었다.

자신을 그렇게 아껴주었던 대통령을 중앙정보부장이란 놈이 총을 쏴서 죽였으니, 자기도 모르게 온몸이 떨리고 주먹이 쥐어졌다. 그는 돌아오는 길에 입술을 꽉 다물고 '내 반드시 이 사건을 파헤쳐 백일하에 드러내고 처벌받게 하리라.' 다짐했다.

10월 27일 오전 8시 30분쯤, 합동수사본부 역할을 하고 있는 보안사령부 회의실로 중앙정보부 차장을 비롯해서 검찰총장과 치안본부장 등 수사와 정보책임자들이 모였다. 그 자리에서 전두환은 회의를 주재하기 전 침통한 표정으로,

"대통령 각하께서 서거하셨습니다."

말하고 좌중을 둘러보았다. 이미 회의에 참석한 사람들도 다 알고 있는 내용이라 새로운 말이 아니었지만, 합수본부장의 말을 들으니 새삼 등에 소름이 돋는 기분이었다.

"범인은…."

전두환은 말을 멈추고 중앙정보부 차장을 쏘아보았다. 차마 말을 잇기 어려워서 그런지, 아니면 사람들에게 심리적 긴장감을 조성하기 위해서인지 알 수 없었다. 중앙정보부 차장은 '네 죄를 네가 알렸다.'라고 쏘아보는 것처럼 느껴져서 고개를 움츠렸다.

"범인은 중앙정보부입니다."

중앙정보부 차장은 사람들의 시선이 일제히 자신에게 집중되는 것 같아 얼굴이 화끈거리고 숨을 제대로 쉴 수 없었다. 자신이 총

을 쏘지 않았고 사건과 아무런 연관이 없지만, 모시고 있던 정보부장이 죄를 지었으니 마치 바늘방석에 앉아 있는 기분이었다. 범인이 중앙정보부라고 특정됨으로써 회의에 참석한 사람들은 앞으로 정보부가 무력화될 것임을 짐작할 수 있었다. 전두환은 합동수사본부를 중심으로 여러 기관들이 긴밀하게 협조해서 대통령 시해사건의 전모를 밝히는 것이 중요하다는 것으로 회의를 마쳤다.

회의가 끝날 즈음, 이학봉 대공처장이 큰 덩치에 어울리지 않게 상기된 표정으로 허화평 비서실장을 찾아왔다. 보안사에서는 대공처장, 합동수사본부에서는 수사국장이었다. 이학봉은 육사 18기로 보안사에서 오랫동안 근무해 온 베테랑 수사관이다. 이번에도 김재규를 조사하는 실무책임자로 그동안 갈고 닦은 수사 실력을 유감없이 발휘하고 있었다. 사령관을 만나려면 먼저 비서실을 통해야 했다.

"무슨 일이야?"

허화평은 인사처장으로 근무하고 있는 허삼수와 함께 이학봉보다 1기수 빠른 육사 17기다. 그래서 편하게 말을 하였다.

"사령관님께 보고 드릴 사항이 있어서 왔습니다."

"음, 잠시 기다려 봐."

허화평은 사령관실로 들어갔다가 잠시 후 나오더니 들어가 보라는 눈짓을 했다.

허화평은 육군본부 특명검열단에서 근무하던 중 전두환 국군보안사령관의 부름을 받고 비서실장으로 일하는 중이었다. 그는 술 담배를 거의 하지 않고 일에 파묻혀 살았다. 사람들과 어울릴 만한 취미를 갖지 못했지만 온화한 성격 탓에 사람들이 꺼리지 않았고, 그와 대화를 하다 보면 자연스레 해결책이 나오는 경우가 많았다. 그가 즐기는 유일한 취미라고는 차 마시는 것 정도였다. 출근할 때 보온병에 우려낸 찻물을 담아 가지고 와서 홀짝거리는 것이 사람들 눈에 특이하게 보였다.

군 생활하면서 전두환과 함께 근무해 본 적은 없었는데 허화평을 지목하여 비서실장에 임명한 것은 의외의 일이었다. 굳이 인연을 찾자면 그가 위관 장교로 제1공수특전단에 있던 시절에 가졌던 군단 전술토의 정도였다. 그날 군단 산하에 있는 장군들과 참모들이 다 모여 있는 자리에서 전술 발표를 허화평이 하게 되었는데, 그 자리에 전두환 소령도 있었던 것이다. 아마 그때 허화평의 능력을 눈여겨보았던 모양이다. 아무튼, 사령관은 비서실장을 무척 신임하고 중요한 사안을 결정할 때는 그의 의견을 묻는 경우가 많았다.

이학봉이 사령관실로 들어가고 얼마 있지 않아 인터폰이 울렸다.

"네, 사령관님."

"자네도 들어와."

허화평은 사령관실로 들어가 이학봉 옆에 앉았다. 전두환은 이학봉이 들고 온 김재규 심문 서류를 허화평에게 건네주었다. 몇 장 되지 않아 금방 읽을 수 있었다.

"이 국장 말로는 김재규가 궁정동에서 대통령을 시해할 때, 총장님이 옆 방에서 대기하고 있었다는군."

총장은 정승화 육군참모총장을 말한다. 허화평은 속내를 드러내지 않고 조용히 앉아 있었다. 이학봉이 몸짓을 크게 하며 건의하기 시작했다.

"사령관님, 이건 보통 일이 아닙니다. 대통령 각하 시해 현장에 범인이 불러 대기하고 있었다면, 사전 모의가 있었거나 공범일 가능성이 높습니다. 당장 대통령 비서실장 김계원과 총장을 불러 조사할 필요가 있습니다. 김계원은 만찬 자리에서 김재규가 총을 쏘는 것을 목격했고, 총장은 조금 떨어진 다른 건물에서 정보부 요원과 식사하며 대기하고 있었으니까요."

"음, 자네 생각은 어때?"

전두환은 허화평을 바라보며 물었다. 평소 전두환은 결정하기 전에 참모들의 의견을 많이 듣는 편이었다. 그건 아무래도 육사의 교육 방식과 관련 있었다. 육사는 미국식 교육 과정을 그대로 도입해서 생도들을 가르치기 때문에, 문제 해결을 위한 토론을 많이 시켰다. 토론 과정에서 여러 가지 문제점과 해결책이 나오기 마련이고 결정권자의 부담을 많이 덜어주게 된다. 제아무리 복잡한 문제라도 참모들끼리 토론하면 세 가지 정도로 압축된다. 즉, 어떤 계획의 실행 가능성을 토론하면, 불가능하다는 측과 가능하다는 측의 팽팽한 의견 대립이 생기고, 이것을 절충하는 중도안이 나왔다.

이번에도 전두환은 이학봉의 건의에 허화평이 어떤 생각을 하는지 궁금한 것이다.

"이건 깊이 생각해 봐야 할 것 같습니다. 총장님은 현재 계엄사령관으로서 행정과 사법사무를 관장하고 있는데, 아무리 수사상 필요하다고 해도 일반 사람 다루듯 하기는 어렵지요."

허화평의 말에 이학봉이 반박하고 나섰다.

"실장님, 수사에는 어떠한 성역도 예외도 없는 것입니다. 사건 현장에 우연히 있었다손 치더라도 무조건 소환해서 조사해야죠. 조사 결과 결백이 밝혀지면 그것으로 좋은 것이고, 만일 혐의점이 있다면 상응한 책임을 지면 되는 일입니다."

"물론 이 국장 말이 틀렸다고는 생각지 않네. 다만 계엄사령관인 총장의 지휘하에 있는 우리 합동수사본부가 총장을 불러 조사할 수 있을까 생각해 보면, 현실적으로 우리가 떠안게 될 위험 부담이 크다는 말이야."

"그럼, 수사를 하지 말자는 뜻입니까?"

"수사는 해야지. 지금부터 어떻게 총장을 수사해야 좋을지 검토

해야 되지 않을까. 제주도를 제외한 전국에 계엄령이 선포되었으니 국방장관이 책임자 아닌가. 먼저 장관께 보고한 후에 움직이는 것이 좋을 듯한데."

이학봉은 덩치가 크고 덜렁거리는 성격으로 보이지만 사실 상황판단 능력이 빨랐다. 그는 사건 현장에 있었던 사람에게 수상한 혐의점이 있다는 것을 알아차리고 단박에 달려들어 체포하고 싶었다. 그러나 허화평의 의견을 들어보니 함부로 움직일 수 없다는 것을 알았다. 두 사람의 대화가 어느 정도 진정되자 전두환이 나섰다.

"들어보니 이 국장 말은 원칙론이야. 일단 수사 필요성은 인정된다고 봐야겠군. 그러나 허 실장 말대로 현실적인 어려움이 있으니 합수부 독단적으로 움직일 수 없지. 장관께 보고하는 것이 좋겠군. 함부로 움직이지 말고 기다려."

허화평과 이학봉이 경례를 올리고 방을 나갔다. 전두환은 탁자 위에 놓인 담배를 꺼내 물면서 대통령이 시해되던 밤, 김재규를 체포하라던 노재현 국방장관과 정승화 육군참모총장의 말을 떠올렸다. 노재현 장관은 전두환을 불러 이렇게 말했다.

"각하 시해사건의 범인은 김재규다. 정 총장에게 지시해 두었으니 협조해서 김재규를 체포하게."

노재현 국방장관은 공무가 아닌 사석에서는 '두환아 두환아' 부를 정도로 자신을 친밀하게 대했다. 노 장관이 육군참모차장을 할 때, 전두환은 육군참모총장 수석부관으로 바로 옆 사무실에서 근무했기 때문에 맨날 들락거리고 얼굴을 대했다. 전두환은 친화력이 좋고 꾸밈없이 베풀며 윗사람을 깍듯하게 모셨다. 노 장관은 전두환이 그늘진 데 없이 사석에선 형님이라고 부르고 사람을 편하게 대해주므로 친동생처럼 아꼈다. 전두환을 대통령에게 국군보안사령관으로 추천한 사람도 그였다.

그런데 전두환이 김재규의 처리를 두고 정승화로부터 받은 명령은 장관의 지시와 사뭇 다른 어조였다.

"김재규 부장을 안가에 정중히 모셔라."

정승화는 보안사의 전신이라고 볼 수 있는 육군 방첩부대장으로 근무한 바 있어 시내에 안가가 있다는 것을 알고 있었다. 당시 전두환은 경황이 없어 두 사람의 어조에 대해 깊은 생각을 하지 않고 부하들에게,

"정 총장님의 지시다. 김재규를 정동 안가에 정중히 모시고 있어라."

고 명령했던 것이다. 그런데 지금 생각해 보니 정승화가 지시했던 말이 새삼스럽게 느껴지고, 어쩌면 김재규와 깊은 모의가 있었던 것 아닐까 하는 의심마저 들었다. 마치 안갯속을 바라보고 있는 것처럼 어슴푸레 형체는 보이는데 그 실체를 정확히 알 수 없는 기분

이었다.

전두환은 보고를 위해 이학봉을 대동하고 노재현 국방장관을 찾아갔다. 장관은 어수선한 시국에 골머리를 썩이고 있다가 전두환이 오자 반색을 하며 맞이했다.

"그래, 보고할 내용이 뭔가?"

"네, 각하 시해 현장에 함께 있었던 인사에 대한 수사 필요성 건의입니다."

"각하와 김재규, 차지철, 김계원 외에 또 누가 있었단 말이야?"

"그렇습니다."

"도대체 그 자리에 또 누가 있었다는 것인지 말해 보게. 설마 경호실과 정보부 말단 요원들 이야기는 아니겠지."

전두환은 귓속말하듯 장관에게 낮은 목소리로 말했다.

"궁정동 안가에는 본관과 별관이 있는데, 만찬이 벌어지던 장소에서 조금 떨어진 방에 정승화 총장이 와있었습니다."

장관은 화들짝 놀라 눈을 동그랗게 뜨며 되물었다.

"정 총장이? 왜, 무슨 일로?"

"그건 아직 잘 모릅니다. 김재규가 진술한 바에 따르면 만찬이 시작되기 전 자신이 정 총장을 불렀고, 정보부 김정섭 차장보에게 식사를 대접하라고 지시했답니다. 김재규는 만찬장을 나와 정 총장을 만난 후에 다시 들어가 총을 쏘았던 것입니다."

"으음."

 장관은 이건 보통 일이 아니라는 생각이 들어 입술을 깨물고 나지막한 신음을 뱉어냈다. 현재 나라의 실권을 쥔 계엄사령관이 현장에 함께 있었다니, 도대체 무슨 이유 때문이었을까. 장관의 머릿속이 복잡해졌다. 제주도를 제외한 전국에 부분계엄이 발효되어 자신이 계엄사령관을 지휘하고 책임을 지지만, 국방부 장관은 병력도 없는 정부 각료에 불과했다. 반면 계엄사령관은 지역 계엄사령관을 지휘하여 행정과 사법업무를 모두 관장하는 실질적 권한을 가진 존재였다. 국방부 장관이 명함을 가졌다면 계엄사령관은 칼을 가지고 있는 셈이었다.

 "장관님. 정 총장을 소환해서 수사할 필요성이 있습니다. 그 말씀을 드리려고 왔습니다."

 전두환의 말을 듣고 장관은 고개를 끄덕였다. 살인 사건이 발생했을 때 우연히 그 현장에 있었던 사람이라도 모두 범죄 혐의점을 두고 조사해야 된다는 것쯤은 장관도 알고 있었다. 그러나 정 총장을 해임한다면 국민들이 혼란을 겪게 되지 않을까. 사실 이런 걱정보다 정 총장을 계엄사령관으로 건의했던 자신과 임명한 최규하 대통령 권한대행, 두 사람의 무능이 하루도 안 되어 세상에 드러나는 꼴이니, 그것이 두려운 일이었다.

 "낭패로군. 총리께 보고해야겠지만 정 총장을 계엄사령관으로 임명한 지 몇 시간 지나지도 않았는데…."

정 총장이 김재규와 현장에 함께 있었던 이유로 수사를 받는다면 계엄사령관의 직무를 수행하기 어려울 것이 분명했다. 해임하든지 아니면 자신의 결백이 증명될 때까지라도 스스로 그 직을 내려놓아야 했다. 해임은 임명권자의 실책을 자인하는 셈이고, 자진 사퇴는 사법적 책임에 앞서 도의적 책임을 지는 것이다. 그것이 가장 좋아 보였지만 과연 정승화가 그것을 받아들일지 의문이었다. 장관은 쓸개를 입에 머금은 듯 얼굴을 찌푸렸다. 전두환은 장관이 주춤거리는 말을 하자 다시 강조하고 나섰다.

"장관님, 일이 잘못되었다면 그 즉시 바로잡고 나가야 혼란을 줄일 수 있습니다. 첫 단추를 잘못 꿰었는데도 내버려 두게 되면, 여러 가지로 일이 계속 꼬이고 나중에는 해결하기 곤란할 것입니다. 현장에 함께 있었다는 시해범의 진술이 나왔으니, 오히려 정 총장의 결백을 증명하기 위해서라도 수사를 받는 편이 낫습니다. 총리께 강력하게 말씀해 주십시오."

"알았어. 내가 말씀드려 보도록 하지."

장관은 건성으로 답하고 전두환을 내보냈다. 그러나 전두환이 합동수사본부로 돌아와 기다려도 정승화에 대해서 어떻게 조치하라는 아무런 답변이 없었다. 수사는 신속하게 진행되는 것이 원칙인데 핵심 관계자에 대한 수사 자체를 할 수 없으니, 이학봉을 비롯한 수사관들은 안달이 나서 전두환을 졸라댔다. 더구나 이것은 일반 사건이 아니라 대통령 시해사건 아닌가. 수사를 한 시도 미룰 수 없고 국민들의 관심도가 큰 사건이었다. 전두환이 국방장관에게 또 건의했지만 돌아오는 답은 같았다.

"시국이 어수선하고 국민들이 충격에 빠져있어. 조금 기다려 봐."

국방장관은 합동수사본부장으로부터 건의를 받았으니 그대로 뭉개버릴 수 없어 대통령 권한대행에게 보고했다.

"각하, 정 총장이 사건 당일 현장에 있었다는데 어떻게 하면 좋겠습니까? 합수부는 당장 연행해서 조사해야 된다고 합니다만."

장관은 말꼬리에 여운을 남기고 자신의 의중을 넌지시 드러냈다. 최규하는 관료 생활을 거의 대부분 외교관으로 보낸 인물로 무슨 일에 닥쳤을 때 본국으로부터 훈령이 오면 그것을 누구보다 잘 해내는 사람이었다. 그러나 본인 스스로 판단하여 사태를 해결하는 것엔 서툴렀다. 이번에도 아무 훈령이나 지시가 없으니 그저 입을 다물고 있을 뿐이었다.

"각하, 어떻게 할까요?"

다시 국방장관이 물었다. 그제야 최규하는 무거운 입을 뗐다.

"군의 일이니 장관이 알아서 하세요. 정 총장을 계엄사령관으로 임명하자마자 해임해버리면 그 책임을 누가 지겠습니까."

국방장관은 최규하의 의중을 단번에 알아차렸다.

"저도 그렇게 생각합니다. 이 문제는 잠시 보류하는 것이 좋겠습니다."

최규하 대통령 권한대행도 계엄사령관 임명권자인 자신이 제대로 알아보지도 않고 덜컥 임명해 놓고, 이제 와 해임한다면 우스운 노릇이라고 생각했을 것이다. 그는 일단 정국 안정이 우선이라고 여기고 있었다.

이러는 사이 합수부에서 국민들이 궁금하게 생각하는 사건 경위에 대해 중간 발표를 하게 되었다. 발표는 전두환 합동수사본부장이 하고 그 내용을 어떻게 할 것인가에 대해 합수부에서 격론이 벌어졌다. 김재규로부터 진술을 받아낸 이학봉은 여전히 정승화 총장을 소환 조사해야 된다는 입장이었다.

"지금 아니면 기회가 없을 수도 있습니다. 중간수사 발표문에 김재규가 정 총장을 불러 궁정동 안가 다른 방에서 대기하고 있었다는 것을 국민들에게 알리면, 그도 수사를 피할 수 없을 것입니다."

이학봉과 함께 보안사에서 오래 근무해 온 허삼수 인사처장도 동의하고 나섰다.

"저도 같은 생각입니다. 합동수사본부는 수사를 위해서 어느 누구의 간섭과 영향도 받지 않습니다. 발표문에 정 총장의 미심쩍은 행적을 포함시키면 여론이 들끓게 될 것입니다. 그때 총장을 연행하고 수사하면 무난할 것으로 봅니다."

두 사람의 강경 입장에 전두환은 말없이 허화평 비서실장을 바라보았다. 뭔가 할 말이 없느냐는 표정이었다. 허화평은 조심스럽게 입을 열었다.

"허와 이 국장의 말이 틀렸다고 생각하지 않습니다만, 저는 주범 김재규에 대한 수사가 완료되지 않았고 정 총장이 어떤 생각을 갖고 있는지 알 수 없기 때문에, 이번 중간 발표에 포함시키지 않는 편이 좋을 듯합니다. 수사는 여전히 진행 중이니까요."

전두환은 양측의 입장을 다 들어본 후에 입을 열었다.

"다 맞는 말들이야. 정 총장이 사건 현장에 있었던 것이 사실인 이상 누구의 요청으로 그곳에 갔는지, 특별한 목적이 있었는지, 사건 이후 김재규와 어떤 논의를 하였는지 밝히려면 반드시 소환해서 조사할 필요가 있어. 다만, 이번엔 국민들의 궁금증을 다소라도 풀어주려고 중간 발표하는 것에 불과하니까 정 총장은 빼기로 하지."

전두환의 말에 이학봉은 허화평에게 불만스러운 표정을 지으며 말했다.

"본부장님, 그래도 김재규의 진술이 나왔으니까 총장에게 알려야 되지 않겠습니까. 그러면 무슨 반응이 있겠지요."

"반응?"

"네, 도의적 책임을 지든 스스로 사퇴하든 분명 반응을 보일 겁니다."

"자네들 생각은 어때?"

전두환은 허화평과 허삼수를 바라보았다.

"그건 이 국장의 말에 동의합니다. 발표하고 난 후에 정 총장에게 그날 있었던 일에 대해 자술서를 써달라고 하지요. 그것이 불충분하다 싶으면 소환 조사를 하면 되고."

모처럼 허화평이 이학봉의 말에 동의하고 나서자 전두환은 됐다는 표정을 지었다.

"좋아, 중간 발표를 하고 난 후에 총장에게 자술서를 써달라고 하자. 그 후에 일의 진행을 봐가면서 또 결정하면 되겠지."

이렇게 해서 1979년 10월 28일 오후 4시, 전두환 합동수사본부장은 군복을 입은 채로 국방부 제1회의실에서 기자회견을 갖고 박정희 대통령 시해사건의 중간수사 발표를 하게 되었다. 언론사 카메라가 자신을 비추고 사방에서 플래시가 터지는 바람에 전두환은 잔뜩 긴장한 얼굴로 문안을 읽어 내려갔다. 부하 군인들 앞에 서서 훈시한 적은 많았지만, 카메라를 통해 국민들에게 수사책임자로서 발표하려니 여간 어려운 일이 아니었다.

국민들은 이날 처음으로 전두환이란 인물이 누구인지 알게 되었다. 다부진 체격에 머리숱이 적고 근엄한 얼굴로 발표하는 계엄사령부 합동수사본부장, 그의 발표를 듣고 국민들은 이미 언론을 통해 대충 알고 있었던 사실을 확인할 수 있었다. 합수부는 현장의 약도까지 준비하여 국민들의 이해를 도왔다. 그림에는 만찬이 있었던 궁정동 안가 나동 건물만 나와 있었고 정승화가 머물고 있었던 본관은 나와 있지 않았다. 발표 내용에도 정 총장의 행적에 대해서는 일언반구도 없었다.

계엄사령관에 대한 참고인 조사

 이즈음 합동수사본부에는 김재규의 수사를 위해 마산 보안부대장으로 있던 백동림 대령이 올라와 있었다. 백 대령은 대통령이 시해된 다음 날 새벽에 연락을 받고 부리나케 달려와, 아침 7시쯤 서빙고 수사 분실에 도착하여 상황을 파악하고, 8시 30분에 보안사령부로 가서 전두환 합동수사본부장에게 신고하였다. 전두환이 백 대령을 지목하여 김재규에 대한 수사를 맡긴 것은, 그가 육사 15기로 오랫동안 보안사에서 근무하며 수사 경력을 쌓은 인물이기 때문이었다.
 백 대령은 1973년 수도경비사령관 윤필용이 쿠데타를 모의했다고 하여 수사할 때, 강창성 보안사령관의 명령을 받고 보안처 조사과장으로서 실무수사를 담당한 경험이 있었다. 그는 이미 60년대 초에 거짓말탐지기를 도입하여 운용 기술을 개척할 정도로 수사

분야에서 뛰어난 인물로 평가받았다.

백동림은 이학봉에게 수사 실무를 가르쳤다. 앞으로 보안사의 수사를 책임지고 나갈 후배를 키운 것이다. 그가 수사계장으로 있던 시절 이학봉을 선임수사관으로 발탁하여 법원과 동사무소를 들락거리게 했고, 이학봉이 군소리 없이 자질구레한 민원 서류를 발급받아 오면 마주 앉아 그것을 정리하고 분석하였다.

백 대령이 전두환을 대면하고 신고할 때 특별히 지시받은 것은 없었다.

"백 대령, 오느라고 수고 많았군. 아무쪼록 수사를 잘해주게."

이렇게 저렇게 하라는 수사 지침을 따로 받지 않았기 때문에 원칙대로 수사하면 되는 일이었다. 이학봉을 비롯해 수사요원들은 그가 전부터 데리고 있던 사람들이라 손발이 잘 맞는 편이었.

이학봉은 백동림이 올라오자 천군만마를 얻은 표정으로 신이 났다.

"대령님, 오랜만에 뵙겠습니다. 혼자 이 일을 어떻게 하나 걱정되었는데 대령님이 올라오셔서 천만다행입니다."

"나 없어도 이 중령이 잘할 텐데 뭘 그래. 괜히 짐이나 되지 않을까 걱정이야."

"저에게 수사 실무를 가르쳐주신 분이 바로 대령님 아닙니까. 저는 아직도 배울 게 많습니다."

"이 사람, 청출어람이란 말도 있어."
두 사람은 껄껄 웃으며 손을 맞잡았다.

전두환 합동수사본부장이 중간 발표를 할 때, 육군참모총장 겸 계엄사령관인 정승화도 TV를 통해 지켜보았다. 그는 TV가 뚫어지게 바라보면서 연신 물을 마셨다. 합수부가 자신에 대한 소환 조사가 필요하다는 건의를 국방장관에게 올렸다는 것을 이미 전해 듣고 있었다. 머잖아 수사관들을 대면해야 될 지도 모르겠다는 생각이 들었다. 아니나 다를까 중간 발표가 끝난 후 전두환이 전화를 걸어왔다.

"총장님, 조금 전 중간 발표를 하였습니다."
"수고했어."
"고맙습니다. 총장님께 드릴 말씀이 있습니다만."
"뭔가?"
정승화는 전두환이 무슨 말을 할 것인지 대충 짐작하고 물었다.
"김재규 조사 과정에서 총장님이 당일 궁정동에 계셨다는 진술을 받았습니다. 그와 관련하여 몇 가지 여쭙고 싶습니다."
"음, 그래야겠지."
"총장님께서 사건 당일 행적에 대한 자술서를 써주시면 고맙겠습니다."

전두환의 말을 듣고 정승화는 잠시 생각에 잠겼다. 자신에게 자술서를 받아가면 그것을 가지고 김재규를 또 신문할 것이다. 자술서는 한낱 종이 쪼가리가 아니라 자신을 위험에 빠트릴 수도 있는 서류로 둔갑할 수도 있었다. 생각이 여기에 미치자 정승화는 오히려 강하게 나가기로 마음먹었다. 자신이 현장에 있었다는 것은 감추려야 감출 수 없는 일이었고 곧 세상이 다 알게 될 것이다. 조사를 피하면 혐의가 짙어지고 의심 또한 깊어질 것이 분명했다.

"그럴 필요 있나. 내가 정식으로 참고인 조사를 받을 테니 수사관들을 보내게."

"그러시겠습니까, 그럼, 제가 내일 찾아뵙도록 하겠습니다."

정승화는 통화를 마치고 심호흡을 했다. 누구라도 사건 현장에 있었다면 조사받는 것은 당연한 일이다. 그런데 막상 그 일이 자신에게 닥치고 보니 초조한 마음이 들었던 것이다.

이튿날인 10월 29일은 여러모로 바빴다. 오전에 삼청동 총리공관에서 최규하 대통령 권한대행이 주재한 회의에 참석하여 비상시국에 당면한 내외 정세 전반과 국방 태세, 치안, 그리고 경제 동향 등 각료들과 광범위한 협의를 하였다. 오후에는 계엄사령관으로서 처리해야 할 결재, 그리고 조만간 단행될 육군 인사를 살펴보느라고 정신이 없었다.

전두환은 언제 가야 될지 시간을 논의하다가, 결국 저녁 8시가 되어서야 이학봉 대공처장과 정경식 검사 등 수사관들을 이끌고 찾아왔다.

"총장님, 번거롭게 해서 죄송합니다. 참고인 조사는 수사상 필요한 절차이니 협조해 주시면 감사하겠습니다."

"좋아."

전두환은 함께 온 사람들을 소개하고 잠시 앉아 있다가 밖으로 나갔다. 합수본부장이 나가길 기다려 정경식 검사가 질문을 시작했다.

"총장님, 사건 당일 궁정동에 가신 것에 대해 말씀해 주십시오."

"김재규로부터 연락이 왔어. 저녁을 먹으며 시국에 대한 이야기를 하고 싶다고 하더군. 그래서 갔던 것일세."

"김재규가 대통령과 만찬을 한다는 사실을 언제 아셨습니까?"

"중앙정보부 김정섭과 식사를 하고 있는데 김재규가 나와서 이야기를 했어. 그래서 알게 됐지. 그리곤 바로 돌아간 것 같네."

"김정섭과 식사할 때 무슨 이야기를 나누셨습니까?"

"김정섭이 부마사태를 설명하면서 내년 봄에는 학생 시위가 더욱 격화될 것 같다고 걱정했어. 그러면 서울에도 계엄을 선포해야 될지도 모르겠다고 하더군."

참고인 진술은 별문제 없이 순조롭게 진행되고 있었다. 이번엔 이학봉이 물었다.

"총장님은 총소리가 났을 때 대통령 신변에 이상이 생겼을 수 있다는 생각을 하셨습니까?"

"그걸 내가 어떻게 알겠나. 식사하던 본관 유리창이 닫혀 있었기 때문에 총소리가 바로 앞이 아니라 약간 먼 곳에서 나는 것 같았어."

"총장님께선 6.25를 전후하여 숱한 전장을 누비셨는데, 불과 50미터 밖에 떨어지지 않은 곳에서 나는 총소리를 구분하지 못하셨다는 것이 좀 의외입니다."

이학봉의 의문에 정승화는 목소리를 높였다.

"자네, 지금 나를 못 믿겠다는 거야? 그날 듣고 느낀 대로 말하는 것뿐일세."

"알겠습니다. 총장님은 김재규가 각하를 모시고 있다고 말했는데 그곳이 궁정동이란 생각을 하셨습니까?"

"당연히 못 했지. 그때만 해도 나는 궁정동에 그런 밀실 식당이 있고, 그 식당이 내가 있던 같은 경내에 있으며, 김재규가 그곳에서 각하와 술을 마시고 있었다는 것을 알 수 없었어."

"김재규가 와이셔츠 바람으로 와서 각하를 모시고 있다는 말을 하고 갔지 않습니까? 그렇게 나올 정도면 무척 가까운 거리라는 뜻인데요."

"그자가 그렇게 말했다고 해서 구체적인 장소를 내가 어떻게 안단 말인가. 나는 총성을 경호실이 경비하는 청와대 외곽에서 난 것으로 생각했고, 또 누군가 신경과민 상태에서 위협 사격을 했구나 라고 여겼지. 그곳에 경호실 요원 말고 누가 총질을 하겠는가 이 말이야."

정승화는 총소리가 난 후, 김재규가 뛰어와서 물 주전자를 들고 벌컥벌컥 들이킨 다음 자기를 데리고 갔다는 이야기를 하였다. 그는 차 안에서 대통령 각하가 저격당했다는 것을 알았지만, 누구 소행인지는 김재규가 말해주지 않아 몰랐다고 하였다. 이학봉이 그때 상황을 자세히 말해달라고 요청하였다.

"김재규는 북괴가 알면 큰일 난다고 호들갑 떨면서, 국가의 운명이 내 어깨 위에 달려 있다고 했어. 그 말을 듣고 순간적으로 북괴의 남침이 걱정되더군. 대통령을 시해한 측이 북괴와 연결돼 있다면 전선에서 뭔가 도발이 있을 수도 있으니까. 김재규가 범인을 이야기하지 않았지만 차 실장과의 갈등은 익히 알고 있었기 때문에, 혹시 범인은 차지철 경호실장이 아닐까 하는 생각이 들기도 했지. 어쩌면 그에 대한 좋지 않은 감정이 그런 생각을 하게 만들었을 수도 있지만. 차 실장이 군에 영향력을 행사하려고 노력했던 것은 사실이야. 경호실에서 육본을 거치지 않고 바로 군의 일선 부대장에게 연락할 수 있도록 해놓았거든. 그는 대통령 각하께서 지방 순시를 가실 때도 군에 알리지 않았어. 독단적으로 일을 처리하는 경우가 많았네. 사건은 경호실이 각하를 경호하는 곳에서 발생했지. 그것으로 봐서 차 실장이 범인일 수도 있겠다는 생각을 했던 것은 무리가 아니야."

"김재규가 왜 총장님께 국가의 운명이 달려 있다고 했을까요?"

이학봉의 거듭된 질문에 정승화는 짜증 섞인 목소리로 답했다.

"그것을 내가 어찌 알겠나."

"차 안에서 나눈 대화를 구체적으로 말씀해 주십시오."

"김재규가 말하길, 김일성이 알면 큰일 난다고 하며 보안을 유지하자고 했네. 나에게 계엄령을 선포해야 된다고 하면서 계엄령을 선포하면 서울로 군병력이 빨리 들어올 수 있느냐 물었네. 그래서 3개 사단이 즉각 출동할 수 있으니 염려 말라고 말해주었지."

"3개 사단이라면 어느 부대입니까?"

"2사단, 3사단, 9공수여단을 말한 것일세."

정승화에 대한 참고인 조사는 네 시간에 걸쳐 이루어졌다. 때로는 순조롭게 진행되고 때로는 언성이 높아지기도 했다. 처음엔 공손한 자세를 갖추던 수사관들이 조사를 시작하고 질문이 오가기 시작하자, 고양이가 호기심 때문에 자기도 모르게 발톱을 드러내는 것처럼 예의 수사관다운 태도를 드러내기 시작했던 것이다.

그들은 앞뒤 정황이 맞지 않거나 사실을 얼버무린다는 생각이 들면 집요하게 파고들어 질문을 계속해 댔다. 사건 조사에 있어 최초로 이루어지는 진술서의 중요성 때문에 허술하게 조사할 수 없었다.

정 총장으로선 상당히 불쾌한 일이었다. 이놈들이 참고인 조사를 한다더니 숫제 용의자 취급을 하고 있지 않은가. 이대로 가다간 올가미에 걸려 옴짝달싹 못하는 신세가 될 수 있겠다는 불안감이 엄습해 왔다.

계엄사령관 사무실에서 이루어지는 참고인 조사는 시간이 진행될수록 이상한 방향으로 흐르고 있었다. 수사관들이 정승화를 조사하는 것이 아니라 정승화가 그들을 나무라는 식이었다.

자정이 다 되어서야 정경식 검사는 작성된 진술 조서를 정승화에게 내밀었다.

"총장님, 읽어보시고 이상 없으면 서명해 주십시오."

"줘봐."

정승화는 진술 조서를 받아 들고 읽어 내려가더니 펜으로 몇 군데를 박박 그어버렸다. 정경식 검사는 난처한 얼굴로 이학봉을 바라보았다.

"조서가 상당히 잘못 작성됐군. 내일 다시 작성해 와."

"총장님, 진술 조서를 임의로 훼손하면 안 됩니다."

"그럼, 엉터리로 쓴 진술 조서에 서명하란 말이야? 내일 다시 오도록 해."

시간이 늦어 수사관들은 물러날 수밖에 없었다. 밖으로 나오니 전두환은 이미 사령부로 돌아간 후였다. 수사관들은 밤을 새우며 진술 조서를 수정해 나갔다.

이튿날인 30일 아침, 어제 있었던 일을 전두환 합수본부장에게 보고하였다. 전두환은 별다른 반응을 보이지 않고 다시 가서 보여드리라고 했다.

덕분에 일을 맡은 정경식 검사는 죽을 맛이었다. 그는 1937년 경북 고령에서 태어나 경북고등학교와 고려대 법과대학을 졸업하고 사법시험에 합격한 최고의 공안검사였다. 서울지검 공안부에 재직하고 있다가 대통령 시해사건이 발생하자 계엄사령부 합동수사본부에 파견되어 일하는 중이었다. 답답한 심정을 이학봉에게 토로했다.

"이 국장, 참고인 진술은 수사기관으로 와서 해야지 왜 수사관들이 참고인 사무실을 찾아가서 받아야 합니까. 게다가 진술 조서를 임의로 수정하다니요. 이런 일은 처음입니다."

"상황이 좀 그렇잖습니까. 당사자가 계엄사령관이니까 우리가 이해하는 수밖에요. 아무튼, 정 검사님이 수고 좀 해주세요."

정 검사는 왼 종일 진술 조서를 수정하여 30일 저녁 8시쯤, 수사관 몇 명을 데리고 다시 정 총장을 찾아갔다. 갔더니 정 총장은 어제와 완전히 다른 태도로 정 검사에게 지시했다.

"진술서를 읽어보게."

"네? 진술서를 읽으란 말씀입니까?"

"그래, 자네가 조서를 작성했으니 처음부터 끝까지 읽어보란 말이야."

정 검사는 어이가 없었다. 정승화 총장은 지금은 참고인이지만 수사의 진척에 따라 얼마든지 피의자로 전환될 수도 있는 사람이었다. 그런 참고인을 앞에 두고 검사인 자신에게 조서를 낭독하라니, 아무리 생각해도 이치에 맞지 않았다. 다른 때 같으면 군과 검찰은 서로 관계될 일이 없고, 자신은 서울중앙지검 최고의 검사로서 능력을 인정받고 있는 사람 아니었던가. 계엄령이 선포되었다고 하여 이런 대우를 받으니 억울하기 짝이 없었다. 모멸감이 들었다.

"총장님, 이건 적법한 수사 절차입니다. 검사가 참고인 진술 조서를 읽어가며 확인받는 일은 없습니다."

"뭐? 적법한 수사 절차? 여기가 어딘 줄 알고 그런 소릴 하는 거야. 읽으라면 읽지 무슨 말이 그리 많아!"

정 검사는 어차피 진술 조서에 서명받는 일이 중요했기 때문에 마음을 누그러뜨리고 조서를 읽기 시작했다. 정 총장은 정 검사가 한창 읽고 있을 때 자신에게 불리하다 싶은 내용이 나오면 중단시키고, 그 부분을 수정하거나 삭제시키도록 지시했다. 수사관들이 따르지 않으면 버럭 화를 내기도 했다. 어쩌면 그 화는 수사관들에게 내는 것이 아니라 전두환 합수본부장을 향한 것인지도 몰랐다. 감히 건방지게 상관인 자신에게 범죄 혐의를 두고 수사를 해? 괘씸하기 짝이 없었다. 그야말로 곁방 년이 코 곤다는 말처럼, 이놈이 주제도 모르고 설치는 것 같아서 혼쭐을 내주고 싶었다.

결국 정경식 검사는 진술 조서에 정 총장의 서명을 받지 못하고 나왔다. 정승화 총장이 스스로 했던 진술을 번복하고 수정시키자, 합동수사본부는 속이 부글부글 끓었다.

전두환은 안 되겠다 싶었는지 10월 31일, 육군본부 보안부대장 변기수 준장에게 수사관들과 함께 수정된 진술 조서를 가지고 가서 서명받으라고 지시했다. 군복 입은 부하 장교가 들어오자 정승화는 어제처럼 진술서 전문을 낭독하라고 시키지 않았지만, 진술서를 읽어보며 몇 군데 줄을 긋고 수정했다. 변기수가 소득 없이 돌아와서 보고하였다. 전두환은 혀를 차며 직접 정 총장에게 전화를 걸었다.

"총장님, 저 합동수사본부장 전두환입니다."

"응, 무슨 일인가."

"총장님, 우리 수사관들이 몇 차례 가서 총장님 진술을 듣고 수정하였는데 임의로 수정한 진술 조서는 법적으로 효력이 없습니다. 바쁘시더라도 한번 더 수고해 주시면 감사하겠습니다."

전두환은 공손하면서도 필요한 말만 하였다. 어쩌면 정승화는 전두환으로부터 이런 전화가 오길 기다렸는지도 모른다.
"알았네, 수사관들을 보내도록 해."
"총장님, 고맙습니다."
이렇게 해서 간신히 정승화의 진술 조서를 받을 수 있게 되었다. 그제야 수사관들은 '휴' 한숨을 내쉬었다.

그러나 정승화 계엄사령관으로부터 참고인 진술 조서를 받았다고 하여 문제가 해결된 것은 아니었다. 진술 과정은 둘째 치더라도 여러 가지 이해할 수 없는 부분이 발견되었기 때문이다. 합동수사본부 수사관들은 토의를 거쳐 몇 가지 의문 사항을 정리하였다.

첫째, 김재규가 정 총장을 부른 이유
둘째, 대통령 시해 후 김재규 차를 타고 육군본부로 가는 동안 군병력 동원을 논의한 사실
셋째, 육군본부에 도착한 후 김재규의 의도대로 계엄을 선포하기 위해 국방장관과 군 수뇌부를 비상소집하고 병력 동원 사항을 김재규에게 보고한 사실
넷째, 차지철이 없는 상황에서 경호실 책임자인 이재전 경호실 차장에게 경호실 병력을 출동시키지 못하도록 한 사실

다섯째, 경호실 병력이 궁정동으로 출동하는 것을 봉쇄할 목적으로 정 총장에게 작전지휘권이 없음에도 수경사령관에게 지시하여 청와대를 포위한 사실

여섯째, 국무회의 장소를 청와대나 총리실이 아닌 육군본부에서 개최하도록 국방장관에게 건의한 사실

정황상 석연치 않은 점이 많아 보였다. 수사관들은 이구동성으로 정승화에 대한 연행 조사 필요성을 거듭 주장했다. 허화평 비서실장은 직접 수사에 관여하지 않고 있었지만, 합동수사본부의 돌아가는 상황을 파악하여 전두환에게 보고했다.

"본부장님, 아무래도 총장에 대한 연행 조사가 필요할 것 같습니다."

"자네도 그렇게 생각해?"

"네, 수사관들이 몇 차례 방문 조사했는데도 수사에 비협조적이고 고압적인 태도였다고 합니다. 조서를 임의로 수정하고 삭제하기도 했으니 조사실로 불러서 제대로 수사해야 되지 않을까요."

허화평의 말에 전두환은 훤한 이마를 손으로 감쌌다. 골치 아프다는 뜻이었다.

"장관께 몇 차례 같은 말씀을 드렸지만 요지부동일세. 난들 어떡하겠나."

"그래도 상황을 이대로 방치하면 수사가 정상적으로 이뤄질 수 없습니다. 만약 총장에게 죄가 없다면 수사관들에게 고압적일 필요가 없고, 시해 당일 국방장관에게 자신의 행적에 대해 밝히고 처분을 기다렸어야 하지 않겠습니까. 그런데 아무것도 모르는 체 입을 다물고 계엄사령관으로 임명되었습니다."

"생각 좀 해보자구."

전두환이 골치 아프다는 듯 입을 닫아 버리자 허화평은 말을 덧붙이지 못하고 방을 나왔다. 허화평의 눈에 수사가 난관에 봉착한 것은 분명해 보였다. 현장에 있던 사람들 가운데 김재규와 정보부 측 사람들은 모두 연행되었고, 대통령 비서실장 김계원도 10월 27일 연행되어 조사받고 있으니 남은 사람은 정승화뿐인 셈이었다.

그런데 정승화는 군은 물론 행정과 사법 업무까지 틀어쥔 계엄사령관으로서 함부로 건들 수 없는 인물이었다. 시간이 흐를수록 그 힘과 권위는 커지고 있었다. 허 실장의 눈에 전두환이 왜 고민을 거듭하고 있는지 훤히 보였다. 대통령 권한대행과 국방장관이 정 총장에 대한 건의를 받아들이지 않고 미적거리는 와중에 시간만 흐르고 있으니 답답했다. 이러다 자칫 뒤통수를 얻어맞을 수도 있겠다는 불안감이 더해지고 있었다.

뜻밖의 이사

　전두환이 계엄사령부 합동수사본부장이 되어 대통령 시해사건 수사를 하느라고 집에 못 들어온 지 일주일이 넘었다. 부인 이순자는 이즈음 연세대 어학당에서 만학도가 되어 영어를 공부하느라고 여념이 없었다.
　그녀는 군인이었던 아버지를 따라 중학교를 다섯 군데나 옮겨 다녀야 했다. 처음 대구 연합중학교에 입학했는데 아버지가 전근 가는 바람에 논산여중, 광주 전남여중, 진해여중을 거쳐 서울 경기여중에서 졸업하였다. 한 학교를 평균 6개월 정도 다닌 셈이었다. 만일 형편이 넉넉했더라면 아버지 혼자 근무지로 가고 가족들은 대구에서 편히 살도록 했을 것이다. 그 시절에 다들 형편이 넉넉지 못해서 아버지도 옮기는 근무지마다 온 가족을 다 데리고 다녔다. 그러다 보니 친구를 사귈 만하면 또 전학하고 공부에 집중하기 어려웠다.

처음 그녀가 전두환을 만난 것은 진해여중 2학년이던 열네 살 때였다. 당시 육군사관학교는 진해에서 정규 4년제 교육을 시행하고 있었다. 1학년 생도들은 외출할 수 없고 2학년이 되어야 가능했다.

전두환은 2학년 동기들과 주말에 외출을 나왔다가 좁은 진해에서 갈 곳이 없고 점심 사 먹을 돈도 없었기 때문에, 사관학교 참모장의 집을 물어물어 찾아 왔던 것이다. 나중에 사관학교를 태릉으로 옮기고 난 후에도 전두환은 이순자의 집을 자주 찾아왔고, 그때까지 두 사람은 특별한 이성의 감정을 느끼지 못했다.

아무튼, 이리저리 전학을 다니는 와중에도 이순자의 머리는 총명하였나 보다. 그녀는 이화여대 의대에 진학하였다. 하얀 실습복을 입고 한창 의대 공부에 재미를 붙여가고 있을 무렵, 갑자기 전두환이 고백하여 제정신 어디로 가고 개혼이 씌운 것처럼 경황없이 지내다가 결혼하게 되었다. 스물한 살 때였다. 당시 이화여대는 결혼하면 학교를 그만두어야 해서 그녀의 학업은 중단되고 말았다.

1월에 결혼하여 그해 10월 첫애를 낳고 굴비 엮듯 아이 셋을 더해 10년 동안 네 명의 자녀를 올망졸망 거느리게 되었다. 전두환이 초급장교를 거쳐 영관장교가 된 후에도 전후방 부대를 옮겨 다니는 바람에, 산골 오지로 이사 다니며 남편을 뒷바라지하랴 아이들

키우랴 정신이 없었다. 여자들이 다 그렇듯 자기 몸 아픈 것도 잊고 발을 동동거리며 살다 보니, 어느새 세월이 훌쩍 지나고 말았다.

그러다 남편이 국군보안사령관으로 임명되어 서울 생활을 고정적으로 하게 되었다. 그제야 그녀는 손 놓고 있었던 공부를 시작하게 되었던 것이다. 그녀는 틈틈이 해왔던 영어를 계속 공부하기 위해 대통령 시해사건이 일어나기 한 달 전, 연세대 어학당에 들어가서 공부에 한참 재미를 붙여가고 있었다. 나중에 외국어대로 진학해서 언어학을 본격적으로 공부해 볼 요량이었다. 그런데 마른하늘에 날벼락도 유분수지, 갑자기 대통령이 시해되다니, 그녀는 남편으로부터 아무런 연락도 받지 못한 상태로 일주일을 보냈다.

도대체 일이 어떻게 되어 가는지 궁금해서 안부를 묻는다는 핑계로 전화를 한번 걸어보고 싶었지만, 남편의 성격을 아는지라 그만두었다. 남편은 사단장으로 나가면 군사작전 하듯이 100일 동안 부대 사정을 파악하느라고 집에 오지 않는 사람이었다.

더구나 지금은 대통령 시해사건이라는 실로 엄청난 수사를 떠맡고 있는 사람 아닌가. 남편은 일이 웬만큼 정리되지 않으면 집에 오지 않을 것이 분명했다. 그래서 이순자는 언론에 보도되는 것을 보고 들으며 상황을 짐작할 따름이었다. 생각해 보면 대통령 가족의 상황이 너무 안타까워 눈물이 찔끔 나는 경우가 많았다. 어머니를 총탄에 여의고 또 아버지까지 그렇게 되었으니 근혜 양과 근영 양,

그리고 아직 학생인 지만 군은 얼마나 속이 아플까, 앞으로 어떻게 될까, 이것저것 생각하며 남편이 돌아오길 기다릴 수밖에 없었다. 그녀가 남편의 얼굴을 본 것은 TV를 통해서였다.

10월 28일 뉴스를 통해 남편이 중간 발표하는 것을 보고서야 아, 그이가 무사하구나 하는 생각이 들어 자기도 모르게 눈물이 주르륵 흘러내렸다. 한편으론 이 무슨 운명의 장난인가 싶은 마음이 들기도 했다.

보통 일선 사단장으로 나가면 2년 정도 근무하는 것이 상례였다. 남편은 78년 1월에 제1보병사단장으로 나갔다. 그리고 그해 10월, 제3땅굴을 발견한 공로로 5.16민족상을 받았다. 부부는 청와대로 함께 초청되어 대통령에게 상을 받고 칭찬을 들었다. 그것을 생각하면 지금도 피식 웃음이 나왔다. 차라리 그렇게 사단장으로 계속 근무했더라면 이 엄청난 사건을 떠안지 않아도 됐을 텐데. 박 대통령이 자신의 죽음을 본능적으로 느꼈음인지, 79년 3월에 남편을 국군보안사령관에 임명했던 것이다. 그녀는 TV에 나온 남편을 보며 사람의 운명이란 것이 있긴 있는가보다 싶은 생각이 들었다.

일주일 넘기고서야 남편이 돌아왔다. 지금껏 힘든 훈련이란 훈련은 다 받고 미국에도 여러 번 가서 특수훈련을 받은 사람인데, 수사의 중압감이 얼마나 컸는지 몰골이 말이 아니었다. 마치 언 수탉처럼 들어와 밥을 달라고 하니 이 사람이 과연 내 남편이 맞는가 싶은 생각까지 들었다. 소탈하게 웃으며 농담을 잘하던 사람이 무뚝뚝하고 입을 꽉 다물고 있어 찬 바람이 쌩쌩 불 정도였다. 정성스럽게 저녁을 준비해서 물리고 난 다음 이순자는 조심스럽게 물었다.

"힘들죠?"

"뭐, 일이 다 그렇지."

"TV에 나온 당신 얼굴 봤어요. 긴장해서 그런지 표정이 상당히 굳어 보였어요."

"상황이 상황이니만큼 웃을 순 없잖아."

전두환은 간단하게 말하고 더 말하기 싫다는 투로 입을 닫았다. 평소 남편은 아내에게도 정신무장을 강조하는 사람이었다. 북한 장군들보다 체력이 약하면 안 된다며 장병들과 함께 구보하고, 지휘관의 아내들도 적장의 아내들에 뒤지면 안 된다고 불러다 사격 연습을 시키는 일이 있을 정도였다. 남편은 이것저것 돌아가는 사정을 아내와 이야기 나누는 일이 많았는데, 말을 안 한다는 것은 상황이 썩 좋지 않다는 뜻이었다.

"힘들어도 사단장으로 있을 걸 그랬어요."

이순자가 푸념하듯 말하자 전두환은 피식 웃으며 아내의 손을 잡았다.

"그랬다면 당신은 지금도 부대로 밥을 해서 나르느라 공부는 생각지도 못 했을 거야. 군인은 명령에 따라 움직이는 사람이니까 내가 하고 싶은 일, 싫은 일을 골라가며 할 수는 없지 않겠어. 너무 걱정마오."

전두환은 아내에게 특별한 말을 하지 않고 이튿날 부대로 돌아갔다. 그런데 무슨 일인지 주변에서 말하길, 사령관이 출퇴근하는 길이 일정하니까 자칫하면 표적이 되기 쉽다는 말을 하기 시작했다.

"표적? 우리가 무슨 표적이 된다는 말이에요?"

"지금 사령관은 중대한 사건을 수사하고 있잖아요. 그 일당들이 누구인지 아직 밝혀지지 않은 상황에서 김재규의 정보망은 우리가 모르는 곳에도 뻗어 있을 수 있습니다. 사령관을 노리는 놈들이 가족들에게 해를 끼칠 수도 있으니까."

이순자는 들은 이야기가 마음에 걸려 남편이 돌아왔을 때 말을 꺼냈다.

"여보, 사람들이 그런 말을 하던데 아무 일 없겠죠?"

"흠, 그냥 넘겨버릴 말은 아니군."

"애들 학교 다녀야 되는데 어디 멀리 가서 살 수도 없고 걱정이에요."

전두환은 이것저것 생각해 보는 눈치더니 동생을 끌어들였다.

"동생 집에 가 있는 것이 좋겠군. 경호실에 근무하는 경환이네 집이 보안사 근처니까 당신이 아이들 데리고 그 집으로 가고, 경환이더러 우리 집에 와 있으라고 하면 되지 뭐."

마침 계엄령이 내려 어학당도 휴교했겠다 필요한 짐만 대충 챙겨 집을 바꾸면 되는 일이었다. 이렇게 해서 이순자는 아이들을 데리고 시동생 집으로 가고, 시동생 가족은 형인 전두환 집으로 와서 살게 되었다. 사람들이 벌벌 떠는 계엄사령부 합동수사본부장 가족이 혹시 있을지도 모를 신변의 위협 때문에 집을 바꾸어 살게 되는 희한한 일을 치르고 있었던 것이다.

육군본부 장성급 인사의 파장

11월 1일, 이희성 육군본부 참모차장이 중앙정보부장서리로 임명되었다. 국내외 상황이 비상시국인 마당에 정보부장을 공석으로 내버려 둘 수 없기 때문이었다. 그리고 11월 17일엔 육군본부의 장성급 인사가 단행되었다. 주요 내용은 윤성민 장군을 육군참모차장으로, 이건영 장군을 3군단장으로, 장태완 장군을 수도경비사령관으로 임명하고, 부임한 지 5년째인 정병주 특전사령관은 그대로 유임시켰다는 것이었다.

육군본부의 인사는 군에 파장을 불러일으켰다. 보안사령부 허삼수 인사처장은 사령관실에서 볼멘 목소리를 내고 있었다. 보안사의 인사와 행정 업무를 맡고 있는 자리에 있어서인지 육본 인사를 꼼꼼하게 분석해 본 모양이었다.

"사령관님, 이거 해도 너무한 것 아닙니까?"

"무슨 소리야?"

"원래 박희동 장군이 참모총장으로 유력했는데, 김재규가 정승화를 밀어 참모총장이 되도록 만들었다는 것은 이미 알 만한 사람은 다 알고 있습니다. 김재규와 정 총장은 동향 출신이고 사석에선 호형호제한다고 합니다. 그거야 뭐 문제 삼을 수는 없지만 대통령 시해 당일 김재규가 정승화를 불러놓았다는 점, 이것은 김재규의 군부 인맥이 정승화를 통해 관리되고 있었다는 것을 보여주는 것입니다."

여기까지 이야기를 듣고 전두환은 인터폰을 들어 허화평을 불러 들였다.

"허 국장이 무슨 말을 하는데 자네도 함께 듣는 편이 좋겠어."

허화평은 육사 동기생 허삼수를 물끄러미 바라보며 또 무슨 소리를 해서 사령관 심기를 건드렸느냐고 질책하는 표정을 지었다. 두 사람은 육사 17기 동기다. 둘 다 흔치 않은 허씨 성을 가졌고 마음이 잘 통해서 서로 믿고 의지하는 사이였다. 허삼수는 허화평의 시선에 아랑곳하지 않고 말을 이었다.

"육군에서 작전을 기획하는 핵심 보직은 육군본부 작전참모이고, 수도권 방위를 책임진 중추 부대는 수도경비사령부, 특전사령부, 3군단, 수도기계화사단, 26사단, 30사단 정도 아니겠습니까. 그런데 이번 인사를 보면 갑종 1기 하소곤 장군이 육본 작전참모,

갑종 11기 장태완 장군이 수도경비사령관, 육사 9기 정병주 장군은 특전사령관, 육사 7기 이건영 장군은 3군단장, 종합학교 6기 배정도 장군은 26사단장, 갑종 9기 박희모 장군은 30사단장입니다. 정규 4년제 육사 출신은 한 명도 없고 단기과정 육사 출신 아니면 갑종이나 종합학교 출신들입니다. 오히려 본부장님과 육사 동기인 김복동 장군은 경호실에서 제3야전군사령부로 쫓겨났지요."

"그래서 하고 싶은 말이 뭐야?"

"이건 노골적으로 우리 육사를 무시하고 견제하는 처사입니다."

허삼수가 '우리 육사'라고 하는 것은 단기 과정 육사를 말하는 것이 아니라 11기부터 시작된 정규 4년제 육사를 말하는 것이었다. 11기 전두환은 정규 4년제 육사로 치면 제1기생이다.

갑종 장교는 대한민국 정부 수립과 더불어 초급간부의 수요가 급증하자, 1950년 1월 육군보병학교에서 고등학교 이상 학력자를 받아 6개월 정도 교육시켜 장교로 임관시킨 것이다. 을종은 갑종 이하 학력을 가진 사람들을 부사관으로 모집하여 임용한 것을 말했다. 그러므로 갑종은 장교, 을종은 부사관이었다. 갑종 장교는 1968년 육군3사관학교의 개교로 인하여 그 이듬해 폐지되었다.

흔히 육종이라고도 불리는 육군종합학교 출신 장교는 6.25 전쟁 발발 이후 단기 장교 양성 과정을 통해 배출되었고, 갑종이나 육종 장교 대부분은 치열했던 전쟁터에서 피 흘리며 싸웠던 사람들이다. 그들의 눈에 정규 4년제 육사 출신들은 전쟁의 뒤편에서 편안하게 4년 동안 교육받은 애송이로밖에 보이지 않았다.

반면 정규 육사 출신들은 갑종이나 육종 선배들을 일본군, 만주군, 학도병 출신들로 교육다운 교육을 받지 못해 장교의 자질이 부족하다 여겼고, 심지어 무능력하고 부패한 선배로 생각하기도 했다.

보안사는 본래 군부의 쿠데타를 예방하는 대전복對顚覆 임무와 방첩 임무를 수행하는 곳이기 때문에, 군의 인사가 있을 경우 그것을 자동적으로 분석해 보았다. 그래서 허삼수 인사국장이 편중된 인사에 불만을 터뜨렸던 것이다. 이러한 군부의 갈등을 모를 리 없는 전두환의 얼굴이 굳어졌다. 그 모습을 보고 허화평이 허삼수를 제지하고 나섰다.

"허 국장, 사실을 제대로 알지 못한 상태에서 너무 비약이 심한 거 아닌가?"

"사실을 제대로 살피지 못하고 있는 사람은 바로 허 실장, 바로 자네일세. 육군본부 핵심 보직과 수도권 중추 방위부대에 정승화, 아니 김재규의 군맥과 연결된 사람들을 임명했는데도 이것이 아무 일 아니라고 할 텐가?"

"사령관님 앞에서 말이 너무 지나친 것 같아서 하는 말이네."

"참모라면 할 말을 해야지. 사령관님, 그렇지 않습니까?"

"신경 쓰지 말고 계속해 봐."

전두환의 말에 허삼수는 그것 보라는 표정으로 허화평을 바라보곤 더욱 기세를 올렸다.

"이건영 장군은 김재규의 추천을 받아 중앙정보부 차장으로 갔던 사람이고, 정병주 장군은 김재규와 안동 농림학교 선후배 사이입니다. 특히 김재규가 사단장일 때 정병주는 참모장이었지요. 어디 그뿐이겠습니까. 하소곤 장군은 정 총장이 사단장 시절 작전참모로 있던 사람이고, 손길남 장군과 배정도 장군, 박희모 장군 역시 정 총장 계열로 여겨지는 사람들입니다. 육사 9기 윤성민 장군은 호남 출신을 배려한다는 생색내기용으로 참모차장에 임명한 것뿐입니다. 들춰보면 김재규 또는 정 총장과 연결되지 않는 사람이 없습니다. 마지막으로 장태완 장군은 경북 칠곡 태생으로 정 총장이 자란 경북 김천과는 지척인 곳이지요. 같은 고향이나 다름없습니다."

"음, 허 실장도 동의하는가?"

"네, 무슨 말씀이신지."

"삼수가 하는 말에 동의하느냐고 물었어."

허화평은 전두환의 질문에 난처한 입장이 되어 뭐라 말할까 잠시 고민하다 입을 열었다.

"객관적으로 볼 때 허 국장 말이 일리 있다고 생각합니다. 다르게 생각하는 사람도 있겠지만, 김재규의 인맥이 정승화를 통해 직간접적으로 군에 뻗어 있다고 생각하는 것은 무리가 아니지요. 이번 육본 인사를 통해 요직에 남아 있는 정규 육사 출신은 사령관님 한 분이라고 해도 과언이 아닙니다. 아마 정 총장은 사령관님을 다른 곳으로 보내려고 생각했을지도 모르겠습니다."

전두환은 고개를 끄덕였다. 하긴 자신이 총장을 연행해서 수사해야겠다고 국방장관에게 건의한 것이 한두 번도 아닌데, 그걸 정승화가 모를 리 없기 때문이었다. 충분히 다른 곳으로 보낼 가능성이 있어 보였다. 허화평이 다시 말을 잇기 시작했다.

"제가 보기에 이번 인사에 큰 문제점이 있습니다."

"그게 뭐야?"

"네, 경호법에 의하면 수도경비사령관을 임명할 때는 경호실장이 대통령에게 건의해야 되는데, 그런 절차를 밟았다는 소릴 듣지 못했습니다. 최규하 대통령 권한대행이 군에 문외한이라서 노재현 국방장관과 정 총장에게 모든 것을 일임해 놓은 상태나 마찬가지지요. 더구나 지금은 계엄상황이지 않습니까. 굳이 계엄사령관의 입맛대로 군 인사를 할 필요성이 있을까 하는 점에 이르러선 여러 가지 의구심이 들 수밖에 없는 상황입니다."

이번엔 허삼수가 맞장구를 치고 나섰다.

"맞습니다. 계엄사령관이란 힘을 가지고 군 인사를 자기 마음대로 주무른 것입니다. 핵심 보직과 중추 부대장에 자기 사람들, 아니 넓게 보면 김재규 사람들을 심었다고 봐도 과언이 아닐 것입니다."

두 참모의 말에 전두환은 뒤로 고개를 젖히고 한숨을 내쉬면서 그만 나가보라는 투로 손을 저었다. 대통령 시해사건 하나만 해결하는 것도 쉽지 않은 일인데, 견제가 들어오는 듯해서 불안한 마음이 들었던 것이다. 허화평과 허삼수는 경례를 올리고 사무실을 나갔다.

수도경비사령관 장태완은 경북 칠곡에서 태어나 대구 상업고등학교를 졸업하고, 6.25 전쟁이 터지자 육군종합학교에서 훈련받고 갑종 11기로 장교 임관하였다. 당시 위관 장교들은 총알받이처럼 전방에서 산화되는 일이 많아 장태완의 동기생은 몇 명 남아 있지 않을 정도였지만 운 좋게 살아남았다. 그는 전쟁 기간에 임관한 장교 3만여 명 가운데 가장 먼저 육군 소장으로 진급한 축에 들 정도로 능력을 인정받았다. 평소 부하들을 대할 때 명령에 관해서는 거친 경상도 사투리로 욕설을 퍼붓고 질책할 정도로 엄했다. 그래도 돌아서면 자상한 면모를 보여주고 뒤끝이 없는 편이었다. 다만 자신이 옳다고 믿는 일은 앞뒤 가리지 않고 저돌적으로 밀어붙이는 것이 흠이라면 흠이었다.

그가 26사단장으로 있을 때 장병들의 체력 단련에 큰 신경을 썼다. 그 이유는 전장을 넘나들며 생명을 부지할 수 있는 길은 강철 같은 체력이라는 것을 알았기 때문이었다. 그래서 장병들에게 힘든 훈련을 강조했다. 성적이 우수한 병사에게는 분명한 포상을 주어 사기를 고양시켰다. 대신 체력과 훈련 성적이 부족한 병사들은 엄하게 다그쳐서 어떻게든 원하는 목표에 이르도록 만들었다. 한겨울 칼바람이 몰아쳐도 그는 웃통을 벗어 던지고 장병들과 함께 연병장을 구보하였는데, 사단장이 솔선하니 불평하는 장병들이 나오지 않았다.

70년대 군 생활은 배고프고 힘들었다. 육군을 기준하여 특별한 사정이 없는 한 2년 9개월, 달수로 33개월 동안 군복을 입고 나라를 지켜야 했다. 그 당시는 병사들이 먹는 급식에 큰 관심을 두지 않던 시절이라 중간에서 농간을 부려 급식비를 빼먹는 사람도 있었다. 그래서 병사들은 그저 정부미로 지은 푸석푸석한 밥과 똥국이라 불리는 된장국에 고춧가루가 제대로 묻지 않은 희멀건 김치를 먹었고, 가끔 나오는 고깃국에 기대를 걸고 아무리 국자를 저어도 고기 몇 점 떠오르지 않는 경우가 많았다.

그런데 장태완 사단장이 부임하고 얼마 지나지 않아 사병 식당을 한바탕 뒤집는 일이 생겼다. 아무도 예상치 못했던 시간에 사단장이 참모들을 이끌고 들어 와 식사를 하였던 것이다. 그날도 예의 된

장국과 희멀건 깍두기가 반찬으로 나왔는데 사단장은 식판을 앞에 두고 급양관을 불렀다. 얼굴이 하얗게 질린 급양관이 달려오자 식당이 쩌렁쩌렁 울리도록 호통을 쳤다.

"급양관, 이걸 시방 밥이라고 해놓은 기가, 이래 묵고 병사들이 우에 훈련을 받겠노?"

급양관과 참모들은 할 말이 없어 꿀 먹은 벙어리가 되고 말았다.

"해당 참모 어데 갔노?"

"네, 여기 있습니다."

"이 짜슥, 어데서 못된 것만 배워 묵어갖고. 밥 다 묵고 나모 급식에 관련된 서류들 몽땅 챙기 들고 사무실로 달려 오그레이."

사단장은 그렇게 호통을 치고는 금새 화를 풀고 장병들과 마주앉아 식사하고 나갔다. 이렇게 사단장이 다녀가고부터 병사들의 식단이 눈에 띄게 개선되기 시작했다. 일단 돼지고기든 쇠고기든 고깃국에 건더기가 푸짐했고 고소하게 튀긴 생선, 계란찜, 깻잎무침 등 당시로선 밖에서도 쉽게 먹을 수 없는 음식들이 나왔다. 식단이 개선되자 가장 환호한 것은 병사들이었다. 한창 먹을 나이에 힘든 훈련을 받고 와 제대로 된 식사를 하게 되니 얼굴에 웃음꽃이 피어났다.

사단장은 청렴한 성품이라 부대 운영비에 손을 대지 않고 장병들 급식이 제대로 이루어지고 있는지 관심을 가지고 지켜보았다. 불시에 사단장이 들이닥쳐 장병들과 함께 식사하고 가니 급양관은 감히 요령 피울 엄두를 내지 못했다.

또 장병들의 사기와 전투력을 높이기 위해 체력 단련의 날로 지정된 매주 수요일에 축구 등 부대 간 체육대회를 열어 서로 경쟁시켰다. 경기에 이긴 부대는 미리 준비된 돼지고기와 막걸리를 먹고 저녁 점호도 편하게 치를 수 있었지만, 진 부대들은 훈련과 얼차려를 받았다. 이러니 자연스레 한가하게 보내는 체력 단련의 날이 아니라 부대원들이 마음을 다하여 운동하는 날로 변했다. 물론 사람 마음이 다 같지 않아서 불만을 품는 병사들도 있었다. 그래도 사단장이 앞장서서 뛰고 즐기니 겉으로 불평할 수가 없었다.

그는 사단장을 마치고 비교적 한직으로 여겨지던 육군본부 교육참모차장으로 근무하다가, 10월 28일, 계엄사령관이 된 정승화 참모총장의 호출을 받았다. 부리나케 달려갔더니 정 총장이 인사 서류를 뒤적이고 있었다.

"장 장군, 저번에 보고한 육군 교육 개혁 방안을 내가 있을 때 실천해야 되는데, 어찌 시국이 어수선하군."

장태완은 정승화의 말을 듣고 얼굴이 달아올랐다. 정 총장이 부임한 지 한 달이 채 되지 않았을 무렵, 그는 군의 장교교육제도 연구위원장을 맡아 국방부로 파견된 일이 있었다. 약 10개월간 일을 마치고 육군본부로 복귀하여 육군의 교육 개혁 방안을 한 시간 동

안 보고하였을 때,

"장 장군, 참으로 좋은 연구를 했군, 그래. 내가 참모총장으로 재직하는 동안 꼭 한번 실천해 보겠네."

라며 무척 칭찬해 주었던 일이 떠올랐기 때문이다. 정승화는 장태완을 아꼈다. 경북 칠곡과 김천은 행정 구역이 다르지만 서로 붙어 있는 지역으로 서울에서 보면 한 고향이나 다름없었고, 장태완의 소탈하고 추진력 있는 성격이 마음에 들었던 것이다. 비록 짧기는 하나 제1군에서 부하로 데리고 있었고 육군본부 참모회의에서 간혹 얼굴을 보기도 했다. 정승화는 그를 볼 때마다 타관에서 고향 까마귀라도 본 듯 반가운 마음이 들었다.

장태완은 저번에 보고한 개혁 방안과 관련하여 무슨 지시라도 내리려는 것인가 싶은 얼굴로 다음 말을 기다렸다. 그런데 정승화의 입에서 뜻밖의 소리가 흘러나왔다.

"이번에 장 장군이 수도경비사령관을 맡아주어야겠어."

"네?"

"자네만 한 사람이 없네."

"총장님, 갑자기 무슨 말씀이십니까?"

장태완은 깜짝 놀라 눈을 동그랗게 떴다.

"여러 교육 과정에서 좋은 성적을 보였고 전방 야전군사령부 예하 부대의 지휘관 경력에다 작전참모 등 할 것은 다 하지 않았나.

대부분 전방이었군. 후방에서 근무한 경력이 적은 편인데, 73년부터 2년간 수경사 참모장을 한 적도 있으니 새로운 부대도 아닐 거야. 난 장 장군이 수경사령관으로 적합하다고 보고 있는데."

"아닙니다. 총장님, 저보다 더 유능한 장군들이 많으니 다시 물색을 해보시지요."

장태완은 상관으로부터 능력을 인정받고 누구나 선망하는 수경사령관을 맡아달라는 말에 기쁨이 솟아올랐지만, 그것을 내색할 수 없어 일단 사양하고 나섰다. 그러나 총장은 이미 마음을 굳힌 모양이었다.

"사양할 거 없어."

"총장님, 다시 한번 재고해 주실 것을 건의드립니다. 죄송합니다."

"이 사람, 인사는 총장인 내가 하는 거야. 자네는 시키는 대로 하면 되는 거지 무슨 사양이 필요한가. 아무리 생각해도 자네가 제일 적임자야. 나도 이것저것 많이 생각한 끝에 내린 결정이니 그리 알고 있어."

장태완은 정 총장의 완고한 태도를 보고 수경사령관을 맡을 수밖에 없다는 생각이 들었다. 그가 비록 겉으로 사양하였지만 속으로 벅차오르는 감정까지 감출 수가 없어 자기도 모르게 사투리가 마구 튀어나왔다.

"너무 갑작시리 받은 명령이라 우에 해야 될지 모르겠심더. 우야

튼동 돌아가가 함 생각해보겠심더."

정승화가 말한 대로 장태완은 수도경비사령관으로 임명되어 11월 16일, 부대 연병장에서 육군참모총장 겸 계엄사령관인 정승화 대장이 주관하는 이취임식 자리에 섰다. 장태완은 부대기를 넘겨받고 도열해 있는 장병들을 바라보며 취임사를 할 때 감개무량한 마음이 들었다. 73년 4월부터 이곳에 참모장으로 부임해 2년 3개월 동안 근무한 곳이었기 때문에, 마치 고향으로 온 기분까지 들었다. 장교들은 거의 대부분 자리를 옮겨 갔지만 주임원사를 비롯해 부사관들은 상당수가 그대로 있어 낯선 기분이 들지 않았다.

취임식을 마치고 수도경비사령부의 핵심 예하 부대장인 장세동 30경비단장, 김진영 33경비단장, 조홍 헌병단장, 구명회 야포단장, 황동환 방공포병단장 등의 인사를 받았다.

지휘관이 새로 바뀌면 부대에서 영관급 이상 장교들이 모여 조촐한 축하 파티를 하는 것이 관례였다. 장태완은 술잔을 들고 소감을 말하기 시작했다.

"나 같은 산골 촌놈이 수경사령관까지 온 것은 개인적으로 무한한 영광인데, 나를 임명해 준 사람은 정승화 참모총장이다. 그것을 생각하면 고맙기 그지없다. 나는 앞으로 정승화 총장을 위해 충성을 다 할 것이다. 다 같이 축배를 들자."

장태완의 뜬금없는 말에 장교들은 의아한 표정을 지었다. 수도경비사령부는 대통령이 있는 수도 서울을 지키기 위한 부대이고, 그 사령관은 경호실장이 추천하여 대통령이 임명하는 것이다. 그래서 신임 사령관 취임 축하 파티에서는 국가를 위해 충성한다든지 아니면 대통령에게 충성하자는 말을 들어왔는데, 정승화 육군참모총장에게 충성하겠다는 말을 듣고 보니 고개를 갸웃거릴 수밖에 없었던 것이다. 그것이 아무리 개인적 고마움의 표시라 해도 장소에 어울리지 않는 소리임엔 분명했다.

차기준 전차대대장이 동기생인 신윤희 헌병단 부단장을 보며 낮은 목소리로 물었다.

"저게 무슨 말이야?"

"응?"

"사령관이 총장에게 충성한다는 말, 좀 이상하게 들리는 것 같은데."

"그거야 뭐, 고마움의 표시겠지."

"대통령이 서거하셔서 공석이라고는 하지만 이해하기 어렵다."

신윤희는 차 중령의 말을 듣고 주위를 둘러보았다. 아닌 게 아니라 장세동과 김진영을 비롯해 주요 대령들이 떨떠름한 표정을 짓고 있는 것이 보였다. 장세동과 김진영은 장태완이 맹호사단 제1연대 부대장으로 있을 때 부하로 데리고 있던 사람들이었다. 그래서 누구보다 신임 장태완 사령관을 깍듯이 대접하고 있었는데도, 함께 환호하지 않고 떫은 감을 씹은 듯한 얼굴로 있는 것을 보면 장태완의 말이 이상하게 들렸다는 뜻이었다.

어떻든 장태완은 수경사령관으로서 예하 부대의 보고를 받고 순시하며 부대를 장악해 나가기 시작했다.

김재규의 혁명계획

　보안사령부로 연행된 김재규는 외부와 단절된 채 수사관들로부터 수사를 받는 중이었다. 처음 국방부에서 체포되어 정동 분실로 갔을 때 2층 대기하는 방안에 TV가 있었다. 보안사는 김재규를 체포하라는 지시만 이행하였을 뿐 아무런 조사를 시작하지 않고 있었다. 그런데 TV를 통해 계엄령이 선포되었다는 방송이 나오는 것을 보고 김재규의 얼굴에 화색이 돌기 시작했다.
　"야, 내일 세상이 바뀐다."
　이 소리를 듣고 수사관들은 육감적으로 김재규가 범인이란 것을 알아차렸다. 그는 차를 타고 정동 분실로 가는 도중에도 옆자리에 앉은 오일랑 중령에게,
　"야, 세상이 달라졌다."
　뜻 모를 말을 내뱉어서 오일랑 중령이 되물은 적이 있었다.

"무슨 말씀이십니까?"

"대통령이 돌아가셨어."

이러한 말을 종합해 보면 대통령이 시해된 후 계엄령이 선포되었다는 것을 알고, '야, 내일 세상이 바뀐다.'며 큰소리치는 김재규의 태도는 자못 이상스러울 수밖에 없었다. 수사관들은 아래층에 있던 허화평에게 조용히 말했다. 허화평은 국방부에서부터 김재규를 호송하는 차를 보안사 안가로 안내한 후에 다음 지시를 기다리고 있는 중이었다.

"실장님, 아무래도 김재규가 범인인 것 같습니다."

"뭐? 그렇다면 큰일이군. 사령관님께 보고해야겠어."

허화평은 급히 전화기를 들었다.

"사령관님, 김재규는 여기 정동 안가에 있을 사람이 아니고 서빙고 분실로 가서 조사할 필요가 있습니다."

"총장님께서 정중히 모시라고 그랬는데 무슨 일 때문에 그래?"

"수사관들이 말하길 아무래도 김재규가 범인인 것 같다고 합니다."

전두환은 국방장관으로부터 김재규가 범인이니 체포하라는 지시를 받은 후에도 긴가민가하고 확신하지 못한 상태였다. 설마 중앙정보부장이 대통령을 죽였으리라고는 쉽게 믿기지 않았기 때문이다. 더구나 정승화 총장은 김재규를 안가에 정중히 모시라고 했지 않은가. 어느 누구도 김재규가 총을 쏘았을 것으로 생각한 사람이 없었다.

전두환은 부하들의 능력을 믿는 편이다. 오랫동안 수사에 몸담아 온 수사관이 범인을 지목했다면 그것은 틀린 말이 아닐 것이란 생각이 들었다. 더구나 바로 옆에 중앙정보부 안가도 위치하고 있어 자칫하면 낭패를 볼 수 있었다.

"알았어. 빨리 옮겨."

이렇게 해서 김재규는 조사실이 있는 보안사 서빙고 분실로 이동되었다. 국군보안사령부 서빙고 분실은 본래 대공분실로서 용산 서빙고역 맞은편에 있었으나, 현재는 철거되고 군인아파트가 들어서 있는 곳이다. 1968년 당시 초대 보안사령관이었던 김재규가 방첩활동을 위해 만든 비밀 취조실이었다. 자신이 만들었던 취조실에 와서 조사받아야 하는 김재규를 보면 사람의 앞날은 쉽게 장담할 수 없는 것이다.

김재규는 군단장으로 예편하고 국회의원과 장관, 그리고 중앙정보부장으로 있다가 이곳에 온 만큼 수사관들이 그를 함부로 대할 수 없었다. 또 평소 간이 좋지 않아 고문이나 강압수사를 했다가는 얼마 버티지 못하고 큰일을 치를 수도 있었다. 수사관들은 최대한 김재규를 예우하며 스스로 실토하도록 만들어야 했다.

본격적인 취조를 시작하자마자 궁정동 만찬장에 김재규와 대통령 비서실장 김계원이 참석했고, 50미터 정도 떨어진 본관에 정승화 육군참모총장이 있었다는 사실이 밝혀졌다. 그러나 김재규는 정승화가 계엄사령관이 되었다는 것을 알고 오히려 수사관들을 회유하기까지 했다.

"세상이 바뀐다. 너희들도 선택을 잘해야 돼."

이때만 해도 수사관들은 김재규가 왜 이런 소리를 하는지 이해하기 어려웠다. 또 김재규가 정승화와 육군본부로 가면서 군부대 이동을 의논하고 계엄령 선포를 노렸다는 점은 의혹만 키울 뿐이었다. 도대체 왜, 육군참모총장인 정승화를 시해 현장에 불러놓고 거사 실행 후에 그와 의논했단 말인가. 수사를 책임지고 있는 이학봉의 머리가 복잡해지고 극도로 신경이 날카로워졌다.

10월 28일 합동수사본부에서 중간 발표를 한 이후 세간에 여러 가지 의혹 제기와 소문이 퍼지고 있었다. 미국 CIA가 관여했다더라, 경호실 요원들이 그렇듯 쉽게 무력화될 수 있겠는가, 정승화 육군참모총장이 현장에 있었다는데 공범 아닐까, 이런 유의 의혹 제기는 충분히 있을 법한 추측이었다. 국민들의 궁금증을 풀어주고 사태를 조속히 안정시키기 위해서라도 사건 전모를 발표할 필요성이 있었다.

다만 정 총장의 개입 여부에 대한 부분을 어떻게 발표할 것인가에 대해 깊은 논의가 있었다. 전두환 합동수사본부장이 수사 전모를 발표하기로 결정한 후에 이학봉은 두 가지를 주장했다.

"정승화 총장을 지금이라도 연행해서 수사해야 됩니다. 만약 그것이 어려우면 정 총장이 연루된 바 없다고 발표하는 선에서 매듭지으면 좋겠습니다."

이학봉의 말에 허삼수가 이의를 제기하고 나섰다.

"그게 무슨 말인가. 수사의 필요성과 연루를 부인하는 것은 서로 상반되는 것 같은데."

"허 국장님. 수사는 기밀성이 생명입니다. 만일 우리가 정 총장을 계속 주시하고 내사하고 있다는 것이 알려지면 그가 가만 있겠습니까. 계엄사령관이란 지위를 이용해서 우리를 압박하고 죽이려 들겠지요. 또 증거를 인멸할 우려도 있습니다. 그래서 일단 관련 없다고 발표하고 총장의 경계심을 없애는 것이 낫다는 생각입니다."

이학봉이 말을 마치자마자 전두환이 웃었다.

"이 국장, 곰처럼 덩치만 큰 줄 알았더니 머리가 잘 돌아가는구면. 나도 그 부분이 골치 아팠는데 자네 말을 듣고 보니 시원해."

그러나 허삼수가 반대 의견을 냈다.

"본부장님, 나중에 우리 합수부가 거짓 발표를 했다는 소리를 들을 수도 있습니다. 그건 신뢰에 손상을 주는 것입니다."

"지금 유력한 혐의자를 잡느냐 못 잡느냐 하는 판국에 나중에 들을 소리까지 걱정하게 생겼습니까."

"이 국장, 이건 깊이 생각해야 된다구."

의견이 좀처럼 좁혀지지 않자 전두환은 웃음을 거두고 허화평에게 물었다.

"자네 의견은 어때?"

"네, 두 사람 의견이 모두 틀리지 않습니다. 저는 이번 수사는 정 총장을 수사해야 완결지을 수 있다고 생각합니다. 정 총장이 이미 진술서를 임의로 수정하고 삭제하는 등 고압적인 태도로 수사관을 대했으므로, 우리가 찾아가서 하는 참고인 조사는 별 의미가 없다고 봅니다. 이제 그를 연행하고 우리 조사실에서 본격적으로 수사하자는 이 국장의 주장이 좀 더 설득력 있지 않나 여겨지는군요. 하지만 최 대행과 노 국방장관의 입장이 유보적이기 때문에 밀어붙이기도 어렵습니다. 일단 우리의 속내를 드러내지 않는 것이 좋겠습니다."

"음. 이봐, 학봉이."

"네, 사령관님."

"백 대령은 어떻게 생각하고 있던가?"

"아직 수사 중이라 확실한 말을 한 적은 없습니다. 제가 느끼기에 백 대령은 김재규의 단독 범행으로 생각하는 것 같습니다."

전두환은 의견이 더욱 나뉘는 것 같아 어떻게 해야 할지 종잡을 수가 없었다. 그러나 발표를 더는 미룰 수 없고 본부장인 그가 결정을 내려야 했다. 고심 끝에 일단 정 총장의 관련 사실은 없다고 발표하는 것이 향후 수사를 위해 낫겠다는 판단이 들었다.

11월 6일 오전, 전두환 합동수사본부장이 대통령 시해에 관한 사건 전모를 발표하였다. 국민 앞에 나서는 것은 중간 발표에 이어 두 번째였다. 내외신 기자들이 운집한 가운데 발표한 주요 내용은 김재규의 단독 범행이란 점이었다.

즉, 김재규는 지난 6월부터 개인적인 비위로 대통령의 경고를 받은 데다, 부산과 마산의 소요사태와 관련 미숙하게 대응했다는 것을 이유로 힐책을 받았다. 또 차지철 경호실장의 방자한 월권으로 여러 차례 수모를 당한 데 불만을 품어오다가, 최근 요직 개편설이 떠돌고 문책당할 것이 두려워 부하들을 지휘해 일으킨 국헌문란 기도 사건이다. 김재규는 대통령을 시해하고 현 체제 아래서 집권할 것인지 아니면 헌법을 개정해 놓고 대통령에 출마할 것인지를 따로 계획하는 등 사후 복안까지 갖고 있었으나, 보안이 누설될 것을 염려해 단독으로 계획했다. 수사 결과 군부 또는 다른 조직의 관련이나 외세의 조종이 개입된 사실이 없다고 결론 내렸던 것이다.

전두환의 수사 전모 발표 이후 기자들과의 일문일답이 있었다.

기자들은 세간에 일고 있는 의혹에 대해 질문하였다.

"정승화 육군참모총장이 이번 사건과 관련됐다는 의문이 일부에서 제기되고 있는데 이에 대해 소상히 해명해 줄 수 있습니까?'"

전두환은 별일 아니라는 투로 대답했다.

"이미 발표문에 상세히 말씀드렸습니다. 정 총장은 오후 4시 55분에 김재규가 중앙정보부 김정섭 차장보와 저녁을 함께 하자고 불러서 간 것입니다. 이보다 앞서 오후 4시에 차지철 경호실장으로부터 대통령께서 중앙정보부 식당에서 저녁을 먹겠다는 연락을 받고 정 총장을 부른 것으로 보아, 일종의 유인이며 사건 후에 정 총장을 설득하거나 협박하려고 한 것입니다. 특히 김재규는 차 안에서 정 총장에게 협박하거나 말을 듣지 않을 경우엔 살해할 생각이었는데, 김재규가 옷과 신발을 갈아신는 등 우물쭈물하는 사이 육군본부 벙커에 도착해 버렸습니다. 정 총장은 단순히 아무런 의심의 여지 없이 식사 약속만 믿고 갔습니다. 발표문을 보면 정 총장의 일거일동을 알 수 있습니다. 만약, 정 총장이 중앙정보부로 갔더라면 큰 혼란이 초래되지 않았겠느냐고 생각됩니다. 정 총장이 육본으로 가자고 제의했고 김재규의 수행비서인 박흥주도 동의했습니다. 박흥주는 김재규와 정 총장이 이미 상의한 것으로 오해했던 것이지요. 정 총장이 벙커에 도착한 후 신속한 조치를 취함으로써 문제가 확대되지 않았고 질서 정연히 사태를 수습할 수 있었습니다."

"네, 알겠습니다. 비상각의가 국방부에서 개최된 이유와, 시간적으로 네 시간이나 지연됐는데 그 이유는 무엇입니까?"

"정 총장과 국방장관은 청와대 내부에서 일어난 사고로 알고 있었습니다. 이미 국무위원과 군지휘관 일부가 국방부에 와 있었고 청와대는 위험지구라고 생각했으며, 중앙청은 보안유지가 잘 되지 않을 것으로 판단하여 국방부로 장소를 선택했던 것입니다. 계엄령 선포도 통금 해제 직후인 새벽 4시 10분에 발표하면 빨리 전 국민에게 알릴 수 있다고 생각했기 때문입니다. 새벽에 계엄령을 선포한다면 국민이 모두 취침 중이어서 알 수 없기 때문에 통금 해제 직후로 발표 시간을 정했습니다."

합동수사본부의 발표가 끝나자 정승화는 합수부가 자신이 사건에 연루되었다는 것을 적극적으로 변호해 준 셈이 되어 위안 삼을 수 있었다.

그러나 합수부의 발표 이후, 그에 대한 의혹이 잦아들기는커녕 오히려 의심이 증폭되는 결과를 가져왔다. 특히 정승화와 오래전부터 친분이 있어 왔던 1군단장 황영시, 국방부 군수차관보 유학성, 수도군단장 차규헌 장군은 합동수사본부를 찾아와 왜 정승화를 연행해서 수사하지 않느냐고 따져 묻기까지 했다. 유학성은 49년에 정훈 1기로 임관하였고, 황영시는 육사 10기, 차규헌은 육사 8기였다. 모두 정규 4년제 육사 출신이 아니고 군의 원로급에 해당하는 장군들이었다.

이 가운데 특히 황영시 장군은 전두환 합동수사본부장을 앞에 두고 힐난하였다.

"전 장군, 당신 지금 뭐 하고 있는 거야? 빨리 정 총장을 수사해야지."

그러면 전두환은 대선배의 말에 어쩔 줄 몰랐다.

"황 장군님, 수사를 감정대로 할 수는 없지 않겠습니까. 조금 기다려 주시지요."

"어허, 이 사람 좀 보게. 추진력 있는 줄 알았더니, 혹시 전 장군도 정 총장과 한통속 아닌가?"

"아이고, 무슨 말씀을 그리하십니까. 당치도 않는 말씀입니다."

황영시 장군이 이런 말을 했던 데는 이유가 있었다. 전두환이 정승화를 수사하지 않는 것은, 둘이 한패가 되어 정국을 요리하려고 하는 것 아니냐는 뜬소문까지 돌고 있었기 때문이었다. 당사자로선 버선목 뒤집듯 속을 내보일 수 없었고 수사를 위해 모든 것을 밝히기도 어려웠다.

전두환 합동수사본부장만 이런 오해를 사는 것이 아니었다. 허화평, 허삼수, 이학봉 등 보안사령부에 근무하는 사람들도 선후배 장교들이 연락해서 왜 정승화 총장을 수사하지 않느냐, 무슨 꿍꿍이속이 있느냐고 물어보는 바람에 귀찮을 지경이었다. 특히 허화평은 비서실장을 맡고 있어 그런 전화가 많이 걸려 왔다. 그는 나중에 부관에게 자기를 찾는 전화가 오면 아예 없다 하라고 지시하기까지 했다.

전두환 합동수사본부장의 수사 전모 발표가 있은 날 오후에 이학봉은 백동림과 마주 앉았다. 마산 보안부대장으로 있다 올라온 백동림 대령은 수사를 주도적으로 하기보다, 이학봉을 비롯한 합수부의 수사를 측면에서 지원하는 경향을 띠고 있었다. 수사는 그가 기초부터 가르친 이학봉이 담당하고 자신은 오랜 수사경력으로 지원하는 편이었다. 어떻게 생각하면 자존심 상하는 일일 법도 했지만, 본래 어떤 수사든지 관할 기관이 주도적으로 해나가고 다른 곳에서 불려 온 사람들은 필요한 부분을 지원하기 때문에 개의치 않았다.

이학봉이 백동림에게 물었다.
"대령님, 김재규의 수사에서 뭔가 퍼즐 한 조각이 빠진 것 같지 않습니까?"
"그게 뭔데?"
"대통령과의 만찬장에 함께 있었던 사람 가운데 김재규와 대통령 비서실장 김계원만 살아 있지요. 김계원은 이미 조사를 시작했으니 결과가 나올 것이고, 김재규도 시해 동기와 목적이 슬슬 윤곽을 잡아가고 있는데…."

백동림 대령은 이학봉이 무슨 말을 하려는지 짐작하면서도 다음 말을 기다렸다.

"만찬장으로부터 50미터 떨어진 곳에 있었던 정승화 총장의 행적이 여러모로 수상하다는 말씀입니다."

"어떤 면에서 그렇지?"

"일단 범인 김재규가 시해 직전 정 총장을 불러다 대기시켰다는 점과 그 후 여러 가지 행동이 수상쩍습니다."

이학봉은 큰 덩치에 어울리지 않게 수사에 있어선 동물적인 감각을 발휘하는 사람이다. 백동림은 그가 정 총장 연행을 바라고 있다는 것을 잘 알고 있었다.

"이봐, 수사는 짐작만으로 할 수 없는 일이야. 더구나 정 총장이 지금은 계엄사령관 아닌가. 함부로 설치다간 크게 당하는 수가 있어. 일단 김재규로부터 뭔가 의미 있는 진술을 받아내는 것이 중요해."

"바로 그것 때문에 오전에 본부장님이 수사전모를 발표할 때 정 총장은 연루되지 않았다고 했지요. 그렇다고 수사가 끝난 것은 아닙니다."

"알고 있네. 수사는 증거로 말하는 것이지. 심증이 있다고 해서 무조건 잡아다 두들겨 패는 수사 기법은 옳지 않아."

백동림의 말에 이학봉은 풀이 죽은 모습이었다. 그것이 안쓰럽게 보였던 모양이다.

"이 국장, 자네는 왜 김재규 조사실에 들어가지 않는가? 혹시 예전에 모셨던 지휘관이기 때문에 그렇다면 나 또한 마찬가지야. 나도 김재규가 보안사령관일 때 그를 모셨으니까. 나는 이번 수사를 외곽에서 지원하는 입장이라서 김재규를 직접 대면 조사할 필요가 없지만, 자네는 수사를 책임지고 있잖은가. 피하지 말고 직접 부딪혀 봐. 어쩌면 거기서 의외의 소득을 올릴 수 있을지도 몰라."

백동림의 말에 이학봉은 힘을 얻었다. 김재규가 보안사로 체포되어 온 후 경력 있는 수사관들을 앞세우고, 자신과 백동림은 뒤에서 수사를 지휘할 뿐이었는데 이제 직접 그를 만나야겠다는 생각이 들었다. 껍질 상치 않게 호랑이를 잡을 수는 없는 일이었다.

그는 백동림과 이야기를 마치고 자리에서 일어섰다. 바로 사무실에 가서 신문 조서를 살펴보고, 담배를 몇 대 태운 후에 김재규를 만났다.

"부장님, 오랜만입니다. 저 이학봉을 기억하시겠습니까?"

김재규는 아는 사람 없이 혼자 여러 날 동안 신문을 받는 것에 지쳐 있다가, 예전에 데리고 있던 부하를 만나자 반가운 표정을 지었다.

"암, 기억하고말고. 자네 아직도 여기에 근무하고 있었나?"

"네, 송충이는 솔잎을 먹어야죠. 제가 어디 갈 곳이 있겠습니까."

마치 다방에 들렀다가 우연히 아는 사람을 만난 것처럼 편안한 표정으로 대했다. 김재규는 긴장을 풀고 이것저것 예전 이야기를 풀어냈다.

"나도 자네가 여기 있다면 언제고 나타날 줄 짐작하고 있었네. 자네처럼 능력 있는 수사관이 이번 수사에서 빠진다면 말이 안 되지. 이곳 대공분실은 말이야. 내가 초대 보안사령관으로 있을 때 지은 것이거든."

"아, 그러십니까. 그럼, 뭐 부장님께는 낯선 곳이 아니군요. 집에 온 것처럼 편안히 계시면 되겠습니다. 불편한 것이 있으면 저에게 말씀하시고요."

"고맙네."

이렇게 긴장을 풀고 나서 이학봉이 아무것도 아니란 투로 질문을 던졌다.

"부장님께서 진술하신 것을 보니 이해가 잘 됩니다. 이번 거사에 동원될 부대는 어느 부대였습니까?"

이미 다른 수사관들에게 대답해 준 것이라 김재규는 별다른 생각 없이 말해주었다.

"정승화가 내 편이라 그런 건 염려하지 않았어."

순간 이학봉의 눈빛이 번뜩였지만 겉으로 드러내지 않고, 그저 덩치 크고 미련한 곰이 나무에 등을 기대고 긁듯 상체를 뒤로 젖히고 질문을 이어갔다.

"대통령을 시해하려면 누구를 시키든지 하실 일이지 왜 직접 부장님의 손에 피를 묻히셨습니까? 부장님이 직접 대통령을 시해했다는 것이 알려지면 얼마나 많은 비난을 받으시려구요?"

"내 심복인 안전국장 김근수를 시키면 내가 직접 하지 않은 것으로 다 처리할 수 있다고 생각했지."

순간 이학봉은 앞에 있는 김재규 뺨을 한 대 후려갈기고 싶은 마음이 들었다. 자신이 한 잘못을 남에게 뒤집어씌우고 안위를 취하려 했으니 말이다. 그는 천천히 호흡하면서 감정을 누그러뜨리고 맞장구를 쳐주었다.

"네, 그럴 수도 있겠습니다."

김재규는 이학봉과 대화하는 것이 다른 수사관들보다 편했는지 자신이 계획했던 것을 자랑삼아 말해주기 시작했다.

"나는 혁명을 하려고 했어. 자네도 그것을 알아야 하네."

"혁명이오? 혼자서 무슨 혁명을 할 수 있다는 말씀입니까?"

"혼자가 아니야. 물론 시작은 혼자 하더라도 일이 진행되다 보면 자연스레 사람들이 가담하게 되는 것이지. 마치 강한 자석에 쇳가루가 달라붙는 것처럼."

"대단하십니다. 보통 사람이라면 꿈도 못 꿀 일입니다."

"그것이 바로 궁중 암살이란 것일세."

"궁중 암살이요?"

"최소의 인원으로 권력의 핵심을 제거하는 것, 피해를 줄이고 효과를 극대화 시키는 일종의 암살 혁명이야. 박 대통령의 군사 혁명은 그가 권력의 핵심에 접근할 수 없었기 때문에 군병력을 동원한 무력 혁명으로 치달을 수밖에 없었네. 나는 굳이 그렇게 하지 않고도 혁명을 성취할 수 있는 것이지. 국민들에게도 좋은 일 아닌가."

이학봉은 김재규의 말을 잘 이해하지 못하는 눈치였다.

"부장님, 저는 잘 모르겠습니다. 어떻게 혁명을 하려고 하셨는지 구체적으로 말씀해 주세요."

"좋아. 나의 혁명은 3단계로 되어 있다. 물론 지금도 그 혁명은 진행 중인 셈이지."

이학봉은 침을 꿀꺽 삼키고 귀를 쫑긋 세웠다.

"혁명 1단계는 국내에서 소요가 확산되고 민심이 박 대통령을 떠났다고 판단되는 순간 시해하는 것이다. 이때 혁명의 성공을 위해 정승화 총장을 시해사건에 끌어들이는 것이야."

"아, 그래서 궁정동 만찬 직전에 정 총장을 부르셨군요."

"맞아. 정 총장은 군권을 쥐고 있는 사람이니까. 혁명 2단계는 정 총장에게 비상계엄을 선포하도록 하고, 계엄군을 서울 시내에 진주시켜 국가의 주요 기관을 점거하고 그 통치 기능과 권력을 한순간에 장악하는 것이지."

김재규는 마치 노트에 쓰인 글을 읽는 것처럼 조리 있게 말하고 있었다. 그동안 얼마나 거사를 위해 마음속으로 절차를 반복적으로 되뇌어 왔는지 알 수 있었다. 이학봉은 등에 소름이 쫙 돋는 것을 느꼈다. 이제 김재규는 스스로 도취되어 이학봉이 묻지 않아도 마지막 단계를 말하기 시작했다.

"혁명 3단계는,"

"부장님, 2단계까지만 해도 일은 거의 성공한 것이나 다름없어 보입니다."

"아니, 혁명 3단계가 남았어. 계엄군이 전 국가기관과 국가기능을 완전히 장악하면, 비로소 혁명을 선포하고 계엄사령부를 혁명위원회로 발족시키는 거야."

"혁명위원회라."

이학봉은 김재규의 확신에 가득 찬 말에 감동되어 자기도 모르게 중얼거렸다. 그것이 김재규에게 자신감을 주었는가 보다.

"내가 독재자 박 대통령을 시해한 것은 일신의 안위와 영달을 위한 것이 아니라 혁명이야. 그러니 반드시 혁명위원회가 있어야지. 의장은 거사를 단행한 내가 맡고, 부의장은 최규하 국무총리, 위원장은 계엄사령관이었던 정승화를 시키는 것일세."

"부장님은 다 생각이 있으셨군요."

"암, 대통령 시해를 아무런 생각도 없이 할 수 있었겠나. 기밀유지를 위해 단독 범행으로 하되 경호실의 경호가 가장 느슨해지는 궁정동 안가에서의 만찬을 이용했던 것일세. 대통령과 경호실장만 제거하면 되고 만약 불가피하다면 심복을 시켜 경호원들을 제거하는 것으로 계획했어."

"심복이라면 박흥주 대령과 박선호를 뜻하시는 것입니까?"

"맞아, 두 사람은 내가 지옥으로 가자고 하면 함께 할 사람들이야."

문득 김재규는 부하들이 떠오르는지 잠시 눈을 감았다 떴다.

"부하들이 염려되십니까?"

"그래, 흥주는 비록 부하일망정 그 인품으로 보면 존경심이 드는 친구고, 선호는 나를 향해서 항상 우직한 충정을 보여주었지. 하지만 이 고난이 오래가진 않을 거야. 조금만 참고 기다리면 좋은 날이 올 테니까 내가 가진 모든 것을 주고서라도 두 사람에게 보답할 걸세."

"부장님의 거사가 옳은 것이라면 역사가 인정해 줄 겁니다."

"자네도 지금부터 판단을 잘해야 하네. 인생을 살다 보면 선택의 기로에 설 때가 있어. 내가 보기에 자네도 마찬가지야. 조금 전 말했듯 혁명 1단계는 이미 완료되었고 2단계는 진행 중이다. 절반은 성공했다고 봐야겠지. 이미 정 총장이 계엄사령관이 되었고 행정과 사법업무를 모두 관장하고 있으니까."

"그럼 부장님과 정 총장은 이미 약속이 되어 있었던 것입니까?"

"그건 아니야. 내가 뭐라고 했나. 보안 유지가 가장 중요하다고 했잖은가. 내 심복들에게도 알려주지 않은 것을 정 총장에게 사전에 알려줄 수 없는 노릇이었어. 다만, 정 총장은 내가 여러 가지로 혜택을 주었고 동향 사람이기 때문에, 내 의도를 따라줄 것으로 믿었고 지금도 그렇게 믿고 있네. 이제 혁명 2단계를 완성하고 3단계로 넘어가면 되니까 내가 하는 말도 나중에 모두 역사의 증언으로 남을 걸세."

"네, 보통 사람은 쉽게 생각지 못할 엄청난 계획인 것 같습니다. 오늘은 여기까지 하겠습니다. 부장님, 혹시 필요한 것이 있으면 저에게 말씀해 주십시오."

이학봉은 감탄인지 조롱인지 모를 말을 뱉어놓고 정중하게 인사한 후에, 동석한 수사관에게 진술 조서를 잘 정리하라는 당부를 하고 자리를 떴다. 그는 조사실을 나와 재빠르게 차에 오르고 합동수사본부로 방향을 잡았다. 합동수사본부에 도착해서는 긴 복도를 쿵쿵거리며 본부장실을 향해 찾아 달렸다. 허화평은 사무실에 앉아 멀리서부터 쿵쿵거리는 소리를 듣고 이학봉 수사국장이 오는구나 짐작하고 기다렸다.

패륜에서 영웅으로

 김재규가 3단계 혁명 계획을 진술한 이후 합동수사본부는 발칵 뒤집혔다. 지금까지 치밀하게 계획되었다기보다 우발적인 단독 범행이 아닐까 생각하고 있었는데, 수사를 전면적으로 재검토하지 않으면 안 될 상황에 직면했던 것이다. 합동수사본부장실에서 김재규의 진술을 놓고 논의가 시작되었다. 먼저 이학봉이 김재규의 진술서를 읽어 내려간 후에 의견을 덧붙였다.

 "김재규의 3단계 혁명 계획이 사실이라면, 현재 1단계는 성공한 셈이고 2단계는 진행 중이라고 봐야 할 것입니다. 절반의 성공이지요."

 참석한 사람들이 놀란 얼굴로 웅성거렸다.

 "어찌 그런 일이 있을 수 있단 말인가."

 "아무렴 혼자서 그런 일을 벌이기는 어렵겠지. 암."

전두환은 이미 이학봉으로부터 보고를 받은 터라 놀란 기색 없이 백동림 대령을 보며 물었다.

"백 대령, 자네는 김재규가 진술한 혁명 계획이 사실이라고 생각해?"

"아직 확신하기는 어렵습니다. 범인의 진술만 있을 뿐이고 동조한 사람이 없으니까요. 어쩌면 자신을 과대 포장하기 위해서 하는 허황된 말일 수도 있습니다."

"그걸 어떻게 확인할 수 있을까?"

"그게 좀, 김재규가 정 총장을 끌어들인다는 생각만 있었는지, 아니면 실제 그런 의사를 전달했는지 불확실해서 말입니다."

"음, 쉽지 않은 일이겠군."

"그렇습니다."

이학봉은 백동림의 생각과 약간 다른 모양이었다. 백 대령의 말이 끝나기 무섭게 대화에 끼어들었다.

"본부장님, 이럴 때는 수사의 원칙만 생각하면 됩니다. 다른 정치적 고려를 할 필요가 없다고 생각합니다. 범인이 실토했으면 거기에 연관된 사람들을 모두 소환해서 사실 여부를 밝히면 됩니다. 어려울 것이 뭐 있나요."

이학봉의 말에 허화평과 허삼수가 고개를 끄덕였다. 하지만 백동림은 고개를 갸웃거리며 말을 받았다.

"저도 이 국장의 말에 원칙적으로는 동의합니다. 수사는 성역 없이 누구도 예외를 두어선 안 되는 것이니까요. 정 총장에 대한 수사가 필요하긴 한데, 그가 계엄사령관이고 최 권한대행과 노 국방장관이 유보를 하고 있으니 쉽지 않은 것이 현실입니다. 이 문제는 결국 본부장님이 풀어가야 하실 문제라고 생각합니다."

백동림이 말을 마치자 이학봉이 냉큼 말을 받았다.

"제가 이런 말씀까지 드리는 것이 좀 그렇습니다만, 솔직한 저의 심정을 말씀드리겠습니다. 최규하 대통령 권한대행도 사실 수사 대상입니다. 김재규가 말한 혁명의 마지막 단계에 최규하를 혁명위원회 부의장에 앉히려고 했다니까요. 그러고 보니 대통령 시해 당일 최규하의 행적도 수상하긴 합니다. 처음 대통령 각하의 서거 사실을 아는 사람은 최규하, 김계원, 김재규밖에 없었습니다. 그런데 최규하 권한대행은 입을 꾹 다물고 병원에 가서 시신을 확인할 때까지 무려 네 시간 동안 특별한 조치를 취하지 않았지요."

이번엔 허삼수가 이학봉을 거들고 나섰다.

"맞습니다. 최규하 권한대행뿐만 아니라 김계원 비서실장도 수상합니다."

"김계원은 이미 조사 중이잖은가."

"네, 그는 대통령 시신을 국군서울지구병원에 안치하고 곧바로 청와대로 들어가 총리와 내무장관 및 법무장관을 호출해서 불러

들였습니다. 계엄선포를 건의할 수 있는 사람은 내무와 법무장관이니까요. 김계원의 행적을 시간대별로 보면, 저녁 7시 40분 사건 발생, 8시 5분 병원 도착, 8시 15분 청와대 도착입니다. 즉, 병원에서 청와대까지 가서 총리와 주무 장관을 호출하는 데까지 걸린 시간은 불과 10분 남짓입니다. 보통 사람이라면 총격으로 대통령이 저격당하는 것을 보고 정신이 나갔을 겁니다. 그런데 김계원은 무척 침착하고 기민하게 행동하였습니다."

"총리와 주무 장관을 호출한 것이 기민했다고?"

"그렇습니다. 비서실장의 임무는 대통령의 신변에 관한 일을 처리하는 것입니다. 그는 바로 경호실에 연락해서 경호원들을 부르고 병원에서 총리를 기다렸어야 합니다. 이것이 상식일진대 김계원은 자신과 중정 요원들이 모시고 온 사람이 누구인지 밝히지 않고, 그저 아무도 시신에 접근하지 못하도록 해놓았을 뿐이었습니다. 그리고 청와대로 들어가서 총리에게 처음으로 한 말이 뭔 줄 아십니까?"

전두환은 보고서를 통해 김계원이 뭐라고 했는지 이미 알고 있었지만 잠자코 들어보았다.

"그는 총리에게 말하길, 만찬 도중에 김재규가 차지철을 쏘았는데 박 대통령께서 맞아 돌아가셨다. 지금부터 헌법에 의해서 당신이 대통령 권한대행이다. 즉시 계엄을 선포하라고 했습니다. 뭔가 이상하지 않습니까. 대통령 비서실장이 주제넘게 국무총리더러 계엄을 선포하라 마라 할 수 있나요. 이건 사전에 계획된 시나리오가 있지 않았나 하는 의심을 들게 만듭니다."

"음, 최 대행이 그때 대통령 각하의 서거 사실을 알고서도 비상국무회의에서 입을 꾹 닫고 있었다는 점, 김계원이 대통령 시신을 병원에 안치시키고 곧바로 계엄 선포를 해야 된다고 말한 점이 이상하긴 하군."

"네, 그래서 추가 조사가 필요하다고 생각합니다."

허삼수가 김계원의 수상한 행적에 대해 말을 마쳤고, 전두환은 더 할 말이 있느냐는 표정으로 좌중을 둘러보았다. 이학봉이 두툼한 서류철을 넘기면서 이야기를 시작했다.

"방금 허 국장이 말씀드린 대로 최규하 권한대행과 김계원 비서실장의 행적 또한 수사가 필요하다고 생각합니다. 다음으로 말씀드릴 것은, 제가 법무 참모에게 문의하여 들은 것입니다. 국무회의를 하려면 청와대에서 하는 것이 정상이라고 합니다. 그런데 김재규가 정승화와 함께 육군본부 벙커로 가서 김계원에게 전화를 걸어 '육본으로 오십시오.'라고 했답니다. 김계원이 '총리가 여기 있다, 국무회의를 하려면 청와대로 와야 한다.'고 대답하니, 김재규가 '형님, 다 끝났는데 거기 가서 뭐 합니까?'라고 되묻고, 계속 오라고 하여 결국 총리 일행이 육군본부로 가게 된 것입니다. 이 부분도 굉장히 중요한 부분입니다. 국무회의를 청와대에서 열어야지 왜 육군본부 지하벙커에서 합니까. 북한군이 쳐들어온 것도 아니고 어디서 군을 동원해야 할 만큼 큰 소요사태가 생긴 것도 아니었습니다."

"그건 그렇지."

"총리 일행이 도착했을 때, 김재규는 김계원을 화장실로 데리고 가서 또 계엄 선포에 대해 이야기 했습니다. 도대체 왜 계엄 선포가 그렇게 중요했을까요."

"대통령 유고 상황이니만큼 계엄이 선포되는 것은 당연하다고 보네."

"네, 본부장님처럼 생각할 수도 있지만, 김재규, 김계원이 계엄 선포를 그토록 원했던 것은 자기편이라고 생각하는 정승화 총장이 계엄사령관이 되어야 한다는 뜻 아닐까요. 저는 그렇게 생각합니다."

"자네, 지나친 비약이야. 지금으로선 모든 가능성을 열어 두어야겠지만 결론을 정해놓고 수사할 수는 없어."

"저는 가정을 해본 것뿐입니다."

이학봉의 말이 그리 틀렸다고 보기는 어려웠다. 김재규와 김계원은 만찬장에 함께 있었으며, 김재규가 총을 쏜 다음 정승화를 데리고 육군본부로 가버린 후에, 김계원은 대통령 시신을 옮겨놓고 곧바로 청와대로 들어가서 총리와 계엄 선포를 건의할 수 있는 장관들을 불러들였다. 적어도 김재규와 김계원의 공통 관심사는 즉각

적인 계엄 선포에 있었다는 것이 분명해 보였다. 최규하는 김계원으로부터 김재규가 쏜 총에 대통령이 맞았다는 것을 듣고도 최소 네 시간 이상 범인이 누구인지 밝히지 않았고, 정승화는 계엄사령관에 임명된 후에도 김재규가 자신을 불러놓았다는 것에 대해 입을 다물었다.

김계원이 노재현 국방장관에게 김재규가 범인이라고 말한 것은 국방부에서 열린 비상국무회의가 이상한 방향으로 흐르는 것을 목격한 후였다. 김재규는 만찬장에서 와이셔츠 바람으로 신발을 신지 않은 채 뛰쳐나왔었다. 그걸 보고 수행비서인 박흥주 대령이 차 트렁크에 넣어 두었던 양복 재킷과 오후에 샀던 자신의 구두를 벗어주었다. 그렇게 참석한 비상국무회의장에서 김재규는 살기등등하면서도 초조한 목소리로 계엄 선포를 주장했다.

"지금 각하께서 돌아가셨습니다. 북한이 남침할 수 있으니 전방 경계를 강화하고, 이 사실을 48시간 정도 보안에 부친 다음에 차후 대책을 수립해야 됩니다."

그런데 김치열 법무장관이 반론을 제기하고 나섰다.

"아니, 어떤 이유에서 48시간이나 보안에 붙여야 합니까?"

"그건 북괴의 남침 위협 때문입니다. 보안이 필요해요."

김재규는 북한을 들먹이며 보안 유지의 필요성을 강조했다. 그러나 김 장관은 쉽게 물러서지 않았다. 그는 검사 출신으로 70년부터 4년간 중앙정보부 차장으로 근무한 경험이 있었기 때문이다.

"물론 부장님께서도 잘 아시겠지만, 내가 생각하기로는 대통령 유고 사실을 48시간이나 보안 유지하는 것은 불가능에 가깝습니다. 아무도 모르게 사태를 수습하자는 방안도 현명하지 못한 것 같아요. 정보력이 좋은 미국에서 이미 알고 있을 수도 있는데, 우리가 국민들에게 알리지 않는다면 그건 정치 도의상 예의가 아니올시다. 또 북괴의 남침 위협이 걱정된다고 하셨는데요. 북의 동향을 면밀히 살피고 우리가 출동 준비를 하려면, 오히려 동맹인 미국에 알려야 더욱 효과적인 대비 방안을 찾을 수 있지 않겠습니까. 저는 있는 사실 그대로 국민들에게 알리는 것이 좋다고 생각합니다."

"이봐요, 난 김 장관과 생각이 다릅니다."

김계원은 김재규가 금방이라도 권총을 꺼내 김치열의 이마에 겨눌 것 같은 생각이 들었다. 다행히 그런 일은 일어나지 않았다. 김 장관의 반론에 이어 이번엔 박동진 외무장관이 나섰다.

"외교적으로 볼 때, 미국에게 휴전선을 비롯한 한반도 경계를 강화해달라고 요청하기 위해서는 즉시 사태를 통보해야 됩니다. 만일 우리가 미국에 보안의 유지를 요청하더라도 그들 사회의 체질로 보면 바로 언론에 보도될 것입니다. 그렇게 외국 언론을 통해 역으로 우리 국민들이 알게 된다면 어떻게 되겠습니까. 정부 각료들은 고개를 들 수 없을 것입니다."

구구절절 옳은 말이었다. 김재규가 보안을 48시간이나 유지해야 할 필요성을 설득력 있게 말하지 못하고 우물쭈물하자, 신현확 부총리와 구자춘 내무장관까지 나서서 일을 순리대로 처리하자고 주문했다.

"도대체 범인이 누구입니까? 무턱대고 계엄령을 선포해야 된다는 말만 하지 말고 그 자리에서 있었던 상황을 자세히 이야기해 주시오."

각료들이 들고 일어나 김재규를 몰아붙여도 최규하 국무총리는 입을 꾹 다물고, 김계원 대통령 비서실장은 꾸어다 놓은 보릿자루처럼 한쪽 구석에 앉아 있었다. 정승화도 감히 그 현장 가까운 곳에 있었다는 말을 하지 못했다.

뒤늦게 김성진 문공부 장관이 비상국무회의장으로 들어왔다. 그는 기자 출신으로 현장을 읽어내는 눈치가 빨랐다. 돌아가는 분위기의 심각성을 금방 알아채고 계엄령 선포를 주장하는 김재규에게 물었다.

"부장님, 만약 계엄을 선포한다면 그 사유를 뭐라고 해야 됩니까?"

언론을 책임진 문공부 장관의 질문에 김재규는 이렇게 말했다.

"소련은 브레즈네프 사망 여부를 수일 동안 비밀로 지키고 있습니다. 우리도 보안만 잘 지키면 대통령 유고 상황을 관리할 수 있어요. 계엄의 사유는 치안사태 때문이라고 하면 되지 않겠습니까."

"문공부는 사실을 알려야 되는 책임이 있는데."

"지금 이것저것 따질 겨를이 없어요."

"어허, 이것 참."

김성진 장관이 난색 표하는 것을 보고 김계원은 점점 늪으로 빠져드는 듯한 느낌이 들었다. 도대체 김재규와 공모한 일당이 누구인지 알 수 없는 상황에서 자신이 어떻게 처신해야 좋을지 감을 잡기 어려웠다. 김재규가 총리 일행을 육군본부로 오라고 할 때는 사전에 무슨 준비를 해놓은 줄 알았는데, 각료들과 입씨름하는 것을 보면 그렇지도 않은 것 같았다. 각료들의 반박에 무조건 계엄 선포와 보안 유지만을 앵무새처럼 외치고 있으니 말이다. 숨 쉬는 것조차 위태로울 지경이었다.

그는 궁리 끝에 노재현 국방장관과 정승화 육군참모총장을 조용히 조약래 장군 방으로 안내하여 대통령을 시해한 범인이 누구인지 밝혔다.

"김 부장과 차 실장이 다투다가, 김 부장 총에 각하께서 돌아가셨소."

이렇게 하여 국방장관은 범인이 누구인지 알게 되었고, 대통령 시해범 김재규는 육군 헌병과 보안사 오일랑 중령 등에게 체포당해 수사받게 되었던 것이다.

　11월 13일에 이르러 합동수사본부는 김재규와 김계원, 그리고 거사에 가담했던 중앙정보부 요원들에 대한 수사를 마치고 계엄군법회의 검찰부로 송치하였다. 이들은 합동수사본부에서 서로 얼굴을 보지 못한 채 각자 조사받느라고 돌아가는 형편을 알 수 없었다.
　김재규는 합수부에서 조사받는 동안 줄곧 자신 있는 태도로 동기와 혁명을 이야기하였다. 즉, 대통령을 시해하고 계엄을 선포한 후에 혁명위원회를 통해 자신이 집권하려 했다는 것이었다.
　그런데 계엄사령관인 정승화가 관할하는 군법 회의로 송치되자, 재야는 김재규를 옹호하며 무려 21명에 달하는 대규모 변호인단을 구성해서 그의 범행을 정당화하기 시작했다. 이때부터 김재규의 진술은 번복되었다. 처음 변론에 나선 변호사들 중 상당수는 민청학련 사건 때 변론을 맡았던 사람들인데, 이들이 전 중앙정보부장을 변론한 것은 그야말로 시대가 바뀌었다는 것을 실감케 하였다. 변호사들은 김재규가 독재자를 제거한 영웅이라 추켜세웠고, 김재규 또한 자신의 범행 동기가 집권이 아닌 민주화를 위해서였다고 수정하였다.
　"내가 범행 동기를 집권하기 위해서라고 말했던 것은 합수부의 고문에 의한 거짓 자백이었다. 나는 민주주의를 위하여 야수의 심정으로 유신의 심장을 쏜 것이다."

 독재의 그늘에서 고통받던 사람들 입장에선 김재규가 독재자를 죽인 영웅으로 보였을 것이다. 그러나 사건이 발생한 직후, 김재규를 체포하여 진술을 받아냈던 합수부 수사관들은 그의 말을 듣고 아연실색할 수밖에 없었다. 김재규의 건강이 좋지 않고 그 위치를 볼 때 감히 고문하려야 할 수 없었는데, 고문 때문에 거짓 자백했다고 하니 말이다. 수사관들이 볼 때 범죄자의 최초 진술은 매우 중요하게 생각되었다. 변호인과 여론 등 외부적 영향을 전혀 받지 않고, 이것저것 고려하지 않은 상태에서 한 말이었기 때문이다. 그런데 칠팔월 수숫잎처럼 최초 진술을 번복하고 나오자 울화통이 터질 지경이었다.

 12월 4일부터 재판이 시작되고 김재규의 변호인단은 곧 재판부에 '재판권에 관한 재정신청'을 냈다. 그 취지는 재판권이 계엄군법회의에 있는 것이 아니라 서울형사지방법원에 있으니 군사법원에서 재판받을 수 없다는 것이었다. 계엄군법회의에 의한 재판보다 일반형사법원에서 재판을 받으면 재판절차와 판결이 크게 다를 수 있기 때문이었다. 변호인단은 재정신청 이유를 이렇게 설명했다.

 "계엄군법회의의 설치 근거가 되는 대통령 권한대행의 비상 계엄 선포 자체가 적법한지, 그 효력이 있는지에 대하여 의문이 있다. 계엄이란 헌법에 따라 전시 사변 또는 국가비상사태에 있어서 병력으로 군사상의 필요 또는 공공의 안녕과 질서를 유지할 필요가 있을 때 선포된다. 그러나 10월 27일 새벽 4시를 기해 선포한 비상 계엄은 현실적으로 위 요건을 하나도 갖추지 않은 채, 대통령이 사망했다는 사유 하나만으로 선포된 것으로 그 적법성과 효력을 인정할 수 없다. 그렇다면 비상 계엄 선포가 유효함을 전제로 설치된 계엄군법회의에서 김재규에 대한 재판권을 행사할 수 없다."

계엄 선포는 부적법하고 민간인의 범행을 군법 회의에서 재판하는 것은 부당하다는 것이었다. 사람들은 대통령 시해 후, 김재규가 비상국무회의 석상에서 각료들에게 계엄 선포를 강력하게 주장했었다는 것을 알고 있었다. 그랬던 그가 과연 변호인단의 논리를 받아들였을지 궁금하게 생각하였다. 변호인단의 각종 신청은 자신이 변호하는 피고인의 의사와 반해서 할 수 없기 때문에 김재규의 의중이 반영되었다고 봐야 할 것이다. 그것이 사실이라면 김재규의 언행은 앞뒤가 맞지 않아 모순되는 셈이었다.

김재규는 자기가 나라를 통치하려 했다는 집권 계획, 즉 시해 동기에 대한 부분을 부인하고 민주화 운동이라고 주장하였다. 그 외 사건 경위, 시간, 대화, 내용 등에 대한 대부분 공소사실을 시인하였다.

"대통령 시해 이후, 도지사 이상 장관급으로 의결기관인 혁명의회를 구성하고, 군단장 이상의 군지휘관으로 집행기구인 혁명위원회를 구성할 계획이었다. 부대 기관으로 혁명재판과 혁명검찰을 운영하려 했다. 기간은 3내지 5개월로 생각했다."

아무튼, 김재규의 변호를 위해 당초 21명의 변호사들이 발 벗고 나섰고, 그 후 다시 13명의 변호사가 선임계를 낼 준비를 하고 있었다. 하지만 김재규가 사선 변론을 거부해서 이들은 법정에 나가보지도 못했다. 만일 모두 선임되었다면 34명의 변호인단이 구성될 뻔하였다.

반면 피고인들 가운데 유일한 현역 군인이었던 박흥주 대령은 11월 30일까지도 변호인이 쉽게 선임되지 않아 가족들이 고통을 받았다. 그는 중앙정보부장의 수행비서를 하면서도 집안 사정이 어려웠다. 매일 출근할 때마다 초등학교에 다니는 두 딸과 늦둥이인 젖먹이 아들에게 무척 다정다감한 아빠였다. 사건이 있기 전 큰딸이 학예회에서 임금 역할을 맡았다고 하여, 사건 전날 밤에 잠을 설쳐가며 색종이를 오려 붙인 왕관을 만들어 주기도 했다.

남들은 중앙정보부장 수행비서 정도면 그 권세를 이용하여 좋은 집에서 살 줄 알았지만, 실제 그가 사는 집은 차도 못 올라가는 달동네 작은 집이었다. 그마저도 전세 잔금을 아직 치르지 못했고, 낮고 어두운 방에서 아이들을 키우느라고 아내는 늘 감기를 달고 살았다. 그는 대령으로 진급한 후 야전으로 나가 부대를 지휘하고 싶었는데, 김재규의 만류로 인해 정보부에 남아 있다가 이런 날벼락을 맞았던 것이다.

　김재규도 이것이 마음에 걸렸는지 최후진술에서 박흥주의 선처를 부탁했다.

　"제 부하들은 양과 같이 착하고 순합니다. 너무 착하고 순하기 때문에 저와 같은 사람의 명령에 이렇게 철두철미 복종을 해가지고, 그 사람들 입장에서 볼 적에는 확실히 죄를 저질렀습니다. 제 입장에서 볼 적에는 혁명을 했습니다만, 그 사람들 입장에서 볼 적에는 죄를 저지른 것입니다. 그러나 그 모든 원천이 저에게 있습니다. 따라서 우리가 많은 사람을 희생시킨다고 해서, 나는 반드시 법의 효과를 얻는 것이라고 생각하지 않습니다. 저는 이 나라의 중앙정보부장까지 지냈던 사람입니다. 이 사람 하나가 총책임을 지고 희생이 됨으로써 충분히 난 그 값어치를 발휘한다고 생각합니다. 따라서 저에게는 극형을 내려주시고 나머지 사람들에 대해서는, 극형만은 면해주시도록 말씀을 드립니다. 특히 저번에도 말씀을 드렸습니다만 박 대령의 경우에는 현역이기 때문에 단심으로 알고 있습니다. 심판장님의 판결이 곧 박 대령에게 대한 마지막 결정이 되는 것입니다. 매우 착실한 사람이었고 가정적으로도 그렇고 매우 모범적이고 결백했던 사람입니다. 청운의 꿈을 가지고 사관학교에 지망했던 제1선발로 올라온 대령입니다. 물론 군에서는 더 봉사할 수 없겠습니다만, 여생 사회에서라도 봉사할 수 있도록 극형

만은 면해주시도록, 간곡히 부탁드립니다."

김재규가 하얀 무명옷을 입고 서서 최후 진술을 할 때, 박흥주는 그 뒷자리에 앉아 침통한 표정으로 바라보고 있었다. 피고인들 가운데 현역 군인은 박흥주뿐이었다. 다른 피고인들과 달리 3심까지 가지 않고 1심에서 내려진 판결로 재판이 종결되는 입장이라서 그런지 시종일관 굳은 표정이었다.

김재규는 민주주의 회복을 위한 혁명을 했다고 주장했으나, 그로부터 명령을 처음 받았던 박흥주와 박선호는 그것을 전혀 알지 못했다.

재판관이 박흥주에게 물었다.

"김 부장의 명령과 대통령의 명령 중 어느 것이 더 중요한가?"

"주위 여건이 그렇게 하도록 만들었습니다. 개인 생각만으로 판단을 잘못했습니다. 어느 것이 올바른 행동이었겠느냐로 고민했고 가족과 함께 자결할 생각까지 했습니다."

"배후가 있다거나 사전 계획을 세운 것이라고 생각하나, 아니면 우발적 사건이라고 생각하나?"

"아마 혼자서 구상했다고 생각합니다."

"김재규가 과거에도 '민주주의를 위하여'라는 말을 한 적이 있나?"

"없습니다."

궁정동 안가를 책임진 박선호 의전과장도 비슷한 질문을 받았다.
"김재규가 대통령을 시해할 이유가 있다고 생각하는가?"
"고위층의 생각은 모르고 있었습니다."
"대통령 시해를 혁명이라고 생각하는가?"
"지금까지 그 문제는 생각해 보지 않았습니다."
박흥주와 박선호는 어둑한 궁정동 구석진 마당에서 김재규에게 명령을 받았던 사람들이었다. 그들은 상관의 명령을 따른 결과로 재판을 받게 되어 사형을 면한다는 것은 생각조차 할 수 없는 형편이었음에도, 상관인 김재규에 대해서 흠 잡힐 만한 소리를 하지 않고 상황을 묵묵히 받아들였다. 오직 김재규만 자신의 행동이 민주주의 회복을 위한 혁명이었다고 주장하고 있었다.

어떻든 김재규는 대규모 변호인단의 지원을 받아 법정에서만큼은 당당한 자세를 유지하려고 노력하였다. 세간에서는 김재규를 동정하고 지지하는 여론이 작게나마 형성되어 점점 힘을 얻어가고 있었다. 서울 시내 후미진 골목에 자리한 대폿집에서도 김재규를 두고 갑론을박이 벌어지는 일이 적잖았다.
"아무리 그래도 그렇지. 제 놈을 아껴주고 그 자리에 올려준 대통령을 어떻게 죽인단 말이야."
누군가 이렇게 말하면 마주 앉은 친구는 주위를 살피며 은근한 목소리로 대답했다.

"사적 친분보다 나라의 민주주의 회복이라는 대의가 더 중요해서 아닐까. 아무나 할 수 없는 일이지."

"사람 죽이는 일을 아무나 할 수 있는가. 말이 좋아 민주주의 회복이요 인권 타령을 하는데, 한번 생각해 보게. 우리처럼 직장에 목숨줄이 달린 사람들이나, 하루 벌어 하루 먹고 사는 이웃들에게 저 높은 사람들의 갈등과 다툼은 강 건너 불구경보다 못해. 난 우리 가족이 밥술이나 굶지 않고 사는 것이 최고의 인권이라고 보네."

친구는 그것이 참으로 답답하다는 표정으로 혀를 찼다.

"사람이 어찌 밥만 먹고 산단 말인가. 정치가 민주적으로 제대로 돌아가야 경제도 잘 돌아가고 우리 백성들이 편안해 지는겨. 왜 그것을 몰라?"

"자넨 참 똑똑해서 좋겠군. 무릇 한 나라의 정치 제도는 국민들의 민도, 다시 말해 정치 의식에 관한 수준에 따라 결정되는 것이야. 피죽도 못 끓여 먹는 사람들에게 가서 민주주의 해야 된다고 아무리 말해 보라구. 그 사람들에게 따귀나 얻어맞지 않으면 다행이지."

"난 김재규가 큰일을 했다고 보네. 솔직히 박 대통령이 장기 집권한 것은 사실 아닌가. 그것 때문에 얼마나 데모가 많이 일어나고 학생들이 잡혀갔나 생각해 보라고."

"흥, 김재규가 하는 말도 죄다 변명처럼 보이던데. 민주주의 회복을 한다는 사람이 멀쩡한 국회를 놔두고 왜 혁명의회를 만들 것이며, 왜 군인들을 데려다 혁명위원회를 만들려 했느냐고. 말로는 야수의 마음으로 유신의 심장을 쏘았다고 하지만 내가 보기에는 그저 권력에 눈이 멀었던 것 같아."

"자네처럼 먹고 사는 데만 열중하니 위에서 우릴 바보 천치로 아는 게야."

두 사람의 논쟁이 길어질 기미를 보이자 대폿집 여주인이 도마를 행주로 닦아 세우며 일갈하고 나섰다.

"그만들 하시요. 잘하믄 우리 집서 정승 판서 나겄소잉. 통금 되기 전에 싸게 싸게 집구석으로 들어들 가시오. 허구헌 날 앉아서 정치 이야기를 해쌌는가 모르겄네잉. 그렇게 포부 대단한 사람들이 왜 이 쬐그만 대포집에서 공술을 마시는 게요? 오늘은 외상 없소. 돈부터 내시요들."

그제야 김재규에 관한 토론을 그치고, 두 친구는 추워지는 날씨에 어깨를 움츠리고 오소소 떨며 걸음을 재촉하였다. 국민들은 사건이 일어난 직후에 김재규를 당장이라도 때려죽일 것처럼 패륜아 취급하다가, 재판을 거듭함에 따라 김재규와 변호인단의 말에 점점 동조되어 가는 사람이 늘어났다. 비록 계엄이 아직 풀리지 않아 드러내놓고 활동하기는 어려웠지만, 일부 종교인들이 김재규 구명운동을 벌여 3천 명이 넘는 서명을 받을 정도였다.

육사 동기생들

　합동수사본부 수사국장 이학봉은 육사 18기로 재판에 회부된 박흥주와 동기였다. 그는 육사에서 4년 동안 함께 공부하였던 동기생이 이번 사건에 연루된 것이 무척 안타까웠다. 특히 박흥주는 생도 시절부터 두각을 나타내 미래 육군참모총장 감으로 여겨지고 있던 친구였으니 말이다. 김재규가 말했던 것처럼 능력이 출중해 동기생 가운데 대령으로 빨리 진급하였고, 이번 일만 없었으면 야전부대 연대장을 하다가 나중에 장군 진급도 가장 빨랐을 것이다.
　이학봉은 합동수사본부에 불려 와 조사받고 있던 박흥주를 만났다. 행여 동기생이라고 해서 봐준다는 말을 들을까 염려되어 만날 생각을 하기 어려웠지만 용기를 냈다.
　"흥주, 고생이 많군."
　"참, 학봉이 자네 보안사에 있었지."

박흥주는 눈을 껌벅이며 그제야 동기 이학봉이 보안사에 근무하고 있다는 것을 기억해 냈다.

"알고 있으면서 왜 그래. 뭐 불편한 건 없고?"

"죄인이 불편한 것 따져 뭐 하겠나. 삼시 세끼 잘 먹고 있다네."

이학봉은 자신의 처지를 아무렇지도 않게 말하는 동기가 안쓰러웠다.

"우리는 명령에 따라 움직이는 사람들이니까. 자네라고 그 상황에서 어쩔 도리가 있었겠나."

"군인이니까."

박흥주는 이학봉의 말을 듣고 문득 사관학교 생활하는 동안 아침 6시에 눈을 뜨자마자 도열하여 외쳤던 사관생도 신조가 떠올랐다. 그는 이학봉을 바라보며 중얼거렸다.

"사관생도 신조! 하나, 우리는 국가와 민족을 위해서 생명을 바친다."

이학봉은 뜬금없이 흥주가 사관생도 신조를 말하자 자기도 모르게 함께 복창하기 시작했다.

"하나, 우리는 명예와 신의에 산다."

"하나, 우리는 안일한 불의의 길보다 험난한 정의의 길을 택한다."

이학봉은 흥주의 손을 잡았다.

"난 누가 뭐래도 자네를 인정하고 믿네. 그날 저녁 자네는 김 부장의 명령을 거역하거나 밀고할 수도 있었을 거야. 왜 그런 고민이 없었겠는가. 하지만 다른 사람은 몰라도 육사에서 사관생도의 신조를 외치며 공부했던 우리들은 절대로 상관의 명령을 거부할 수 없는 거야. 부하에게 왜 그 명령을 따랐느냐고 묻는 것 자체가 잘못이지. 그건 군의 명령 체계를 송두리째 무너뜨리는 것이니까. 부하가 상관이 명령했을 때 옳고 그름을 일일이 판단해서 이행한다면 어떻게 전쟁을 치를 수 있겠나. 판단의 영역은 부하에게 있는 것이 아니라 지휘관에게 있는 것이야."

"여보게 학봉이. 난 자네가 곰처럼 덩치만 큰 줄 알았더니 사람을 감동시키기도 하는군, 그래."

"예끼 이 사람. 남들은 나를 곰이라고 불러도 자네는 그러지 말아야 해. 내 행동이 얼마나 민첩하다고."

"어디 행동뿐인가. 머리도 잘 돌아가지. 만약 자네가 둔재였다면 진작 보안사에서 쫓겨났을걸."

"하긴 그래."

이학봉은 홍주의 말에 파안대소했다. 그러나 이곳이 합동수사본부 취조실이란 것을 알고 이내 얼굴이 어두워졌다. 그걸 보고 오히려 박흥주가 위로하는 표정으로 말꼬리를 흐렸다.

"너무 걱정말게. 사람은 자기가 한 일에 대한 책임을 져야 되니까. 그건 당연한 일이야. 다만…."

"뭔가, 응? 말해봐."

"아무것도 아닐세."

박흥주는 입을 닫고 더는 말하지 않았다. 이학봉은 흥주가 말하려고 하다 줄인 말이 무엇인 줄 짐작할 수 있었지만, 더는 묻지 않고 화제를 돌려 생도 시절 이야기로 환담을 나누었다.

사회가 겉으로는 조용해 보여도 앞으로 어떻게 전개될지 알 수 없었다. 큰 시위도 없고 폭풍전야처럼 고요한 가운데 무슨 큰일이 벌어질 것만 같았다.

저녁때 보안사령부 뒤편에 있는 자그마한 식당에 허화평, 허삼수, 이학봉 세 사람이 모였다. 그들은 이 같은 살얼음 정국 속에서 멀리 갈 엄두를 내기 어려웠다. 대통령 시해사건에 대한 수사 책임을 맡고 있는 합동수사본부이기에 항상 긴급 호출에 대비해야 했다. 허삼수는 수사로 연일 고생하는 두 사람에게 밥을 사기로 마음먹었다.

"오늘은 내가 사지, 맛있게 먹으라구."

"허허, 짠돌이로 소문난 자네가 웬일이야. 내일은 해가 서쪽에서 뜨겠군."

허화평이 허삼수를 보며 웃었다. 이학봉은 큰 덩치답게 식성이 좋아 벌써 군침을 삼키는 중이었다.

"선배님, 고맙습니다. 오늘 한번 포식해 보겠습니다."

세 사람 모두 육사 출신이라 사석에서는 편하게 호칭하였다. 식사와 곁들인 소주 몇 잔이 돌고 난 후 허삼수가 입을 열었다.

"그나저나 수사가 제대로 되어가긴 하는 거야?"

"무슨 말인가, 이미 계엄군법회의 검찰부로 사건을 송치했는데."

허화평이 대답하자 허삼수는 이학봉의 잔을 채워주며 말을 이었다.

"그 사람들 말고 정 총장 말일세. 아는 사람들이 왜 정 총장을 제대로 수사하지 않느냐고 캐묻는 바람에 답변해 주기가 참 곤란해."

"자네도 그렇군."

돼지 껍데기를 우물우물 씹고 있던 이학봉이 끼어들었다.

"선배님들도 참, 누가 수사를 하기 싫어서 그러나요. 본부장님이 국방장관께 두어 차례나 연행 수사의 필요성을 말했지만, 그때마다 번번이 기다리라고 하시니 원."

"그럼, 정 총장 수사는 물 건너 간 거 아닐까?"

"그거야 모르지요. 수사는 살아 움직이는 생명체와 같아서 앞으로 일이 어떻게 진행될지는 아무도 모릅니다."

이학봉은 수사국장답게 가능성을 열어놓았다.

"백 대령은 잘 내려갔겠지?"

허삼수는 백동림 대령으로 화제를 옮겼다.

"그럼요. 김재규 수사를 잘 마무리하고 부산지구 보안대장으로 내려갔으니까요. 마산에 있다 올라와서 내려갈 때는 부산으로 갔으니 영전 아니겠습니까. 허허."

이학봉은 자신에게 수사를 가르쳐준 스승이나 다름없는 백 대령을 떠올리며 웃었다.

"들리는 말로는 백 대령이 갈 때 본부장님께 뭐라고 했다던데, 자네 들은 거 있지?"

허삼수의 질문에 허화평이 입을 열었다.

"말은 무슨, 백 대령이 수사를 잘 마무리하고 내려간다고 신고하러 왔는데, 본부장님이 인사를 받고서 '백 대령, 자네가 모셨던 상관이라고 적당히 한 것은 없겠지?' 라고 물었다네."

"물었더니?"

"백대령이 그 소릴 듣고 좀 울컥했나 봐. 열심히 수사를 도와주고 그랬는데도, 전에 김재규를 모셨다고 해서 수사를 건성으로 한 것 아니냐는 말을 들었으니 말이야. 백 대령이 상기된 얼굴로 '사령관님, 제가 그런 말씀을 두 번째 듣습니다.'라고 하더군."

백 대령은 자신이 모셨던 상관을 수사한 경험이 두 번 있었다. 첫 번째는 윤필용 장군을 수사했을 때다. 그 당시에 강창성 보안사령관도 비슷한 말을 했던 것이다. 두 번째는 이번 김재규 수사다. 백 대령은 김재규가 단독 범행을 했다고 보고서를 냈는데, 그것이 전두환 합동수사본부장의 눈에 차지 않은 모양이었다. 그러나 남들이 어떻게 보든 백동림 대령은 수사에 사적 친분 관계를 개입시키지 않는 정통 수사관이었다. 그가 서운한 표정을 지을 만했다.

"그랬더니 본부장님이 가만히 있던가?"

허삼수는 전두환 본부장이 벌떡 일어나 따귀를 때리지 않았을까 걱정하는 투로 물었다.

"뭘 어떻게 해. 수사관이 자신이 판단한 대로 보고한 것을 두고 뭐라 할 수는 없지. 본부장님이 돌아서 나가는 백 대령을 향해 '어이, 백 대령, 너무 서운하게 생각지 말게. 그동안 수고했어.'라며 위로해 줬지. 본부장님은 부하들이 일할 수 있는 판을 깔아줄 뿐이지, 일한 것을 가지고 뭐라 하지 않는 성격이잖아."

"그랬군."

조용히 술잔을 비우고 있던 이학봉이 속이 타는 모양으로 단숨에 술을 들이켜고 끼어들었다.

"제가 보기엔 그게 아닙니다."

"왜?"

"누가 보아도 정 총장이 관여된 흔적이 많이 보이는데, 백 대령님은 수사를 오랫동안 하지 않아서 감이 줄어든 것 같아요. 그래서 그런지는 몰라도 김재규의 단독 범행으로 결론을 내리더군요. 저는 좀 이해하기 어려웠어요. 생각해 보세요."

이학봉은 마음먹고 이야기를 시작하려는 듯 허삼수가 따라주는 술잔을 들어 마시고 안주도 마다한 채 자기주장을 피력하기 시작했다.

"제가 그렇게 생각하는 이유는 첫째, 정 총장은 김재규의 요청으로 사건 현장에서 대기했습니다. 알고 있었든 몰랐든 그건 차치하고요. 둘째, 사건 이후 김재규와 같은 차를 타고 이동하면서 군병력 동원과 이동에 관해 의논했고 육본에 도착한 후에는 진행 상황을 김재규에게 보고했습니다. 셋째, 경호실 차장인 이재전 장군에게 전화하여 꼼짝 말고 있으라고 지시했습니다. 덕분에 경호실 요원들이 사건 현장을 조기에 확보하지 못했지요. 넷째, 수경사에 연락하여 청와대를 포위하라고 지시했습니다. 그건 경호실 이동을 막기 위한 것이었지요. 둘째 셋째 넷째는 육군참모총장의 권한이 아닙니다. 작전지휘권이 없어요. 각군 참모총장이 전투여단급 부대를 출동시키려면 국방장관에게 서면으로 보고하고 승인을 받아야 합니다. 그런 절차를 아예 지킬 생각이 없었던 것으로 보입니다. 왜냐면 군 통수계통상 전혀 관계없는 김재규의 요구대로 계엄선포 전에 계엄군을 동원할 준비를 하고도, 국방장관에게는 사후에 보고조차 하지 않았으니까요. 다섯째, 국무회의는 청와대 회의실에서 열리는 것이 정상인데 육본에서 열릴 수 있도록 노재현 국방장관에게 건의하였습니다. 왜 그랬을까요. 북한이 남침하여 전쟁이 터진 것도 아니잖아요. 지하 벙커에는 왜 기어들어갑니까. 수상쩍은 일이지요."

"자네 대단하군. 곰 참새 굴레 씌우겠는걸."

"에이, 선배님 왜 그러십니까? 제가 대낮 올빼미처럼 멍청했다면 진작 수사관을 그만두고 전방으로 쫓겨 갔겠지요."

이학봉이 서운한 투로 소주를 훅 들이켜고 말을 이었다.

"지금까지 열거한 것만 해도 충분한 구속수사 감입니다. 그런데 소환조사는커녕 수사관들이 사무실로 찾아가 참고인 진술서를 받을 때, 정 총장이 얼마나 성질을 내고 고압적으로 우리를 대하는지 말도 다 못해요. 중앙지검에서 파견 나온 정 검사가 이런 경우는 처음이라고 혀를 내둘렀다니까요."

말을 듣고 허화평이 이학봉의 어깨를 토닥였다.

"그동안 수고 많았군. 정 총장에 대한 수사를 마무리하지 못해서 무척 아쉽겠어."

"아쉬울 뿐이겠습니까. 저는 이 수사가 아직 끝나지 않았다고 생각합니다. 이건 아마 본부장님도 같은 생각일 겁니다. 우리가 정 총장을 조사하지 않고 수사를 끝내버린다면 그것이야말로 직무유기가 되는 거예요. 저는 이런 상황이 무척 답답합니다. 정 총장이 사건 현장에 있었다는 것이 확인되었으니, 설혹 그걸 모르고 계엄사령관으로 임명했다손 치더라도 해임하고 다른 사람을 임명하면 되는 것 아닙니까. 하자 있는 사람을 그 자리에 앉혀놓으면 일이 복잡하게 꼬여버릴 겁니다. 왜들 그렇게 원칙을 지키지 않고 정치하는지 모르겠어요."

"자, 한 잔 들게. 우리 같은 사람이 높으신 분들 의중을 어찌 알겠나."

허화평은 이학봉의 잔을 채워주며 넌지시 물었다.

"자네 동기 흥주는 만나 봤나?"

이학봉은 대답 대신 또 술을 들이켰다. 그리고 연거푸 또 한 잔을 마시더니 '흑' 소리를 냈다.

"내가 그놈 생각만 하면 미치겠습니다. 우리 동기들 가운데 제일 잘 나간다고 부러워했더니 사람 일이 이렇게 꼬여버릴 줄 누가 알았겠습니까. 그렇지 않아도 오후에 만나봤는데, 겉으로는 평온한 척을 하지만 그 속은 아마 새까맣게 타들어 갈 거예요. 그 집 형편을 뻔히 알거든요. 동기인 나에게도 차마 부탁하지 못하고 말을 아끼더라니까요. 행여 죄인을 돌봐주었다가 나에게 피해가 가면 어찌하나 걱정하는 게지요."

이학봉의 말을 듣고 허화평과 허삼수는 말없이 술잔을 들었다. 1기수 후배인 박흥주를 왜 모르겠는가. 처음 후배들이 들어오면 선배들이 자치적으로 그들을 훈련 시키는 것이 사관학교의 규율이다. 그렇게 하여 선후배 간의 끈끈한 정이 형성되는 것인데, 촉망받던 후배가 하루아침에 살인죄인으로 곧 사형에 처해질 수 있다고 생각하니 만감이 교차하는 것이었다.

"저는 차라리 전쟁터에 나가서 죽는 것이 백번 천번 낫겠어요. 군인이 잘 죽는 것은 전장에서 장렬히 전사하는 겁니다. 왜 이런 사건에 휘말려서 꿈도 펼쳐보지 못하고 죽어야 하는지."

"너무 슬퍼 말게. 그게 흥주의 팔자라면 우리가 어떻게 할 수 있겠나."

허삼수가 학봉을 위로하였다. 세 사람은 식사를 마친 후에 어깨동무하고 군가를 부르면서 보안사령부로 돌아왔다.

권력 공백기와 정치

　박정희 대통령의 갑작스러운 서거는 온 국민에게 충격을 안겨주었다. 독재타도를 외치며 투쟁하던 정치인과 생업에 종사하던 국민 모두에게 한순간 어떻게 해야 할 바를 모르도록 만들었다. 그만큼 대통령의 서거는 상상할 수도 없이 엄청난 일이었다. 충격이 컸지만 대통령 국장 기간만큼은 정쟁을 자제하자는 분위기와 계엄령 때문에, 최규하 대통령 권한대행의 체제는 원만하게 사태를 수습해 가는 것처럼 보였다.
　정승화 계엄사령관은 11월 6일 합동수사본부의 수사전모 발표를 통해 억울한 혐의를 어느 정도 벗었다고 생각했다. 그래서 11월 8일 계엄사령관 담화를 통해, 군은 하루속히 군 본연의 임무인 국토방위에 전념할 수 있게 되기를 바라고 있다는 것을 천명하며 몇 가지 사항을 당부했다. 그중 가장 우선하는 계엄업무 수행 방향으로, 모든 불법시위와 난동을 불허하고 사회불안과 혼란을 조성하는 무분별한 정치선동은 물론, 특히 공산주의자들을 이롭게 하는 일체의 경거망동을 용납하지 않을 것이라고 하였다.

이틀 후인 11월 10일 오전, 최규하도 시국에 관한 대통령 권한대행의 특별담화를 발표했다. 중요한 내용을 간추리자면,

첫째, 헌법에 규정된 시일 내에 법이 정하는 절차에 따라 대통령 선거를 실시하여 새로 선출되는 대통령에게 정부를 이양하고,

둘째, 새로 선출되는 대통령은 현행헌법에 규정된 잔여임기를 채우지 않고, 현실적으로 가능한 빠른 기간 내에 각계각층의 의견을 광범위하게 들어서 헌법을 개정하여, 그 헌법에 따른 선거를 실시한다는 것이다.

즉, 현행헌법에 따라 통일주체국민회의 간선제로 제10대 대통령을 선출하되, 그 대통령은 잔여임기를 다 채우지 않는다. 그리고 조속한 시일 내에 헌법을 개정하고 그에 따른 선거를 통해 새로운 대통령이 선출되면 정권을 이양한다는 것이다. 이제 정치 스케줄이 세워진 셈이었다. 한 마디로 제10대 대통령은 과도정부로서 현상을 관리하는 정도에 머물게 되었다. 각계각층에서 환영하는 목소리가 터져 나왔다.

그러나 모두 찬성한 것은 아니었다. 공화당 총재 김종필, 신민당 총재 김영삼, 그리고 제도 정치권 밖에서 활동하던 김대중의 눈에

최규하는 견제할 만한 정치인이 아니라고 보였을 것이다. 그들은 각자의 정치적 야망에 따라 최규하 정부를 대하는 태도가 달랐다.

11월 12일, 김종필은 박 대통령 서거로 궐위된 공화당 총재에 선출되었다. 그는 박 대통령이 있었을 때는 제대로 기를 펴기 어려웠지만, 당총재에 선출됨으로써 어느 때보다 대통령이 될 가능성이 커졌다. 그러나 과도정부에 불과한 제10대 대통령보다 헌법이 개정된 이후 치러지게 될 직선제 대통령 후보로 출마하는 것이 낫겠다는 생각을 가졌다.

신민당 총재 김영삼은 통일주체국민회의 대의원에 의한 간선제로 대통령을 선출하는 것을 인정할 수 없다며, 즉각적인 개헌과 직선제로 대통령을 뽑을 것을 주장하였다. 김영삼의 요청으로 이루어진 최규하와의 면담이 세 시간이나 이어졌지만 과도정부를 거칠 것인가, 즉시 개헌하는 것이 가능한가 등에 대하여 의견의 차이를 확인했을 뿐이었다.

김대중은 가택연금 상태에 있었는데, 반유신 투쟁을 위해 김영삼을 신민당 총재로 지지하고 곧 연금이 풀리게 되었다. 그는 제도권 정치세력보다 재야운동가 및 학생들과 손잡고 투쟁을 계획하고 있었다.

이러한 상황 속에서 정승화 계엄사령관이 뜬금없는 소리를 하고 나왔다. 그동안 여러 차례 군의 정치적 중립을 이야기하던 것과는 다른 뉘앙스를 풍기는 말이었다. 어쩌면 자신에 대한 합동수사본부의 연행 수사 건의가 받아들여지지 않았고, 육군 장성들의 인사를 통해 자신의 지위가 더욱 공고해졌다는 자신감의 표현일 수도 있었다.

11월 24일 오전, 계엄사령부 전군지휘관회의가 육군본부에서 열렸다. 일명 계엄확대회의였다. 이날 회의에는 계엄 시행 책임을 맡고 있는 각군사령관, 군단장, 군관구사령관, 해군 해역사령관 등 주요 지휘관 전원이 참석했고 육군본부의 일반참모 및 계엄사 전참모들이 배석했다. 이 자리에서 정승화는 평이한 말을 계속하다가 말미에 이상한 말을 덧붙였다.

"10.26 사건은 국가와 국민 전체의 불행은 아닙니다. 박 대통령 체제는 잘못되었으므로 시정되어야 합니다."

이 말에 진종채 2군사령관과 백석주 육군사관학교 교장이 반박하고 나섰다.

"박 대통령 서거한 지 며칠 지나지도 않았는데 그게 무슨 소리입니까?"

"그런 말 하려면 대통령 살아계실 때 했어야지, 지금 와서 그런 소리를 하다니 도리가 아닙니다."

두 사람의 말이 끝나자 정승화와 친밀한 황영시 장군도 거들었다.

"그렇소. 전 군지휘관이 모인 이 자리는 군 통수권자였던 박 대통령의 서거에 애도를 표해야 마땅하다고 봅니다. 박 대통령이 총장을 임명해 주었는데 그 체제가 잘못되었다고 비판하면 온당치 않은 처사올시다."

정승화의 발언을 공격하고 나선 세 사람의 입장은 단순했다. 서로 비슷한 군경력을 갖고 있음에도 정승화가 참모총장이 되었던 반면, 자신들은 그렇지 못했다. 그런데 이제 와 자신을 임명해 준 박 대통령을 비판하는 것을 보자 배반자란 생각이 들었던 것이다. 특히 진종채 장군은 대구사범학교와 육군사관학교의 선배인 박 대통령이 군지휘관들 앞에서 모욕당하고 있다는 생각이 들었는지 더욱 열을 올렸다.

회의장은 순식간에 어수선한 분위기로 변했다. 원로급 장성들이 반발하는 것을 보고 군지휘관들이 여기저기서 웅성거려 분위기가 산만해졌다. 이대로 가다가는 정승화를 지목하여 대통령 시해 당일 왜 김재규와 함께 있었는지, 그 사실을 계엄사령관으로 임명될 때까지 왜 말하지 않았는지 밝히라는 소리가 나올 것 같았다. 정승화는 더는 회의를 진행하기 어렵다 판단하고 휴회를 선언하였다.

회의가 멈추었는데도 장군들은 삼삼오오 모여 조금 전 정 총장이 했던 말이 무슨 의미인지 유추해 보았다. 지금껏 정 총장은 계엄사령관으로서 군의 정치적 중립을 강조하고, 하루빨리 국토방위라는 군 본연의 임무로 돌아가길 희망한다고 말해왔다. 그래왔던 그가 박 대통령의 체제가 잘못되었다고 말한 것은 누가 보아도 정치적 발언임이 분명해 보였다. 아무튼, 이날 정승화는 괜한 말로 곤욕을 치른 셈이 되었다. 한번 이런 일을 치르면 말을 조심하는 것이 상례일 텐데, 어찌 된 일인지 정승화는 말의 강도를 높여가기 시작했다.

계엄확대회의가 열리고 이틀 후인 11월 26일, 계엄사령관이 언론사 사장단을 초청하여 오찬 모임을 가졌다. 노련한 언론사 사장들이 계엄사령관의 비위를 맞춰주며 향후 정국에 대한 의견을 물어왔다.

"사령관님께서는 계엄과 군의 역할이 어떻다고 보십니까?"

"계엄은 대통령 서거라는 비상사태를 맞이하여 사회질서 유지를 위해 선포된 것이고, 군은 본연의 임무인 국토방위와 계엄군으로서의 역할에 충실할 뿐입니다. 역할이 끝나면 군은 복귀할 것입니다."

"그렇다면 더 이상 군이 정치에 개입할 일은 없다고 봐도 될까요?"

"군은 정치에 개입하지 않을 것입니다."

정승화는 지금껏 해왔던 말과 같은 말을 자신 있게 하였다.

"다음 질문을 드리겠습니다. 곧 대통령 선거가 치러질 예정입니다. 앞으로 우리나라를 이끌고 나갈 정치인들에 대한 생각이 있으신지요. 한 말씀 부탁드립니다."

"허허 참, 이런 것까지 말해야 되는지 모르겠는데 물어오시니 말씀드리겠습니다. 저는 이렇게 생각합니다. 반공국가의 국군통수권자로는 용공 혐의가 있는 사람이 앉으면 안 될 것입니다. 국군 장교의 임용 기준에도 용공의 과거가 있거나 혐의가 있는 자는 장교로 임명할 수 없다고 돼 있어요. 아마도 우리 국민은 그 누군가, 어떤 정치인이 용공 혐의가 있다는 사실을 안다면, 절대 그 사람을 대통령으로 뽑지 않을 것입니다."

"그렇다면 대통령에 입후보할 가능성이 있는 정치인 가운데 구체적으로 누가 용공의 과거가 있는 사람입니까?"

이 질문에 정승화는 잠시 말을 할까 말까 망설이는 눈치더니, 기왕 시작한 말이니 끝을 내야겠다고 생각한 듯 말을 이어갔다.

"김대중씨가 그렇습니다. 그는 전향한 증거도 뚜렷하지 않아요."

어떤 사장이 놀란 소리로 물었다.

"김대중씨가 곤란하다는 견해는 육군참모총장 개인 의견입니까?"

"물론 나의 개인 의견이지만 국군장병들은 모두 내 의견에 동조하고 있고, 따라서 국군의 입장이라고 볼 수도 있을 것입니다."

"그래도 국민이 뽑는다면 어떻게 하실 겁니까?"

"당선된다면 할 수 없지만 국민들이 김대중씨가 어떤 사람인지 알게 된다면 설마 그를 뽑을 리가 없지요."

모임에 참석한 언론사 사장단은 큰 충격을 받았다. 최규하 대통령 권한대행은 과도정부에서 빨리 헌법을 만들고 선거를 치러 민주적 합법적 대통령을 선출하여 정권을 이양하기로 하였는데, 계엄사령관이 이 사람은 이래서 안 되고 저 사람은 저래서 안 된다고 못을 박았으니 말이다. 저런 정치적 발언은 대통령이라 할지라도 함부로 할 수 없는 말이었다. 사장들은 정승화의 입장이 너무 확고한 것 같아서 물러 나왔다.

다음날인 11월 27일엔 언론사 편집국장들, 그리고 11월 30일에는 국방부 출입 기자들을 대상으로 모임이 계속되었다. 계엄사령관이 언론사 관계자들을 줄줄이 불러 정치적 식견을 밝히는 것이 이상스러웠지만, 사람들은 계엄상황을 국민들에게 브리핑하는 정도로 여겼다.

정승화는 편집국장과 국방부 출입 기자들에게도 똑같은 말을 하였다.

"김대중은 사상적으로 불투명하고 김영삼은 무능합니다. 그리고 김종필은 부패한 사람이므로 새 시대의 정치 지도자가 될 수 없다고 봐요. 만일 이런 사람들이 대통령이 된다면 군은 따를 수 없을 것입니다. 쿠데타를 일으켜서라도 막을 거예요."

정승화의 말을 들은 기자들은 고개를 갸웃거렸다. 유력한 정치인 세 명 가운데 단 한 명도 적합하지 않다면, 도대체 누가 대통령이 되어야 한다는 말일까.

노재현 국방장관은 정승화 계엄사령관의 이런 태도를 보고 제지하고 나섰다.

"이 보오, 정 총장. 아무리 계엄상황이라고 해도 군인이 그런 말을 하는 것은 적절치 못하다고 봅니다. 꼭 해야 할 말이라면 차후 시기를 봐서 민간인인 내가 하는 것이 낫겠소."

그러나 정승화는 노 장관의 말을 수용하지 않았다.

"장관님, 그건 아닙니다. 대통령은 국군통수권자가 되므로 그 자격에 대해서는 군인 신분인 제가 말하는 것이 사회적 반응을 크게 불러일으킬 것입니다."

계엄이 선포된 상황에서 국방장관은 아무런 병력과 무기도 없이, 계엄사령관이 올리는 보고서를 결재하고 협조하는 정도에 머물고 있었다. 장관이 계엄사령관의 말을 막기에는 역부족이었다.

이즈음 합동수사본부에는 찾아오는 손님이 많았다. 대통령 시해 사건을 수사하고 있는 곳이라서 일이 어떻게 돌아가고 있는지 알아볼 요량으로 찾은 사람과, 서울에 일이 있어 나왔던 지휘관들이 혹시 자기 부대에 책잡힐 일이 있나 알아보려고 온 사람들이 대부분이었다. 이런 사람들은 비서실에서 대충 대접하고 보내면 그만이었다.

하지만 이런 일과 관계없이 합동수사본부를 찾는 사람들은 오랜 시간 사령관실에 머물며 자기 집 안방처럼 지내는 경우도 있었다. 특히 1군단장 황영시 장군, 국방부 군수차관보 유학성 장군, 수도군단장 차규헌 장군은 툭 하면 합동수사본부를 찾아와서 사령관실을 차지했다. 전두환으로선 군의 대선배들인 이들을 어떻게 하지 못하고 잔소리를 들을 수밖에 없었다. 세 사람 가운데 유학성 장군은 좌장 격으로 점잖게 훈계했다.

"전 장군, 노고가 많네. 보안사령관으로서 군의 여론을 누구보다 잘 알 테지."

"무슨 말씀이십니까?"

"정 총장에 대한 여론이 나쁘단 말이야. 과연 계엄사령관으로서 적합한지 와글와글 시끄러운데, 왜 이리 수사가 더딘지 모르겠어."

"우리도 열심히 하고 있습니다."

"그런 소리 누가 믿겠나. 세간엔 정 총과 당신이 한패라고 수군대고 있다는 것을 알아야 해."

"그건 오해입니다."

"알면 됐어. 군인이 정치하면 안 돼. 맡은 일에 충실해야지. 지금 전 장군이 맡은 임무는, 대통령 시해사건을 한 치의 의혹도 없이 파헤쳐서 백일하에 드러내고 관련자들이 처벌받도록 하는 것일세."

유학성 장군뿐만 아니라 다른 장군들도 사령관실에 앉아서 어서 정 총장을 연행하여 수사하라고 독촉하기 일쑤였다. 그들은 정승화 총장과 비슷한 시기에 군 생활한 사람들이고 개인적인 친분 관계가 있는 사람들이었지만, 대통령 시해사건에 정승화가 분명 연루되어 있다고 믿는 것처럼 보였다.

어느 날 보안사령부 우국일 참모장과 권정달 정보처장이 허화평 비서실장을 앞세우고 전두환 본부장을 찾아왔다. 우국일 참모장은 통역 4기로 1950년에 중위로 임관하여 전두환과 나이는 같았지만, 군생활을 5년이나 먼저 한 선배였다. 그러나 정규 육사를 졸업한 전두환이 사령관을 하고 자신은 준장 계급으로 그 아래 참모장이었다. 이것이 자존심 상할 만도 했지만, 그런 내색하지 않고 조용히 자신의 임무에만 충실하고 있었다. 권정달 정보처장은 육사 15기 출신으로 보안사령부 부산지구대장을 맡고 있다가 올라와 정보처장에 있었다.

전두환은 우국일에게 자리를 권했다.

"하실 말씀이 있다던데 일단 앉으시죠."

"사령관님, 각부대 보안부대장들이 올려보내는 정보보고서를 검토한 바, 영관급 장교들의 동향이 심상치 않습니다."

"그게 무슨 말씀입니까?"

전두환은 차를 권하며 물었다. 보안사령부의 임무는 군의 쿠데타를 방지하기 위한 대전복對顚覆 임무가 가장 중요했으므로, 거미줄처럼 퍼져 있는 보안부대원들이 지휘관 및 부대의 여러 동태를 파악하여 보고하고 있었다.

"군의 허리라 할 수 있는 대대장, 연대장 등 영관급 장교들이 지나치게 이번 수사에 관심을 기울이고 있다는 보고입니다."

"아니, 열심히 장병들을 훈련시키고 지휘나 잘할 일이지 제깐 놈들이 왜 수사에 관심을 기울인답니까?"

전두환이 짜증 섞인 목소리로 힐난하였다. 우국일 참모장은 뭐라 말하기 어려운 눈치로 머뭇거렸다. 그걸 보고 권정달 대령이 대신 나섰다. 연대장을 맡고 있는 대령급 장교들은 대부분 정규 육사 출신들이 많은 관계로 우 참모장이 말하기 곤란하다는 점을 간파하였기 때문이다.

"총장님의 미심쩍은 행적 때문에 의아하게 생각하는 것입니다."

"그 정도로 심각해?"

"네, 저도 일선 부대의 선배, 동기, 후배들로부터 많은 전화를 받고 있습니다. 대부분 안부 전화로 시작했다가 결국 정 총장에 대한 수사 상황을 묻는 것으로 마치더군요."

"거 참."

전두환은 골치 아프다는 듯 의자 뒤로 머리를 젖혀버리고 한참을 그렇게 있었다. 우국일 참모장이 끊어진 대화를 이었다.

"그리고 요즘 들어 총장님이 너무 정치적 발언을 쉽게 한다는 지적도 있고."

"그거야 총장님이 알아서 할 일이지, 우리가 이래라저래라 할 수는 없지 않습니까."

"어떻든 그런 동향 보고와 지적이 있었습니다."

"나보고 어떡하란 말인지 모르겠소. 한쪽에서는 너도 같은 패거리 아니냐, 수사가 너무 더디다 몰아붙이고, 다른 쪽에서는 왜 아무런 혐의가 없는 사람을 압박하느냐고 하니 원. 송편으로 목을 따죽고 싶은 심정이오."

우 참모장과 권 처장은 더 할 말이 없는지 경례를 올리고 나갔다. 전두환은 담배를 한 대 피워물고 허화평에게 물었다.

"허 실장, 이럴 때는 어떡해야 좋을까?"

허화평은 무슨 말을 해야 될지 몰라 눈만 껌벅였다. 자신이 생각해도 계엄사령관은 거대한 산과 같은 존재였다. 온 나라의 행정, 사법, 군권까지 틀어진 사람이 바로 계엄사령관이다. 그 지휘를 받는 합동수사본부장이 어떻게 한단 말인가. 참으로 답답한 상황이었다. 하지만 이대로 내버려 두면 이학봉의 말처럼 결국 합동수사본부가 수사를 제대로 하지 못했다는 비판, 다시 말해 직무유기라는 비난을 받게 될 것이 뻔해 보였다.

"제 생각에는:"

"음, 말해봐."

"상황이 어려울수록 원칙을 지켜 정면으로 돌파하는 것이 낫다고 생각합니다. 피하면 피할수록 더 어려운 일이 생길 겁니다. 생각해 보면 최규하 대통령 권한대행과 노재현 국방장관이 정 총장의 하자를 발견하고도 해임하지 않고, 계엄사령관에 있도록 내버려 두었기 때문에 상황이 더욱 꼬여버린 셈이지요."

"그건 그렇지. 내가 보고했을 때 바로 조치해야 했어."

전두환도 허화평의 말에 동의하고 나섰다. 하지만 바로 정승화 계엄사령관을 연행해서 수사하자는 말은 쉽게 하지 못했다. 그도 두렵기 때문이었다.

이렇게 우물쭈물하고 있는 사이에 12월 6일, 제10대 대통령으로 최규하 후보가 당선되었다. 종래 헌법대로 통일주체국민회의에서 실시한 대통령 선거에 단독으로 입후보하여 압도적인 지지를 받았다. 공화당 김종필 총재는 다음 직선제 선거에 출마하여 국민의 지지를 받는 대통령이 되고 싶었고, 신민당 김영삼 총재는 통일주체국민회의 대의원 투표로 대통령을 선출하는 것 자체를 인정하지 않았다. 김대중은 가택연금 상태에 있었고 정치 활동을 할 수 없었기 때문에 출마 자체가 불가능했다.

　전임 대통령의 서거로 선출된 후임 대통령 당선자는 당선 즉시 임기가 개시되고 권한을 행사할 수 있었다. 그래서 박 대통령의 잔여임기인 84년 12월 26일까지 재임하는 것이 가능했다.

　하지만 최규하는 지난 11.10 특별담화에 따라 전임 대통령의 잔여임기를 다 채우지 않고, 가능한 빠른 기간 내에 헌법을 개정하고 제11대 대통령 및 국회의원 총선거를 실시하여 정부를 이양하기로 하였다. 한 마디로 과도정부인 셈이었다. 최규하 대통령의 뜻을 곧이곧대로 받아들이면 향후 정치 일정을 따르고 기다리는 것이 무난해보였다. 그런데 3김씨를 비롯한 정치인들과 재야단체, 학생들이 과연 그것을 받아들일 수 있을까. 출발부터 여러 가지로 염려되는 점들이 한둘 아니었다. 이러한 상황 속에서 계엄군법회의는 사건 관련자들에 대한 재판 진행에 박차를 가하고 있었다.

살아도 같이 살고 죽어도 같이 죽자

육군 특전사령부는 서울로 진입이 용이한 남한산성 쪽에 자리하고, 사령부와 불과 1km 떨어진 가까운 거리에 일종의 직할부대인 3공수여단이 있었다. 사령부의 상징은 사자이고 3공수여단은 비호였다. 그래서 부대와 붙어 있는 군인아파트도 사자아파트, 비호아파트로 불렸다. 외진 산속에 있는 것이나 마찬가지여서 마땅한 문화시설이나 편의시설이 없었고, 군인 가족들은 가장을 따라 오지에서 생활하는 기분이 들었다. 아파트에 있으면 군인들이 훈련하는 소리가 고스란히 들려왔다.

1979년 12월 초순, 비호아파트에서 군인 아내들끼리 모여 담소를 나누고 있었다. 특전사령관 부관으로 있는 김오랑 소령의 아내 백영옥과 3공수여단에서 근무하는 박종규 중령의 아내는 친자매처럼 다정했다. 남편들이 육사 선후배로 친하게 지내니 아내들도 바늘 가는 데 실 가는 것처럼 자연스레 얼굴을 익히게 되었던 것이다.

"언니, 요즘 비상이라 정신없어요."

"그래도 지금은 나은 거지. 부대 옆에 집이 있으니까 틈날 때 잠깐 들러볼 수 있잖아. 멀리 훈련이라도 나가면 집에 오지 못하니까."

"맞아요. 집 나가면 고생이지요."

"두 달 전 부마사태로 출동했을 때 얼마나 마음을 졸였는지 사람들은 모를 거야. 남편은 큰 충돌 없이 잘 끝났다며 다행이라고 하지만, 집에서는 항시 조마조마 살얼음판을 걷는 기분이었다구. 애들은 아빠가 없으니까 천방지축이고. 에구, 다시는 그런 일 없었으면 좋겠어."

백영옥은 찻잔을 들고 언니 얼굴을 보며 배시시 웃었다. 그녀는 아직 아이가 없어 집안에 개어놓은 아이 옷과 자그마한 장난감이 부러운 표정이었다. 남편이 집에 못 들어오는 날이 많을 땐 옹알이하는 아기라도 큰 위안이 된다. 그녀가 아기 옷가지에서 눈을 떼지 못하는 것을 보고 언니가 물었다.

"아직 소식 없어?"

백영옥은 발개진 얼굴로 수줍게 대답했다.

"네, 아직, 너무 바빠서 그런가 봐요."

"너무 부담 갖지 마, 때가 되면 아기가 들어서고 무척 힘들어질 테니까. 우린 신혼을 즐길 새도 없이 아기를 갖는 바람에 줄곧 아이들 뒤치다꺼리를 했지. 저녁이면 녹초가 된다구."
"아이 키우는 것이 큰일이군요."
둘은 작은 거실 창을 통해 들어오는 따스한 햇볕을 즐겼다. 부대에서 장병들이 구보를 하는지 우렁찬 군가 소리가 들려왔다.

번개같이 날쌘 기상 비호 용사들, 하늘과 산과 바다 주름잡는다.
검은 베레 우리 앞에 누가 맞서랴. 비호가 가는 곳엔 승리뿐이다.
굳세게 뭉쳐서 싸워 이기자. 무적의 비호부대 공수특전3여단

두 눈을 번쩍이는 비호용사들, 불길 같은 기백에 산천도 떤다.
험한 준령 가시밭길 헤쳐 나가는 승리만을 자랑하는 불굴의 용사
굳세게 뭉쳐서 싸워 이기자. 무적의 비호부대 공수특전3여단

절도 있게 쿵쿵거리며 지축을 울리는 군화와 삑삑거리는 호루라기 소리가 군인 가족들에겐 무척 익숙했다. 마치 상인들이 시내 골목을 돌아다니며 '갈치가 왔어요. 눈을 깜빡거리는 싱싱한 갈치가 왔어요' 호객하는 것처럼 친근하게 들렸다.
백영옥과 남편 김오랑은 금실이 좋았다. 사람들이 말하길 혼례

식장에 사이좋게 놓여 있는 한 쌍의 원앙을 보는 듯하다고 했다. 흠이라면 아직 아이가 없다는 것뿐, 다른 것은 걱정할 게 전혀 없어 보이는 젊은 부부였다.

김오랑은 1944년 김해에서 4형제 중 막내로 태어났다. 큰형과 무려 15년, 바로 위 셋째 형과는 8년 터울이었고, 늦둥이라 어머니의 극진한 사랑을 받고 자랐다. 당시 김해에서 유일한 고등학교였던 김해 농업고등학교를 우수한 성적으로 졸업하고 1964년 육사에 입학했다.

그때까지 단 한 명의 육사 합격자를 내지 못했던 김해농고로선 대단한 경사였다. 덕분에 학교 정문에 그의 합격을 알리는 플래카드가 내걸렸다. 오가는 사람마다 그걸 보고 참 대단하다고 칭송했다. 조희순 교장은 감격에 겨워 넉넉지 못한 김오랑의 집을 직접 방문해 축하 인사를 건네고 기쁨을 함께 나누었다.

어머니는 막내가 남들이 선망하는 학교에 입학하고 교장까지 찾아와 칭찬하고 가자, 그동안 고생했던 날과 힘들었던 기억들이 모두 사라지고 구름 위에 앉은 것처럼 기분이 좋았다. 사람들이 모두 돌아가고 호롱불로 간신히 어둠을 쫓은 방안에서 어머니는 아들의 손을 잡았다.

"에구, 오랑이 니가 복덩이라카이. 사람들은 내를 두고 그리 키우모 막내자식 버릇 베린다캐싸믄서 까마귀 울 듯 걱정을 해댔지. 하지만 내는 일찌감치 알아봤다아이가. 암, 삼신 할매가 언감생심 생각지도 못했던 니를 점지해주셨을 때부터, 뱃속에서 발 동동거릴 때부터 예삿 놈이 아니란 생각이 퍼뜩 들더라꼬. 예구, 이놈아 이거 억수로 장하데이."

오랑은 어머니를 기쁘게 해드렸다는 생각에 가슴이 뿌듯했다. 그는 큰 체격이 아니었지만 체력이 강하고 굉장히 활동적이었다. 육사에서 학과 공부뿐만 아니라 과외 활동에도 적극적이어서 지도관은 그의 생도훈육지도부의 종합 평가에,

'가정 환경은 경제적 여유가 없으나 화목하였고 향후 다른 생도보다 인생관과 국가관 확립의 전망이 뛰어날 것으로 보임.'

이라고 적어놓았다. 김오랑은 생도 시절 '사랑과 투쟁'을 생활신조로 삼았다. 후배들이 그 의미를 알 듯 모를 듯해서 물어보면 그저 빙긋 웃기만 했다. 결국 제대로 된 답을 듣지 못하고 졸업하게 되었는데, 어떤 후배가 김오랑의 생활신조를 풀이해서 추억록에 적어넣었다.

'사랑과 투쟁' 이것이 그의 4년이며 또 일생이 될지도 모른다. 공과 사의 구별이 엄격한 냉철한 이성의 소유자, 레슬링으로 단련, 태권도의 권위자였던 그는 불의와의 타협을 모르는 냉철한 사나이다. 김오랑 선배와 함께 한 날들은 기쁘고 의미 있는 시간이었다.

김오랑은 임관하자마자 강원도 양구에 있는 2사단 32연대 수색 중대로 전입 명령을 받았다. 이듬해인 1970년 맹호부대 소대장으로 베트남에 갔다가, 1974년 3공수여단 16대대 19지역대 중대장으로 배치되어 검은 베레모와 인연을 맺게 되었다. 소령이던 79년 3월 특전사령부 행정장교로 보직을 받았는데, 특전사령관의 비서실장 역할을 수행하는 부관이었다. 사령부로 오는 각종 지시와 정보, 그리고 작전 상황을 판단하여 중요사항을 사령관에게 보고하고 일정을 조율하였다. 그의 성미엔 책상머리에 앉아 골머리를 싸매고 보고서와 씨름하느니 웃통 벗고 연병장을 한 바퀴 도는 것이 좋았다. 그러나 누군가는 행정장교를 해야 하므로 군소리 없이 사령관을 보좌하여 맡은 바 소임을 다해내고 있었다.

그가 특전사에서 가장 좋아하고 따르는 선배는 박종규 중령이었다. 박 중령은 육사 23기로 김오랑 보다 2기수 위였다. 원래 학교나 군대에서는 한 학년 위 선배 또는 한 살 많은 형이 가장 무섭게 대한다.

육사의 생활방식은 생도들이 자치적으로 운영하였다. 가입교를 하여 군인으로서의 기초군사훈련을 받은 후에 정식으로 입학식을 치르면 생도대로 이동하고 동기들과 흩어지게 된다. 기초군사훈련을 받을 때는 힘들어도 동기들과 함께 있기 때문에 견딜 만한데, 각기 다른 분대로 나뉘면 왠지 모를 불안감과 고독감이 밀려오기 마련이었다.

　분대는 전 학년으로 통합 편성되어 학년에 따른 무게감을 실감할 수 있었다. 4학년 생도는 분대장을 맡고, 3학년 생도는 부분대장을 맡았다. 1학년 생도는 제일 밑바닥인 관계로 두더지라고 불리며 낯선 학교생활에 적응해 나가기 바빴다.

　생도들의 교육책임은 차상급생도에게 있었다. 즉, 1학년 교육을 2학년이 담당하는 것이다. 만일 1학년 생도의 교육이 미흡하면 교육책임을 진 2학년은 3학년으로부터 압력을 받게 된다. 그러므로 처음 후배를 맞이한 2학년 생도들은 신입생인 1학년 두더지 교육에 열을 올릴 수밖에 없었다. 그야말로 밤낮으로 1학년을 괴롭힌다고 할 정도로 찰싹 붙어 있기 때문에, 2학년은 빈대라고 불렸다.

　3학년은 군기반장의 역할을 했고, 4학년은 아무도 건드리는 사람이 없어 신입생들 눈에는 그저 대단하게 보였다. 나도 저렇게 될 수 있을까. 생각해 보면 그날이 영원히 오지 않을 것 같은 불안한 마음이 들었다. 하지만 시간이 흘러 두더지 생활을 하던 1학년이 어느덧 2학년 빈대가 되고, 군기반장을 거쳐 그렇게 부러워하던 4학년이 되어갔다.

　김오랑이 1학년일 때 박종규는 3학년으로 군기반장이었다. 비록 그들이 같은 분대는 아니었을지라도 과외 활동을 하다 보면 자연스레 얼굴을 익히고 친해지기 마련이었다. 그래도 생도 시절엔 꿈이 있고 공부와 훈련만 열심히 하면 잘한다는 소리를 들을 수 있어 속이 편했다. 당사자들만 그것을 모를 뿐이었다.

김오랑과 박종규는 임관 후 서로 얼굴을 보지 못하다가 특전사에 와서 재회하고 너무 반가워 얼싸안았다. 마치 친동생, 친형을 만난 것 같았다. 그만큼 육사에서 정이 많이 들었던 모양이다.

"오랑이, 이게 얼마 만이야?"

"선배님, 여기 계신다는 소릴 듣고 찾아왔지요."

"이 사람, 무슨 소릴 하는 거야. 육군본부 인사 발령이 어디 내 뜻대로 되던가. 아무튼, 반갑네 반가워."

박종규는 김오랑을 집으로 초대하여 음식을 대접했고, 부인들끼리도 안면을 트고 친하게 지내도록 분위기를 만들어 주었다. 백영옥은 남편을 따라 오긴 했지만 아직 군부대 주변으로 이사 다니는 것이 낯설었는데, 박종규 내외가 따뜻하게 대해주니 한시름 놓이고 그리 외롭지 않았다.

박종규는 3공수여단에 근무하고 김오랑은 사령부에 있었으므로, 비록 한 울타리 안에 있다 해도 출근해서는 서로 얼굴 볼 기회가 없었다. 그렇지만 퇴근하면 박종규가 김오랑 부부를 자주 불러 식사를 대접하고 생도 시절 이야기를 하는 바람에 시간 가는 줄 몰랐다.

"선배님, 왕숙천 기억나세요?"

"암, 기억나고말고. 독도법 배울 때 동구릉과 왕숙천 일대를 오가며 했었지."

"독도법 훈련 때는 차라리 편했던 것 같아요. 길만 찾아가면 되니까."

"힘든 건 하기夏期 군사훈련 때야. 태릉 기지거리 사격장에서 M1 소총으로 사격훈련을 한 다음, 불암동 각개전투훈련장에서 포복하며 뒹굴어 봐. 장맛비로 훈련장 물웅덩이는 온통 진흙탕으로 변하는데, 온종일 뒹굴다 보면 젖은 몸이 어느새 마르고 땀이 하얀 소금으로 변하더군."

"어디 그것뿐이겠습니까. 그놈의 3사 체전이 뭐라고 응원 연습하느라고 죽을 지경이었어요. 나는 덩치가 작아서 럭비든 축구든 선수로 뛰지도 못하고."

김오랑은 체격 좋은 박종규가 럭비 선수를 했던 것을 떠올렸다. 그가 공을 잡고 황소처럼 돌진하면 상대편 선수들이 추풍낙엽처럼 나가떨어지곤 했다. 박종규는 소주잔을 쭉 들이키며 추억에 잠겼다.

"그때가 좋았지."

"선배님, 이제 생도 시절은 다시 오지 않겠지만 아직도 마음은 그때나 지금이나 변하지 않은 것 같습니다."

"그럼, 사람이 나이를 먹지 마음까지 나이 들어가는 것이 아니거든. 이봐 오랑이."

"네, 선배님."

"우리가 특전사에 근무하는 한, 살아도 같이 살고 죽어도 같이 죽자. 응?"

"당연한 말씀입니다. 선배님 절대 잊으시면 안 됩니다."

남편들이 이렇게 생도 시절 이야기꽃을 피우면, 아내들은 몇 분 정도 들어주다가 지겨운 표정으로 입을 샐쭉거리며 자리를 옮겨 앉았다.

"저이는 지겹지도 않나 봐. 집에 와서도 훈련받던 이야기를 하니 말이야."

"맞아요. 언니도 지겹죠? 나는 내 남편만 그런 줄 알았더니 형부도 마찬가지네요. 호호."

그들은 아이들을 재워놓고 아기 옷가지를 정리하며 육아에 관한 이야기, 자주 찾아뵙지 못하는 시댁과 친정 이야기로 담소를 나누었다. 그러다 보면 어느새 집으로 돌아갈 시간이 되었다.

"꺼억, 선배님 오늘 잘 먹고 갑니다. 다음엔 우리 집으로 오세요."

"그래, 조심해서 가."

"형수님, 안녕히 계세요. 조카들아, 다음에 또 보자."

김오랑은 자느라고 정신없는 조카들을 깨우며 인사했다. 백영옥은 애써 재운 아이들이 혹시 깨지나 않을까 걱정스러워 남편의 허리츔을 쿡 찔렀다.

"여보, 그만 가요."

그 모습에 박종규 내외가 웃음을 참지 못하고 백영옥의 얼굴이 빨개졌다. 김오랑이 선배를 한번 초대하려고 해도 번번이 얻어먹는 경우가 많았다. 박종규 아내가 아이들 핑계를 대며 우리 집으로 오라고 하는 바람에 어쩔 수 없었다. 박 중령은 절대 후배에게 얻어먹거나 신세 지지 않았다. 반가운 후배와 같은 군인아파트에 살게 되었으니, 언제나 선배가 베풀고 대접해야 된다는 마음을 갖고 있었다.

흔히 신혼부부더러 깨가 쏟아진다는 말을 쓰곤 하는데 김오랑 부부도 예외는 아니었다. 그가 맹호부대 소대장으로 베트남전에 참전했을 때 부산대 간호학과에 재학 중이던 백영옥을 알게 되었다. 이역만리에 있는 그들의 사랑을 이어준 것은 러브 레터였다. 정성스레 꾹꾹 눌러쓴 편지를 보면 상대의 마음이 어떨지 능히 짐작할 수 있었다. 김오랑이 귀국한 후 1972년, 양가 친척을 모시고 조촐한 결혼식을 올렸다. 그들에게 아직 아이 소식이 없어 조바심이 생길 법도 했지만, 오랑은 행여 아내가 부담을 느낄까 염려해서 전혀 내색하지 않았다.

백영옥은 이런 남편이 너무 좋고 자랑스러워 그림자만 봐도 기쁨이 벅차올라 남편을 안아주고 싶었다. 두 사람은 박종규 중령의 집에서 나와 집으로 가는 짧은 시간 동안에도 손을 놓지 않고 꼭 잡았다. 젊은 사람이 많은 군인아파트에서도 눈에 띄게 금실이 좋은 부부였다.

정병주 특전사령관은 1926년 경북 영풍군 이산면에서 태어났다. 배해 또는 주해舟海라고도 부르는 산속 작은 마을이었다. 산속에 무슨 배와 관련된 지명이 있을까 싶지만, 박봉산 아래에 있는 마을은 동쪽 내성천과 서쪽 서천 사이에 있는 모습이 마치 물 위에 떠있는 듯하다 해서 배해라 불렸다.

계엄령이 내려져 있는 이즈음, 정병주 사령관은 마음이 종잡을 수 없도록 불안했다. 그 이유를 명확히 알 수 없지만 무엇인가 자신의 주변에서 밤 안개가 피어나듯 좋지 않은 기운이 감돌고 있음을 느꼈다. 그는 사령관실 의자에 앉아 생각에 잠겼다. 도대체 이런 기분이 드는 것은 왜일까. 아무리 생각해도 그것이 무엇이라고 딱 꼬집을 만한 것이 떠오르지 않았다. 그러다 오후가 되어서야 얼마 전에도 이런 기분이 들었다는 것을 깨달았다.

불과 두 달 전인 10월 16일, 부마사태가 터지고 이틀 후인 18일을 기해 부산에 비상계엄령이 선포되었을 때 그는 휴가 중이었다. 평생 군인으로 살아오는 동안 휴가를 제대로 보내본 일이 없었지만, 집안에 무슨 일이 생기면 어쩔 수 없이 휴가를 내야 했다. 그날

모처럼 군복을 벗고 일을 보아도 하루 종일 마음이 개운치 않고 찜찜한 기분이 들었다. 제대로 잠을 이루기 어려웠다. 그렇게 뒤척이다 간신히 잠이 들었는데 전화기가 요란스럽게 울렸다.

"사령관님, 주무실 텐데 불편하게 해드려서 죄송합니다."

사령부에서 근무하는 김오랑 소령의 목소리였다.

"아니야, 무슨 일인가?"

"18일 0시부로 부산에 계엄령이 내려졌습니다. 빨리 들어오셔야 할 것 같습니다."

"알았네. 곧 들어가지."

전화를 끊고서야 정병주는 종일토록 불쾌하고 불안했던 감정의 원인을 알 수 있었다. 바로 이 일 때문에 그랬구나, 원인을 알고부터 오히려 마음이 홀가분해졌다. 군복을 갈아입고 부대로 복귀하니 비상이 걸려 예하 지휘관들이 속속 들어오고 있었다. 부대에 불이 환하게 켜지고 출동 준비를 하느라고 부산하게 움직였다.

계엄령이 내리고 얼마 지나지 않은 새벽에 3공수여단의 병력이 부산으로 급파되었다. 평소 이렇게 많은 병력이 급파되는 일은 없었는데, 평화 시에 벌어진 사상 최대의 야간 공수작전이라 할 만했다. 정 사령관도 성남 비행장에서 김재규와 같이 부산으로 내려갔다. 두 사람은 안동 농림학교 선후배 사이였다. 김재규는 꾸밈없이 소탈하고 허허 웃는 정병주를 보면, 사람은 헌 사람이 좋고 옷은

새 옷이 좋다는 말이 실감 되어 자기도 모르게 웃음이 나왔다.

"정 장군, 야간 비행 참 오래간만이지?"

김재규는 어디 여행이라도 가는 것처럼 물었다.

"저는 야간 공수훈련 때문에 가끔 타봅니다."

"그래? 하긴 그렇겠지."

김재규는 작은 창으로 어두운 상공을 한참 바라보더니 입을 열었다.

"갈수록 큰일이야. 여기저기서 시위가 일어나고 있으니."

정병주는 평생 군인으로 살아왔고 군복을 입고 있을 때가 가장 편하고 좋아 다른 것은 생각해 본 일이 없었다. 정치도 마찬가지였다. 그는 입을 다물고 아무런 대답을 하지 않았다.

"이번에 부산에 계엄령을 내렸으니 다음엔 어디가 될까. 지방에서 이런 일이 일어나면 오히려 곤란한 법인데."

"잘 수습되겠지요."

"글쎄."

김재규는 말꼬리를 흐렸다. 둘은 부산에 도착해서 바로 헤어졌다. 김재규는 정보부 차를 타고 갔고 정병주는 부대원들을 보기 위해 지프차에 몸을 실었다. 정 사령관은 부산에서 부하들과 상황을 살펴보고 지시를 한 다음에 서울로 돌아왔다. 뒤이어 김재규가 돌아온다는 소리를 듣고 성남 비행장에서 그를 만났다.

"부장님, 부산에 병력이 더 필요할 것 같습니까, 어떻습니까?"

"괜찮을 거야. 공수단 병력을 더 파병할 필요는 없을 것 같아. 행여 그럴 일이 있으면 부산에서 가까운 해병대를 부르면 되지."

김 부장의 말을 듣고 정 사령관은 다행이란 생각이 들었다. 특전사 병력들이 무슨 훈련을 나가는 것도 아니고, 시위를 진압하기 위해 출동한다는 것은 내키지 않는 일이었다. 시위 진압도 임무를 받고 나간 실전이나 마찬가지였기 때문에 허술하게 대응할 수 없었다. 자신의 병력들이 무장하고 시위대와 접촉하게 되면 불상사가 생길 수도 있었다. 그것이 두려워 물어본 것이었는데 그럴 필요가 없을 것이란 말에 안도하였던 것이다.

그러나 다음날 부산에 이어 마산에서 다시 대규모 시위가 벌어지는 바람에 2개 공수여단이 부산행 열차에 올라야 했다. 그중 1개 여단은 마산으로 보내졌고, 정병주 사령관도 부산으로 내려가 지휘부를 설치하고 직접 현장 지휘에 나섰다. 부산과 마산에서는 공수단 병력이 차를 타고 시내를 돌아다니며 주요 길목에 열을 지어 서 있기만 해도 위압감이 들어 시위대와 큰 충돌은 없었다. 시위가 잦아든 후에도 그는 부산에 있었다.

그런데 10월 26일 밤, 서울 근교 부평에 위치한 윤흥기 9공수여단장으로부터 긴급전화를 받았다. 윤흥기는 갑종장교 출신으로 정병주 사령관을 잘 따랐다.

"무슨 일인가?"

"사령관님, 육군본부에서 우리 여단을 즉시 육본으로 이동시키라는 명령을 내렸습니다."

"뭐? 갑자기 무슨 일인데?"

"그건 저도 잘 모르겠습니다. 무슨 일이 터진 것 같습니다."

"알았어. 명령이 내려왔으면 따라야지."

부산과 마산에서 대규모 시위가 벌어진 마당에, 이번에는 육군본부로 병력을 출동시키라는 소리에 정병주 사령관은 깜짝 놀랐다. 북한의 특수부대라도 침투한 것인지 감을 잡을 수가 없었다. 그는 전화통을 붙들고 서울 여기저기에 전화를 걸었다. 먼저 명령이 내려왔다는 육군본부 정승화 육군참모총장, 그리고 정보를 잘 알고 있을 김재규 중앙정보부장에게 전화를 걸었으나 받지 않았다. 답답한 마음에 차지철 경호실장, 김계원 대통령 비서실장에게도 전화했지만 마찬가지였다.

'이거 정말 무슨 큰일이 벌어진 모양이구나.'

이런 불길한 생각이 점점 굳어졌다. 나중에 겨우 정승화 총장과 연결이 되었다. 그는 다짜고짜 따져 물었다.

"총장님, 저 특전사령관입니다. 무슨 일로 9공수여단을 출동시키신 겁니까?"

"자세한 건 설명하기 어려워. 정 장군, 일단 김해 공항으로 가도록 해."

정 총장은 무척 바쁜지 전화를 끊어버렸다. 부산에 있는 정병주는 대통령이 시해되었다는 것을 알 수 없었다. 그것도 안동 농림학교 선배인 김재규가 총을 쏘았을 것이라곤 상상조차 하지 못하고 김해로 갔다. 군 공항에는 이미 수송기가 대기하고 있었다. 부산에서 복귀하는 공수단 병력과 보안사 요원들 50여 명이 비행기에 올랐다. 수송기는 일반 여객기와 달리 소음이 심하고 자리가 불편하다. 하지만 아무도 불평하지 않고 어두운 표정으로 묵묵히 앉아 있을 뿐이었다. 그 자리에는 부산에 내려왔다가 올라가는 보안사 이학봉 대공처장도 있었는데 다들 경황이 없어 서로 인사할 형편이 아니었다.

수송기가 성남 비행장에 착륙하자 육본에서 나온 차가 대기하고 있었다. 정 사령관이 곧바로 육본 지하 벙커로 들어가서야 비로소 대통령 시해 소식과 비상계엄령 선포가 논의되고 있음을 알게 되었다.

나이 들면 걱정과 잔소리가 늘어난다더니 과묵하다고 소문난 정병주 사령관도 최근 실전과 같은 일들을 치르고 걱정이 많아졌다. 휘하 장병들 훈련시키는 것이야 여단장들이 알아서 하면 될 일이었지만, 계엄령 상황이라 언제 또 부산에 출동했던 것처럼 명령이 내려올지 몰랐다. 이런 걱정 때문에 그는 가끔 손자 잃은 영감처럼 사무실에서 뒷짐을 지고 창밖을 멍하니 바라보는 일이 잦아졌다.

생각해 보면 벌써 5년 동안이나 특전사령관을 맡고 있는 중이었다. 장성급 주요 지휘관이 한 보직을 이렇게 오랫동안 맡는 것은 이례적인 일이다. 생각 같아서는 고향 가까운 곳 사단장으로 나가고 싶었다. 얼핏 그런 의사를 정승화 참모총장에게 비친 적이 있었다.

"총장님, 한직으로 좀 보내주실 수 없겠습니까?"

"왜, 무슨 일 있어?"

"특전사령관으로 5년이나 있었으면 다른 사람들에게 길을 비켜주는 것이 도리지요. 좀 쉬고 싶기도 하고."

정병주의 말에 정승화가 손을 내저었다. 정 총장은 같은 성씨이고 자신의 고향 김천과 멀지 않은 영풍 태생 정병주 장군을 아꼈다.

"정 장군, 그런 소리 하지 마. 지금은 비상시국일세. 대통령이 시해되고 제주도를 제외한 전국에 계엄령이 내려졌는데 한가한 소리 할 텐가? 계급정년이 얼마 남지 않았으니까 조금만 더 하고 진급해서 나가도록 해. 그게 좋아."

정 총장이 이렇게 생각해 주니 정병주는 다른 말을 할 수가 없었다. 그저 이제 조금만 더 하면 되겠지, 하는 마음을 갖고 물러 나왔던 것이다. 정 총장 말처럼 기다리기만 하면 되는 것이다.

그런데 요즘 들어 불안한 마음이 드는 것은 무슨 일일까. 그는 먼젓번 계엄 때 느꼈던 것과 비슷한 기분을 아무리 해도 해소하기 어려웠다. 연병장을 구보하는 장병들을 보며 창밖을 응시하고 있을 때, 노크 소리가 들리고 김오랑 소령이 들어왔다.

"사령관님, 회의에 가실 시간입니다."

"음, 알았네."

김오랑이 경례를 한 후에 방을 나갔다. 정병주는 김 소령의 뒷모습을 보면서 저런 놈이 사위로 들어오면 참 좋겠다는 생각이 들었다. 말수가 적어 불필요한 말을 하지 않고, 자신의 수더분한 얼굴과 달리 용모가 반듯했다. 딸 가진 부모라면 누구라도 탐낼 것 같았다. 그러나 이미 결혼한 몸이니 아깝다는 생각밖에 할 수 없었다.

언젠가 부대를 방문하러 가는 길에 정병주가 김 소령에게 물은 일이 있었다.

"이봐, 김 소령. 나는 성격상 오랫동안 훈시하지 못하는데 혹시 그것 때문에 뒤에서 수군거리고 그러지 않나?"

"사령관님, 아닙니다. 장병들은 교장 선생님처럼 오랫동안 연설하는 것을 좋아하지 않습니다. 사령관님처럼 꼭 필요한 말씀만 하시고 끝내는 것이 좋지요."

"그렇다면 다행이군."

본래 정병주는 말주변이 없어 5분 이상 훈시하기도 어려워했다.

덩치에 걸맞지 않게 쑥스러움도 잘 타는 성격이었다. 그런 단점을 김오랑이 전혀 문제 되지 않으니 걱정하지 마라고 해주어 고마운 생각이 들었다. 남은 군 생활 동안 김 소령과 같은 부관을 곁에 둔다면 무슨 일이 닥쳐도 잘 대처할 수 있을 것 같았다.

정병주가 본관으로 내려오자 김오랑이 차 옆에 서 있다가 문을 열어주고, 사령관이 탄 다음 자신은 앞자리로 올라탔다. 차가 위병소를 나설 때 근무하던 위병의 구호 소리가 귀를 쩌렁쩌렁 울렸다.

"단결!"

이제는 연행뿐이다

 한편 정승화 계엄사령관은 11월 6일, 전두환 합동수사본부장이 사건전모를 발표한 후 혐의를 벗었다고 생각했지만, 그 생각은 이내 바뀌고 말았다. 유학성, 황영시, 차규헌 장군이 합동수사본부를 찾아가 자신에 대해 왜 연행 수사를 하지 않느냐며 따졌다는 소리를 들었기 때문이었다. 아직 합수부에서 움직임을 보이지 않고 있어도, 언젠가 자신에게 칼날을 들이밀 수도 있겠다는 생각이 들었다. 그래서 뭔가 조치를 하긴 해야 되는데 마땅한 방법이 없었.
 만약 10.26 사태가 군사반란이었다면 자신이 과감하게 군을 동원해서라도 사태를 진압했을 것이다. 그러나 살인사건이기에 그 수사에 관한 모든 권한은 합동수사본부에 있었다. 중앙정보부, 보안사, 헌병, 검찰, 경찰 등 국내의 모든 수사와 정보기관을 지휘하면서 계엄업무의 핵심 부분을 수행하는 곳이 바로 합동수사본부였다.

 합수부가 비록 계엄사령관 직속으로 있다곤 해도 수사에 관해서는 관여할 수가 없었고, 헌병감실이나 군검찰 등 다른 기관이나 참모를 이용하여 견제시킬 수도 없었다. 견제 기구로 쓸 만한 헌병이나 군검찰, 그리고 정보부는 일찌감치 합수부의 통제를 받고 있기 때문이었다. 더구나 지금 자신이 시해 현장 부근에 있었다는 이유로 오해를 받고 있지 않은가. 그래서 정승화는 마땅히 합수부를 견제할 수단을 찾기 어려웠고 운신의 폭이 좁다고 볼 수 있었다.

 정승화는 한숨을 내쉬었다.

 "이 난관을 어떻게 헤쳐 나간다?"

 고민을 거듭해도 마땅한 방법이 보이지 않았고, 사건 당일 왜 사실을 사실대로 밝히지 못했을까, 생각해 보면 아쉬운 점이 한둘 아니었다. 괜히 김재규가 부른 자리에 나갔다가 사건 현장 부근에 있게 되었고 오해를 뒤집어쓰고 있으니 말이다. 당장이라도 김재규의 모가지를 붙들고 '도대체 나를 왜 그 자리에 불렀느냐' 따져 묻고 싶었다. 그나마 다행인 것은 김재규가 재판정에서 자신과 모의하지는 않았고 나중에 끌어들이려 했다고 진술한 부분이었다.

 재수 없는 년은 넘어져도 꼭 자갈밭에 주저앉고, 재수 있는 년은 요강 꼭지에 주저앉는다더니 자신의 신세가 한심해 보였다. 일이 꼬이려고 그러는지 하필이면 사건을 수사하는 합동수사본부장 자리에 전두환이 앉아 있는 것이 탈이었다.

요즘 들어 정승화는 전두환에 대해서 지금껏 자신이 알고 있는 사람이 맞는지 의문이 들었다. 전두환은 항상 고분고분하고 때로는 핀잔을 듣기도 했으며, 친화력이 좋아 선배 장성들도 그에 대해 전혀 경계심을 품지 않았다. 그래서 정승화도 계엄사령관의 직속 기구에 불과한 합동수사본부이기 때문에 통제가 가능하다고 생각하였는데, 시간이 갈수록 감당하기 어려운 인물이란 생각이 들었던 것이다. 특히 전두환은 박정희 대통령의 총애를 받던 인물로 그만큼 충성심이 남달랐으니 이번 사건을 대충 넘겨버릴 사람이 아니었다.

정승화는 생각 끝에 12월 9일, 노재현 국방장관과 골프를 치다가 말을 꺼냈다.

"장관님, 합동수사본부장 있지 않습니까."

"두환이가 왜?"

"요즘 월권이 좀 심한 것 같습니다. 전 장군이 얼마 전 저에게 부정축재자 조사를 건의하더군요. 그러나 군이 그런 데까지 나서게 되면, 정치에 관여한다는 인상을 줄 수 있어 수사는 못 한다고 말했습니다. 다만 부정축재자 명단 정도는 만들어 두라고 했지요. 또 지금은 계엄 상황이기 때문에 여러 가지 현안을 처리하느라고 행정부 쪽에서 국방차관이 주재하는 차관회의가 있고, 합수본부에는 행정 각부의 국장 처장이 참여하는 회의가 있습니다. 그런데 합수부의 회의 결과에 따라 차관회의에서 결정된 것을 뒤집고 시행되기도 하는 등 기강이 해이해지고 있습니다. 아랫물이 윗물을 거스르는 격이지요."

"그런 일이 있었소?"

"네, 계엄사의 하부 실무조직과 행정기관이 합동수사본부의 영향권 아래 들어가 있어 계엄사령관인 제가 겉돌고 있는 형편입니다."

정승화의 말에 국방장관은 골프를 치다 말고 얼굴을 살짝 찡그렸다. 명색이 계엄사령관인 사람이 아랫사람 하나 다스리지 못하고 그걸 고자질하는 모양새로 보였기 때문이다.

"부정축재자에 대한 수사가 필요하긴 하지만 합수부에서 하는 것은 나도 무리가 있다고 봅니다. 그건 잘하신 것 같고, 그래 정 총장이 하고 싶은 것이 뭔지 말해 보시오."

"아무래도 전두환 합수본부장을 다른 곳으로 보내고, 면모를 일신한다는 면에서 다른 사람으로 보임해야 될 것 같습니다. 김재규 재판이 끝날 때까지 기다리려 했는데, 요즘 하는 것을 보면 당장 바꾸는 것이 좋겠습니다."

정승화의 건의에 노 국방장관은 일언지하에 거절하고 나섰다.

"정 총장, 그건 어렵겠소. 올 3월에 보안사령관이 되었고 지금 중요한 수사를 진행 중인 마당에 특별한 문제도 없이 바꿔버리면 어떻게 되겠소. 군 인사에는 관례가 있는 것이고 모두가 납득할 수 있어야 합니다. 정 총장이 말한 것은 잘 알겠으나 합동수사본부장 교체에 대한 문제는 시간을 두고 생각해 봅시다."

 결국 정승화는 자신의 뜻을 관철하지 못하고 말았다. 11월 중순 육군본부 인사 때 전두환을 처리해 버릴 걸 하는 후회가 밀려왔다.

 합동수사본부 이학봉 수사국장은 12월 6일, 최규하 대통령 취임식이 끝난 후 한층 바빠졌다. 수사를 완결짓지 못했는데 상황이 이대로 끝나버리지나 않을까 조바심이 들었던 것이다. 그는 몇 번이나 합수본부장을 찾아 왔지만 그때마다 출타 중이거나, 아니면 유학성 장군을 비롯한 원로들이 자리를 차지하고 있어 아무 소득도 없이 돌아가곤 했다. 그는 불만을 비서실에 토로했다.

 "허 실장님, 언제부터 보안사가 노인들 사랑방이 되었습니까?"

 빈정거리듯 내뱉는 말투가 귀에 거슬렸는지 허화평이 제지하고 나섰다.

 "어허, 이 사람. 말조심해."

 "답답해서 그럽니다. 한시가 바쁜 마당에 본부장님 뵙기가 이리 어려워서야 원."

 "조금 기다려 봐. 저분들도 일이 있어서 오신 분들이야. 어딜 새

까만 중령이 투덜대고 있나."

허 실장은 이학봉을 일단 자리에 앉히고 보온병에 담아온 따뜻한 차를 권했다.

"무슨 일이야?"

"선배님."

이학봉은 다짜고짜 허화평을 선배님이라고 불렀다. 속에 있는 남모를 이야기를 하거나 친밀감을 표시할 때 이학봉이 하는 말버릇이었다. 허화평은 어서 말해 보라는 표정으로 기다렸다.

"제 생각에 김재규가 벌인 일은 혁명이 아니라 전형적인 궁중 암살 사건이에요. 김재규도 그렇게 말했습니다. 다들 제가 하는 말을 빈 수레 덜컹거리는 소리쯤으로 여기지만, 제 이야기를 들어보면 생각이 바뀔 겁니다."

허화평은 이 사람이 또 무슨 소릴 하려고 그러나 싶어 귀를 쫑긋 세웠다.

"가장 손쉽게 정권을 탈취하는 것은 최소의 인원으로 사회적 충격 없이 일을 해치우는 거예요. 그다음엔 청와대와 군, 그리고 정보부를 장악해야죠. 청와대는 권력의 핵심이고 정보부는 나라의 온갖 정보를 모아 분석하는 곳이니까요. 마지막엔 힘으로 이를 뒷받침해야 되는데 그것이 바로 군입니다. 그래서 대통령이 시해된 후 비서실장 김계원은 대통령 시신을 서울지구병원에 숨겨놓다시피

하고 쏜살같이 청와대로 달려갔습니다. 대통령과 경호실장이 죽은 마당에 누가 실권을 장악할까요. 바로 대통령 비서실장인 김계원입니다. 그는 총리를 불러 '지금부터 당신이 권한대행이니 권한을 행사하여 계엄령을 선포하라.'고 요구했지요. 그리고 김재규가 정승화를 태우고 중앙정보부로 가지 않고 왜 육군본부로 갔을까요? 그건 둘이 한통속이거나 적어도 심정적으로 통하는 바가 있었기 때문입니다. 김재규 입장에선 육본으로 가는 것은 죽으러 가는 것이나 마찬가지였을 테니까 말입니다. 아무튼, 저는 김재규, 김계원, 정승화 세 사람이 모의를 하였거나 이심전심 통하는 마음이 있었으리라고 봅니다. 결과를 보면 알 수 있어요. 결국 계엄령이 선포되어 시해 현장에 있던 정승화가 계엄사령관에 임명됐고 군을 장악하는데 성공했습니다. 김재규가 말한 혁명 1단계는 성공한 것이고 2단계도 절반의 성공을 거둔 셈이에요. 아마 그들 생각으로는 지금도 진행 중인 혁명이라고 보겠지요. 그래서 김재규가 조사받을 때도 '이제 세상이 바뀐다. 전두환 오라고 해라.'고 큰소리쳤던 것 아니겠습니까. 정승화가 요직에 자기 사람들을 다 앉힌 상황에서 우리가 강 건너 불구경하듯 두고 보고만 있으면 정말 큰일입니다. 무슨 대책을 세워야 해요."

"자네 말뜻은 알고 있어."

"선배님, 알고만 있으면 뭐 합니까. 실행에 옮겨야지요."

이학봉은 고구마를 먹다 얹힌 것처럼 가슴을 두드렸다.

"쉬운 일이 아니야. 그래서 본부장님도 고민 중인 거지."

"일엔 때가 있는 겁니다. 자칫 실기失期하기라도 하면 수사는 이대로 끝나고, 저들 뜻대로 일이 진행되는 것을 지켜볼 수밖에 없을 거예요. 수사는 신속성이 생명이고 혐의자가 생각할 틈을 주지 않고 몰아붙여야 합니다."

허화평은 이학봉에게 마땅히 대꾸할 말을 찾지 못하고 '끙' 신음을 냈다. 합동수사본부에 있는 사람이라면 누구나 같은 심정일 것이다. 수사를 완결짓기 위해서는 현장에 있었던 사람들을 빠짐없이 소환조사하고, 혐의점이 있는지 없는지 밝혀야 할 것이기 때문이다. 그러나 딱 한 사람, 정승화 육군참모총장에 대한 조사가 제대로 이루어지지 않고 있으니 그도 답답하긴 마찬가지였다.

"알았어. 내가 한번 말씀드려 보지. 자넨 그렇게 알고 있게."

허화평은 씩씩거리는 이학봉을 달래서 내보냈다. 오후 늦게 장군들이 돌아가고 사령관실이 조용해졌다. 그제야 허화평은 전두환에게 이학봉이 왔었다는 것과 그가 말한 것을 모두 전할 수 있었다. 전두환은 담배를 빼 물고 묵묵히 듣고 있다가 퉁명스러운 말을 내뱉었다.

"그 자식 또 와서 소란을 피우고 갔군 그래."

"본부장님, 이 국장의 말이 허황된 이야기는 아닙니다. 제 딴엔 걱정돼서 하는 말이니 노엽게 생각지 마시고 깊이 고려해 보시지요."

"나도 그건 알고 있어. 하지만."

전두환이 연기를 빨아들이며 말을 멈추었다. 그리고 말을 잇지 않았는데, 허화평은 본부장이 아직도 결심하지 못했구나 하는 생각이 들었다.

"일단 이 국장 호출해서 들어오라고 해."

"네."

허화평의 전화를 받고 이학봉 수사국장이 쏜살같이 달려왔다. 그동안 허삼수도 불려 와 있었다.

"자네가 허 실장에게 하고 간 말을 전해 들었어. 그 뜻은 잘 알고 있지만 섣부르게 일을 추진하다간 낭패 보기 쉬워. 자칫하다간 모두 목 날아간다구."

"저도 알고 있습니다. 하지만 어렵게 생각하면 한이 없고 쉽게 생각하면 쉬운 일입니다. 혐의 확인을 위해 연행해서 조사하면 되는 일입니다. 여기에 무슨 이유가 필요하겠습니까."

이학봉의 말에 허삼수가 나섰다.

"이 국장, 말을 너무 쉽게 하는군. 본부장님 말씀은 돌다리도 두드려 보고 건너라는 말처럼 심사숙고해야 된다는 뜻이잖아."

"언제까지 돌다리만 두드리고 있을 요량이십니까. 갓 쓰다가 장파한다는 말이 있어요. 사건이 발생한 지 한참 지났고 이대로 사건을 종결시켜 버리면, 국민들은 정 총장이 무관하다고 생각할 것입니다. 설마 허 국장님도 그렇게 생각진 않겠지요?"

"적어도 합수부에선 정 총장에 대한 연행 조사를 반대하는 사람이 없어. 모두 그 필요성에 공감한다구. 하지만 상대가 상대니만큼 조심하잔 말이야."

"최근 김재규 1차 공판을 앞두고 돌연 정 총장이 이재전 장군을 석방해 버렸습니다. 이것이 무엇을 의미하겠습니까?"

허삼수는 일단 입을 다물고 이학봉이 말하도록 내버려 두었다.

"계엄군법회의 관할관은 정승화 총장입니다. 이재전 장군을 기소유예 처분으로 석방하였지요. 그 이유는 이재전 장군이 경호실 차장인데, 대통령 시해 당일 정 총장이 전화하여 움직이지 말고 가만히 있으라고 지시했기 때문입니다. 대통령 신변에 이상이 발생했으면 경호실에서 움직이는 것이 당연한 일임에도, 무슨 이유에선지 정 총장은 경호실 병력이 현장으로 가지 못하도록 막았습니다. 물론, 그것은 시해범이 차지철 경호실장일지도 모른다는 생각 때문에 경호실의 이동을 막았다고 변명하지만, 오랫동안 수사해 온 저의 감으로 볼 때 절대 그렇지 않습니다."

이학봉이 잠시 숨을 돌리는 동안 허화평이 끼어들었다. 웬만하면 남이 말하는 것을 끊거나 중간에 끼어들지 않는 성격인데 짚이는 구석이 있는 모양이었다.

"이 국장 말이 일리 있는 것 같습니다. 이재전 장군이 말하길 '내가 직무유기를 했다면 나보다 훨씬 많은 권한을 가진 정승화 총장은 몇 배나 더 중대한 직무유기를 한 셈이다. 그를 놔두고 나만 구속하는 것이 정당한가.'라고 항변했다고 하더군요. 어쩌면 재판정에서 이재전 장군의 진술로 사건 당일 정 총장에 대한 의심스러운 행적이 드러날까 두려운 나머지 석방해 버린 것이 아닐까요."

허화평이 거들어 주자 이학봉이 다시 말을 시작했다.

"맞습니다. 정 총장은 김재규가 총을 쏜 후에 이재전 장군이 경호실 병력을 이동하지 못하도록 막고, 수경사 병력을 동원하여 청와대 외곽을 포위했습니다. 법적 권한을 따지자면 정승화 총장이 경호실과 수경사에 명령을 내릴 권한이 없습니다. 월권이지요. 그것 하나만 가지고도 군법회의 회부 감입니다. 허 실장 말대로 재판정에서 이재전 장군이 모든 사실을 이야기하면 어쩌나, 걱정스러운 나머지 석방해 버린 것이지요. 우리 수사관들은 이재전 장군이 기소유예로 석방된 것이 무척 아쉽습니다."

여기까지 듣고 허삼수가 끼어들었다.

"이재전 장군도 나름 할 말이 많겠지만, 석방에 관한 권한은 계엄사령관이 가지고 있으니 우리로선 어쩔 수 없지. 나도 모든 정황이 수상쩍고 정 총장이 분명히 해명해야 된다고 보네. 그래야 국민들이 믿을 수 있고 계엄상황을 받아들일 것 아닌가. 계엄사령관부터 그날 행적이 의심받고 있는 와중에 행정과 사법사무를 틀어쥐고 국민들더러 이래라저래라 하면 따르기 쉽지 않을 거야. 사령관님, 저도 들어보니 이 국장의 말이 상당 부분 옳다고 생각합니다. 아무래도 무슨 대책을 세워야 할 것 같습니다."

이학봉은 허삼수가 이제야 동의하고 나서 주자 어깨를 으쓱했다. 이야기를 모두 듣고 전두환이 입을 열었다.

"모두 틀린 말은 아니야. 결국 내가 결심해야 되는 일이지. 이봐, 이 국장."

"네, 본부장님."

"자네는 정 총장 연행에 관한 계획을 세워보도록 해. 그것을 실행하게 될지는 미지수지만 미리 대비를 해둬야겠지. 앞으로 상황이 어떻게 변해가는지 두고 보자고."

전두환의 말에 이학봉은 뛸 듯이 기뻐하며 고개를 숙였고, 허화평과 허삼수는 그걸 보고 미소를 지었다. 허화평은 이번 결정을 두고 전두환이 일을 어떻게 처리해 나가는지 새삼 알 수 있었다. 전두환이 수도경비사령부 30경비대대장을 할 때 있었던 일화를 전해 들은 일이 있기 때문이었다.

전두환은 김신조를 비롯한 무장공비가 서울로 침투하기 1년 전인 1967년에 30경비대대장으로 부임하였다. 그때는 부대를 개편하기 전이라 중령이 경비대대장을 맡고 있었다.

그는 청와대 경내와 주변의 지형지물을 둘러보고 청와대 뒷산이 위험하다는 생각이 들어, 최우근 사령관에게 청와대 부근에 박격포를 배치하면 좋겠다는 생각을 이야기했다. 그 말을 들은 사령관은 펄쩍 뛰며 반대했다.

"전 중령, 미쳤어? 어떻게 각하께서 계신 청와대 주변에 박격포를 배치하겠다는 생각을 할 수 있나. 자칫 포탄이 경내로 떨어지기라도 한다면 큰일이야. 안 될 말일세."

보통의 경우 보병대대는 3개 소총 중대와 1개 화기 중대로 편성한다. 당시 30경비대대는 서울 시내에서 박격포를 쓸 일이 없다고 생각했는지 창고에 처박아 두고 있었다. 전두환은 몇 번 건의하다가 받아들여지지 않자, 박격포를 꼭 활용해야겠다는 생각에 박종규 경호실장에게 이야기했다.

"실장님, 각하께서는 포병 출신이니 제 뜻을 이해하실 겁니다. 비상시에 조명탄을 발사할 수 있도록 해주십시오."

경호실장이 전두환의 생각을 대통령에게 전달했는지, 어느 날 대통령이 30경비대대를 순시하였다. 그때 전두환은 자신의 생각을 말했다.

"각하, 30경비대대에 박격포를 배치하도록 허락해 주십시오."

"무슨 말이야?"

"네, 제가 둘러본 결과 청와대 뒷산이 위험합니다. 혹시 야간에 불순분자들이 산을 타고 들어오거나 시내에 출현한다면 조명탄을 쏘아 밝혀야 되지 않겠습니까."

박 대통령은 포병 출신답게 전두환의 말을 금방 알아듣고 빙긋 웃었다.

"그거 아직 안 했나? 임자, 참 좋은 생각이야."

이렇게 대통령으로부터 직접 허락을 받고 전두환은 박격포를 설치할 수 있었다. 그리고 박격포부대원들에게는 지금 당장이라도 쏠 수 있게끔 포탄을 박스에서 뜯을 수 있도록 준비시키고, 상황이 발생하면 복장 갖출 필요 없이 빤스 바람이라도 뛰어나와 바로 사격하라고 하였다. 조명탄은 밤에 필요한 것이니 비상훈련은 주로 심야에 실시되었다. 덕분에 박격포 대원들은 죽을 맛이었지만 머잖아 공을 세우고 포상받을 수 있었다.

1년 후 무장공비가 서울로 침투하여 난리가 났을 때, 30경비대대는 그동안 훈련했던 것처럼 즉각 박격포로 조명탄을 발사했다. 그중 한 발이 불발탄이어서 김신조 일당이 있던 바로 앞에 떨어졌는데 그걸 보고 혼비백산 도망가고 말았다.

최규식 종로경찰서장이 무장공비들의 총에 피격되고, 청와대 가까운 서울 시내 한복판에서 총격전이 벌어지고 수류탄이 연이어

터졌을 때, 30경비대대 박격포 대원들은 밤새도록 조명탄을 쏘아 세검정과 북악산 일대를 대낮 같이 밝혔다. 만일 어둠을 밝히지 못했더라면 상황이 무척 어려워졌을 것이다. 30경비대대 연병장에 설치해 놓은 81미리 박격포가 큰 역할을 한 것이다. 이때 전두환 경비대대장으로부터 명령을 받고 박격포 사격을 지휘한 사람은 작전주임 장세동 소령이었다.

허화평은 본부장이 이학봉에게 내린 지시도 박격포 일화와 비슷하다는 생각이 들었다. 실제 포탄을 쏠지 안 쏠지 알 수 없어도 미리 준비해 놓는 것처럼, 정 총장 연행 계획도 실행 여부와 관계없이 일단 마련하고 보는 것이었다. 만약 아무런 준비도 없이 시간만 보내다, 어느 날 갑자기 연행하라는 명령을 받았을 때 허둥지둥하다간 실패하기 십상이기 때문이었다.

그리고 1.21 사태 당시 작전주임을 하던 장세동 소령이 진급하여 이제는 30경비단장을 맡고 있는 것도 참 묘한 인연이란 생각이 들었다. 하긴 전군을 통틀어 30경비단에서 장세동만큼 실전을 치러 본 장교를 찾기 힘들 것이다. 어쩌면 그가 30경비단장으로서 적임이란 생각이 들었다.

허화평은 지루하게 끌던 문제를 어떻게 해결해 나갈지 본부장이 결론을 내주어 홀가분한 느낌이 들었다. 그동안 뒤엉킨 일들이 안

갯속처럼 사방을 분간하기 어려울 정도였지만, 그래도 대책을 세우기로 했으니 말이다. 그는 목이 말라 차를 마시려다 물이 떨어진 것을 알고 부관실에 있던 손삼수 중위를 불렀다.

"손 중위!"

"네, 부르셨습니까?"

"당번병에게 뜨거운 물 좀 가져오라고 전해줘."

손 중위가 나간 후에 허화평은 의자를 뒤로 젖히고 머리를 묻었다. 종일토록 원로급 장성들 모시랴 회의하랴 정신이 없었던 터라 피곤이 몰려왔다.

손삼수 중위는 보안사령관 부관이었다. 그는 며칠 전인 12월 초, 사령관을 모시고 육군본부에 들어가서 다른 부관들을 만났을 때 이상한 말을 들은 적이 있었다. 부관들은 상관이 회의에 들어가면 대기하는 방에서 잡담하며 돌아가는 여러 가지 형편을 이야기하는 것이 보통이었다. 그곳에서는 부관들끼리 알고 있는 정보를 자랑스레 펼쳐놓기 마련이었는데, 손 중위는 뜻밖의 말을 들었던 것이다.

"손 중위, 자네 요즘 기세가 좋아."

"무슨 말씀입니까?"

"사또 덕에 비장 나리 호강한다는 말이 있잖아. 요즘 보안사령관 님이 제일 잘 나가니까 하는 말이야."

"에이, 그런 말씀 마십시오. 사또 행차엔 비장이 죽어난다는 말도 있어요. 요즘 눈코 뜰 새 없이 바쁩니다. 선배님은 남의 쓰린 속도 모르고."

"하하, 농담이야, 농담. 그나저나 전 장군님 언제 옮기신대?"

"예?"

손 중위는 처음 듣는 말이라 눈을 동그랗게 뜨고 되물었다.

"모른 척하긴, 전 장군님이 곧 자리를 옮긴다는 소문이 파다하단 말이야."

"금시초문입니다."

사령관이 일을 마치고 사령부로 돌아올 때 손 중위는 조금 전 들었던 말을 조심스럽게 꺼냈다.

"사령관님, 곧 자리를 옮기실 거라고 하던데 그것이 사실입니까?"

전두환은 뒷자리에서 손 중위의 말을 듣고 시큰둥한 반응을 보였다.

"누가 그래?"

손 중위는 괜히 고자질하는 마음이 들어 고개를 움츠리고 기어 들어 가는 목소리로 대답했다.

"부관들끼리 하는 말을 들었습니다."

"나도 몰라."

전두환은 귀찮다는 듯 입을 다물어 버렸다. 손 중위는 괜한 말을 꺼냈구나 하는 후회감이 밀려와서, 사령부로 돌아오는 내내 앞으로 입조심 해야겠다고 다짐했다.

물밑 움직임

12월 8일은 토요일이었다. 중부내륙에 형성된 고기압과 찬 기운의 영향으로 아침에 안개가 끼었지만 대체로 맑고 포근한 날씨였다. 주말을 맞아 노태우는 서울로 와서 육군본부에 들러 정승화에게 인사를 드렸다. 5.16 군사혁명 당시 정승화는 육군 방첩부대장이었고 노태우는 정보과에 있었던 관계로 친분이 있었다. 노태우는 좀처럼 화를 내지 않고 사람들의 말을 잘 경청해 주어 그를 특별하게 싫어하는 사람이 없었다. 노태우가 찾아 오자 정승화는 반갑게 맞이했다.

"노 장군, 어서 오시게."

"총장님, 그간 편안하셨습니까. 요즘 계엄업무 보시느라 노고가 많으시지요."

"허허, 내 마음 알아주는 사람은 노 장군밖에 없군."

정승화는 노태우에게 특별한 말을 하지 않고 군 생활의 애달픈 사정을 주로 이야기했다. 전방 사단장으로서 고생 많다는 뜻이었다. 그는 자연스럽게 환담을 나누다가 문득 전두환에 대한 이야기를 꺼냈다. 노태우와 전두환이 육사 동기생인 것을 알고 하는 소리였다.

"요즘 전 장군이 수사를 하느라고 무척 바빠. 나도 참고인 진술서를 썼네만 세간의 오해가 쉽게 풀리지 않으니 걱정이야. 전 장군이 사건전모를 모두 발표했는데도 말이지."

"총장님이 무관하시다면 신경 쓸 것이 무에 있겠습니까?"

"나야 그렇지만 사람들이 그렇게 생각지 않으니 문제일세. 나는 그날 밤 김재규가 아닌 차지철이 각하를 쏘았다고 생각했으니까. 그래서 이재전 경호실 차장에게 경호실 병력을 움직이지 말라고 지시했던 것이야. 그와 동기인 전성각 수경사령관에게 상호 충돌하지 말고 청와대 외곽을 포위해서 경비하라고 한 것뿐일세. 그것이 잘못됐는가? 각하와 경호실장이 저격당했으니 누구라도 조치를 취해야지, 절차와 권한만 따지고 있다간 일을 못하는 거야. 지휘관이라면 비상상황을 맞이했을 때 유연한 지휘능력을 발휘해야 하는 법이네."

"네, 옳으신 말씀입니다."

"아무쪼록 오해가 없었으면 좋겠어."

노태우는 정 총장이 자신에게 하는 말이라기보다 전두환에게 하는 말이라고 생각했다. 동기생으로 친한 것을 알고서 일단 자기에게 말하면 자연스럽게 전두환에게 흘러 들어갈 것으로 여기는 모양이었다. 어쩌면 정승화는 평소 갈등이 있을 때, 양측의 이야기를 듣고 잘 조정하는 능력을 가진 노태우를 믿고 이런 말을 하는지도 몰랐다.

"알겠습니다. 오해가 잘 풀릴 것으로 생각합니다."

노태우는 총장실을 나와 수경사로 향했다. 장태완은 전두환과 동갑이고 노태우보다 한 살 많았다. 노태우는 키가 크고 체격이 좋았다. 그래도 아버지보다 작은 키였지만 보통 사람에 비해 컸다. 그는 키 큰 사람치고 싱겁지 않은 사람 없다는 말처럼 자기주장을 강하게 내세우지 않았다. 그래서 그런지 장태완도 노태우를 반갑게 맞이했다.

"오랜만이오. 노 장군."

"서울 계엄업무로 얼마나 바쁘십니까."

장태완의 고향은 경북 칠곡으로 대구와 접해 있는 곳이라 대구 출신 노태우와 동향이나 다름없었다. 노태우는 정승화가 자신을 의심하는 전두환을 견제하느라고, 장태완을 수경사령관으로 앉혔다는 소리를 들은 적 있었다.

"어떻든 사령관님이 계시니 서울이 든든합니다. 총장님께서는 요즘 뭐 하고 지내십니까?"

노태우가 슬쩍 물어보자 장태완은 셈을 따지는 사람이 아니어서 생각나는 대로 말해주었다.

"모르겠소. 제대로 알지도 못하는 사람들이 총장님을 괜히 음해하느라고 이러쿵저러쿵하는데, 나 같으면 역정을 냈을 겁니다. 합수부에서 빨리 사건을 매듭지어 줘야 되는데 말이올시다."

"저번에 사건 전모를 발표하지 않았나요?"

"발표만 하면 뭐합니까. 깨끗하게 마무리를 지어야죠. 전 장군이 무슨 속셈으로 그러는지는 몰라도 사람이 그래선 안 됩니다. 지금 총장님이 많이 참고 있는 거예요. 언론이고 군이고 간에 수군거리고 있으니 과연 언제까지 참을 수 있을지, 원."

"그렇군요."

장태완은 문득 괜한 말을 했다 싶어 화제를 돌리고, 이것저것 세상 돌아가는 이야기로 환담을 나누다 노태우가 일어날 즈음 말을 덧붙였다.

"내 다음에는 노 장군이 수경사를 맡을 것 같으니 잘해보시오."

"허허, 저에게 과분한 자리입니다."

노태우는 손사래 쳤지만 자신이 수경사령관이 된다는 말에 기분이 좋아 만면에 웃음이 가득했다. 그는 수경사를 나와 보안사령부로 갔다. 전두환이 서울에 오면 들러 달라고 했기 때문이었다.

"오느라고 수고 많았네."

"무슨 일로 날 불렀노?"

"일은 무슨, 얼굴이나 보려고 들러 달라 했지."

노태우는 전두환의 말을 곧이곧대로 믿지 않고 뭔가 의논할 일이 있는 모양이구나 하는 생각이 들었다. 육사 때부터 동기들이 뭔가 결정할 일이 있으면 자신을 불러놓고 이야기하는 경우가 많았고, 전두환도 예외는 아니었다. 노태우는 육본과 수경사에 들렀던 말을 해주고 걱정스러운 표정으로 당부했다.

"전 장군, 정 총장 조심하게."

"내 할 일만 하면 되는 거지 조심하고 말 게 있나."

전두환은 노태우의 걱정을 웃어넘기고 허화평을 불러들였다.

"허 실장, 노 장군 왔으니 이번 수사 브리핑을 좀 해드려."

미리 준비가 되어 있었던 모양인지 허화평은 자리에 앉아 서류를 뒤적이며 이야기를 시작했다. 사건 관련자들에 대한 수사와 송치, 그리고 아직 해결하지 못한 정승화 육군참모총장의 수상쩍은 행적에 대한 것이 주를 이루었다. 노태우는 간간이 고개를 끄덕이다가 궁금증이 일면 바짝 다가앉아 경청하였다. 허화평이 거의 두 시간 가까운 브리핑을 끝내자, 노태우는 대통령 시해사건에 정승화 총장이 관련되어 있을 수도 있겠다는 생각이 들었다.

전두환이 노태우에게 물었다.

"자네 생각은 어떤가?"

"난 아직 잘 모르겠네. 미심쩍은 부분이 적지 않지만 확신할 수도 없고."

노태우의 힘없는 소리에 전두환은 약간 실망한 듯했다. 마음속으로 결론을 내려놓고 친구의 지지를 받고 싶은 마음이었는데, 반응이 신통치 않았으니 말이다.

"전 장군, 서울 온 김에 나가서 여론 좀 살피고 오겠네. 전방 사단에 처박혀 있으니 감이 떨어져서…. 좀 기다려 줘."

노태우는 닭 쫓던 개를 바라보는 표정을 짓고 있는 전두환과 허화평을 뒤로 하고 보안사를 나왔다. 그리고 과거 육군방첩대에 근무하던 시절부터 얼굴을 익혀온 신문기자와 교수 몇 명을 만나 세간의 여론을 청취했는데, 다들 비슷한 이야기를 했다. 사건 관련자들 가운데 왜 정승화는 빠져 있느냐, 그가 말로는 정치에 관심 없다 하지만 하는 말을 보면 정치적이다, 전두환이 계엄사령관을 봐주는 대가로 뭔가 약속받은 게 아니냐는 투의 말들이었다. 그들은 노태우와 오랜 친분을 맺고 있었기 때문에 감출 것 없이 자신들의 의견을 전달했다. 노태우는 보안사로 돌아오는 동안 이러다 정말 무슨 큰일이 벌어질 것만 같은 느낌을 받았다.

오후 다섯 시쯤, 다시 세 사람이 마주 앉았고 노태우는 언론과 교수계의 여론을 전달했다. 허화평은 노태우의 말을 듣고 그러면 그렇지 하는 표정을 지었다.

"그래서 정승화 총장에 대한 연행 수사는 불가피하다고 생각됩니다. 다만 우리 합동수사본부가 계엄사령관 직속으로 되어 있어 어떠한 방식으로 연행할지는 고려가 더 필요합니다."

"영장 받는 게 그리 어렵나?"

"네, 계엄군법회의 관할관은 계엄사령관입니다. 자신에 대한 영장 청구를 받아들일 리 없고, 오히려 우리가 역공을 당할 수 있습니다. 임의동행 형식으로 연행하는 것이 무난할 것 같습니다."

허화평이 역공이란 말을 하자 전두환이 나섰다.

"계엄사는 병력과 무기가 있지만 합수부는 고작 권총 찬 수사관들뿐이니, 만약 무력충돌이 벌어진다면 상대가 될 수 없지. 계란으로 바위 치는 격이야."

"흠."

노태우는 손으로 턱을 괴고 깊은 생각에 잠겼다. 그 역시 참모총장에 대한 수사가 보통 어렵지 않다는 것을 알고 있기 때문이었다.

"허 실장, 만약에 말이야. 수사하지 않고 그냥 넘어간다면 어떻게 될까?"

"그럴 수도 있겠지요. 좋은 게 좋다고 괜히 일을 키우지 않고 조용히 무마할 수도 있습니다. 하지만 그럴 경우, 그렇지 않아도 군 내부에서 총장과 본부장님이 한통속이 된 거 아니냐는 의심의 눈

초리가 있는데, 그것을 확증시켜 주는 꼴이 되겠지요. 또 마땅히 해야 할 수사를 하지 않고 넘어가면 나중에 직무를 유기했다는 책임을 추궁당할 수도 있을 겁니다."

"그거참."

노태우가 답답하다는 듯 혀를 찼다.

"노 장군, 이미 내부적으로는 연행 수사를 하기로 방침을 세웠네. 그리 알고 나중에 혹시 문제가 생기면 자네가 우릴 도와줘야해. 돌아가신 대통령 각하께 많은 은혜를 입은 우리 아닌가. 그 원한을 풀어드려야지."

"음, 전 장군 부탁이라면 내가 만사 제쳐두고 도울 테니 아무 걱정마시게."

"고마우이. 역시 자네밖에 없어."

전두환은 노태우의 손을 잡았다. 육사 동기생으로 4년 동안 같은 생활관을 쓰며 흉금을 터놓고 서로 의지하다 보니, 둘 사이가 피를 나눈 형제보다 돈독했다. 노태우는 전두환의 행동이 부담스러운 듯 허허 웃었다.

"이 사람, 이거 와 이라노."

전두환은 노태우가 돌아가고 참모들이 저녁 식사 마치는 것을 기다려 우경윤 대령과 이학봉 수사국장을 불렀다. 우 대령은 육군본부 범죄수사단장(CID)이었는데 계엄사령부 합동수사본부에 배속되어 있었다.

"일을 진행시켜야겠어."

전두환이 말을 꺼내자 이학봉은 반색하였다.

"본부장님, 잘 생각하셨습니다. 말씀만 하십시오."

"계획을 세워봤나?"

"네, 수사는 타이밍이 중요합니다. 밖에서 김재규에 대한 호의적인 여론이 형성되고, 정 총장의 의도가 분명하게 드러난 만큼 올해를 넘겨서는 안 될 것입니다. 시간을 지체할수록 우리에게 큰 부담이 되고 결국 수사를 하지 못할 가능성이 있습니다."

"그렇지, 15일을 넘기지 않도록 해."

"제가 생각해 봤는데 영장 발부는 현실적으로 어려우니 아무래도 임의동행 형식으로 해야 될 것 같습니다."

"만약 응하지 않는다면?"

"그때는 체포해야지요."

"날짜는 언제가 좋을까?"

"제 생각으로는 아무래도 12월 12일이 좋을 것 같습니다. 13일에 국무회의가 열려 새로운 내각의 구성을 논의하게끔 되어 있거든요. 그래서 우리가 개각 전날 총장을 연행하여 조사하면, 그 결과를 국무회의에 연결시킬 수 있습니다. 또 그것이 군의 인사에 반영된다면 10·26사건 수사는 수사대로 완결되고, 육군참모총장의 자연스런 교체가 가능하여 군의 신뢰와 단결을 가져올 수 있지 않겠습니까."

"음."

이학봉은 거리낌 없이 여러 날 동안 고심하며 세웠던 연행 계획을 설명했다. 전두환은 계획을 들은 후에 우경윤을 바라보았다.

"우리는 병력이 없어. 그래서 우 대령을 부른 거야. 우 대령이 헌병대를 동원해서 작전에 협조할 수 있도록 조치해 줘."

"네, 알겠습니다."

"이만 나가 봐."

전두환은 두 사람이 나가자 인터폰을 들었다.

"허 실장, 정 검사 불러서 같이 들어와."

얼마 지나지 않아 허화평이 정경식 검사를 대동하고 들어왔다.

"부르셨습니까?"

"응, 정 총장 연행에 관한 대통령 재가를 어떻게 해야 좋을지 모르겠어. 지금껏 장관급 인사를 연행해서 조사하려면 대통령 재가를 받는 것이 관례였단 말이야."

허화평은 전두환이 무슨 고민을 하고 있는지 알아채고 정 검사를 보며 말했다.

"그건 관례일 뿐 법적으로 꼭 수사상 필요한 절차는 아니지 않습니까."

"그렇지요. 수사기관이 조사하기 위해 임의동행을 요청할 수 있고 불응 시에는 긴급체포도 가능합니다. 대한민국 형법 어디에도 범죄자 수사를 위해 대통령의 재가를 받는 경우는 없습니다."

정 검사의 말을 듣고 전두환은 고개를 가로저었다.

"아니야. 그래도 계엄사령관인데 대통령이 모른대서야 말이 되나."

"그건 대통령의 위신과 수사대상자의 지위를 감안하여, 존중과 예우 차원에서 호의적으로 하는 행동에 불과합니다. 설혹 재가하지 않더라도 불법은 아닙니다. 이미 국방장관께 말씀드렸잖습니까. 그렇다면 이미 대통령께도 그 뜻이 전해졌을 겁니다. 국방장관이 기다려 보자고 거부했던 것은 대통령의 뜻이라고 봐도 무방합니다. 재가를 받으러 들어간다고 해도 역시 허락하지 않을 수도 있습니다. 수사대상자와 방법을 선택하는 것은 수사권한을 가진 합동수사본부장님의 권한이자 책임입니다. 왜 그것을 다른 사람에게 물으려고 하십니까."

전두환이 뭐라 말을 못하고 허화평에게 의견을 묻는 표정을 지었다.

"저도 같은 생각입니다. 재가를 받는 것이 꼭 필요한 절차라면 엄수해야겠지요. 그것이 아니라면 재가받으러 가실 필요가 없다고 생각합니다."

"이건 내가 더 생각해 보고 결정할 테니까 그리 알고 있어."

허화평과 정경식은 더 말하지 못하고 입을 닫았다. 참모는 의견을 낼 뿐 결정은 지휘관의 영역이기 때문이었다.

이튿날인 12월 9일, 노태우는 사단으로 귀대하는 길로 직속 상관인 황영시 1군단장을 곧장 찾아갔다.

"군단장님, 돌아가는 모양새가 위태롭습니다."

"무슨 말인가?"

"정 총장이 사건 당일 보여주었던 행적이 수상하다는 여론이 적지 않습니다. 합수부에서도 어떻게 해야 하나 계속 고민하고 있는 모양이더군요."

"원칙대로 하면 될 일을 그리 않고 있으니 계속 꼬이는 거지."

황영시는 육사 10기, 정승화는 육사 5기였다. 그러나 나이는 황영시가 세 살 많고 고향도 가까워서 정승화를 동생 취급했다.

"군단장님, 정 총장에게 용퇴하도록 건의하는 것은 어떨까요. 이대로 가다간 무슨 일이 날지 알 수 없습니다."

"건의?"

"네, 총장이 저렇게 의심을 받아서야 군이 어떻게 제대로 돌아가겠습니까. 저는 총장이 용퇴하는 것이 바람직하다고 생각합니다. 한번 진언해 보시지요."

"소용없는 일이야. 그 사람 얼굴이 양순해 보여도 고집은 쇠심줄이니까."

황영시는 고개를 가로저었다. 나이 어린 정승화에게 자진해서 물러나라고 말하는 것은, 행여 자리 욕심 때문에 그러는 것 아닌가 하는 의심을 살 수 있었고, 자존심 상하는 일이었다. 노태우는 황영시의 태도를 보고 한숨을 내쉬었다. 그렇다고 합수부에서 정 총장을 연행하기로 마음먹었다는 수사기밀을 함부로 말하기도 어려웠다. 그는 아무런 소득을 얻지 못하고 자기 사단으로 돌아가고 말았다.

조 대령의 진급 턱

12월 11일은 육군본부에서 대령을 대상으로 장군 진급심사를 하는 날이었다. 공식 발표는 다음 날 하지만 내부적으로는 이미 누가 진급을 하였는지 정보가 돌고 있었다. 그래서 축하를 받는 사람과 위로 전화를 받는 사람들의 희비가 엇갈렸다.

수도경비사령부 헌병단장 조홍은 육사 13기로 경남 함안 출신이다. 전군에서 헌병 대령이 23명 정도인데 장군 진급은 한 자리밖에 없었다. 그러므로 다른 병과보다 장군으로 진급하는 것은 하늘의 별 따기만큼이나 어려웠다. 더구나 쟁쟁한 육사 13기 동기도 세 명 포함되어 있었다. 어찌 보면 진급이 늦은 편이었는데 늦은 만큼 기쁨이 배가 됐다. 이런 상황을 알고 있는 수경사 헌병단은 경사 났다고 환호성을 질렀다. 플래카드를 제작하여 헌병단 현관에 걸기로 하였다.

조홍은 진급 턱을 내야겠다 마음먹고 장태완 수경사령관, 정병주 특전사령관, 전두환 합동수사본부장, 김진기 헌병감, 우국일 합동수사본부 참모장을 연희동으로 초대했다. 장태완과 김진기는 조홍의 직속상관이고, 전두환은 계엄으로 인해 헌병을 지휘하는 합동수사본부장이었다. 정병주와 우국일은 평소 친하고 진급을 도와주었기 때문에 부른 것이었다. 본래 수경사 헌병은 고위 장교들과 친분이 있어 진급 턱을 내고 유대관계를 긴밀히 하는 경우가 많았다.

정병주 특전사령관은 장군 진급 예정자 명단에서 조홍의 이름을 발견하고 먼저 전화를 걸었다.

"조 대령, 진급했더구먼."

전화를 받고 조홍은 너무 기뻐 연신 감사 인사를 올렸다.

"장군님께서 물심양면으로 도와주신 덕분입니다. 제가 식사를 대접하겠으니 내일 시간 좀 내주십시오."

이렇게 하여 조홍 대령의 장군 진급을 축하하기 위한 식사 모임이 마련되었다. 전두환은 조홍 대령으로부터 꼭 오라는 말을 듣고 거절하기 어려워서 그러마고 대답했지만, 정 총장 연행을 내일 저녁으로 잡았기 때문에 참석하기는 사실상 불가능했다.

전두환은 정승화 참모총장을 절차에 따라 연행할 때, 만약 불응

하면 공관 경비병들과 수사관들 사이에 무력충돌이 벌어질 수 있다고 생각했다. 어쩌면 더 큰 군부대끼리의 충돌로 비화 될 가능성도 있어 보였다. 그것을 어떻게 할까 고민하였는데 도무지 마땅한 방법이 떠오르지 않았다. 그때 이학봉 수사국장이 아이디어를 냈다.

"무얼 그리 어렵게 생각하십니까. 수도권에 있는 장성들과 지휘관들을 부르십시오. 여차저차 하여 정 총장을 연행할 수밖에 없었다 설명하고 협조를 부탁하시면 되지요."

전두환은 이학봉의 말을 듣고 눈앞에 깔려 있던 짙은 안개가 싹 걷혀버리는 느낌을 받았다.

"그래?"

"네, 어렵고 복잡한 일일수록 정면으로 돌파하는 것이 차라리 낫습니다. 이미 정 총장에 대한 의구심이 일고 군 내부 여론이 좋지 않기 때문에, 그것을 해소시켜 주기 위해서라도 모두 모아놓고 설명하시는 것이 좋지요."

"곰 발바닥에도 꾀가 있다더니 바로 자네를 두고 하는 말 같군."

이학봉은 껄껄 웃는 상관을 보고 저 말이 칭찬인지 욕설인지 몰라 그저 머리를 긁적였다.

"너무 어렵게 생각하지 말자는 말씀입니다."

"아니야. 자네 말이 옳아."

전두환은 말을 마치고 여기저기 전화를 하기 시작했다. 먼저 차규헌 수도군단장에게 전화하였다.

"형님, 접니다. 오늘 장군 진급심사위원장으로 고생 많으셨지요. 저녁이나 같이 할까요."

차규헌은 종일토록 육군본부 회의실에서 심사를 주재하느라고 온 신경을 다 쏟고 진이 빠져 있었다. 그러던 와중에 전두환의 전화를 받고는 흔쾌히 승낙했다. 전두환은 노태우와 달리 넉살이 좋아서 선배 장성들을 형님으로 자연스럽게 부르고 자기 사람으로 만드는 재주가 있었다.

"좋아."

저녁 식사하는 자리에서 전두환은 내일 선배 장성들과 수도권 지휘관들을 모시기로 했으니 와달라는 말을 하였다.

"무슨 일로?"

"정승화 총장에 대한 말씀을 드리려고 합니다. 꼭 오셔야 합니다."

"알았어. 어디로 가면 되지?"

"경복궁입니다."

"30단?"

"네, 다른 분들께도 제가 전화 돌리겠습니다."

차규헌은 여러 차례 합동수사본부를 찾아가서 왜 정승화를 그대로 내버려 두느냐고 힐난했던 일이 있는지라, 이번에 무슨 중요한 이야기를 하려는가 보다 싶어 참석을 약속했다.

차규헌 외에도 유학성 국방부 군수차관보, 황영시 1군단장, 박준병 20사단장, 백운택 방위사단장, 노태우 9사단장, 박희도 1공수여단장, 최세창 3공수여단장, 장기오 5공수여단장 등이 오기로 했다. 원로급 장성들은 정승화와 절친하고 나머지 장성들은 장태완과 정병주의 예하 지휘관들이 대부분이었다.

전두환은 차규헌 장군과 헤어져 집으로 돌아갔다. 대학이 휴학이고 방학 기간이라 큰아들 재국이 집에 있었다. 전두환은 아내에게 아이들을 다 불러 모으라고 말했다. 큰아들과 고등학교 2학년인 딸 효선, 중학교 3학년인 셋째 재용, 초등학생인 막내 재만이 거실에 빙 둘러앉았다. 막내는 아버지에게 재롱을 부리려다가 납처럼 굳은 표정을 보고 슬그머니 누나 옆에 달라붙어 눈치를 보았다.

전두환은 자식들 얼굴을 뚫어지도록 응시하곤 한참 후에 입을 열었다.

"잘 들어라. 너희들도 뉴스를 봐서 알겠지만 평생을 대통령 각하께 은혜 입고 출세해 온 자가 그릇된 욕심으로 은인을 살해했다. 그런데도 잘못된 시류는 그런 배은망덕한 인간을 민주투사인 양 호도하려 하고 있다. 이 아버지가 대통령 각하의 시해사건을 수사하면서 무슨 생각을 가장 많이 했는지 아느냐?"

자식들은 얌전하게 손을 모으고 묵묵부답으로 다음 말을 기다렸다.

"각하께서 살아계실 때는 그토록 총애를 다투던 사람들이 막상 각하가 저격을 당해 쓰러지자, 모두 도망쳐 버렸다. 각하를 보호할 생각은 하지 않고 자기 혼자만 살겠다고 화장실로 도망가 버린 것이다."

전두환은 여기까지 말하고 목이 메는지 말을 멈추고 잠시 숨을 골랐다.

"사람이 금수보다 나은 것은 은혜를 입은 분에게 은혜를 갚을 줄 알고, 옳은 일을 위해서는 설사 겁이 나더라도 용기를 갖고 행하려는 그 신념이 아니겠느냐. 하지만 대통령 각하의 시해 현장에는 비겁한 배신만이 있었다. 그런데 지금 그 사건의 수사라는 중대한 임무를 맡은 이 아버지도 무척 어려운 상황에 놓여 있어. 그동안 수사한 결과 강력한 용의자가 드러났다. 그런데도 그 사람이 막강한 힘을 갖고 있어서 아버지가 시해사건의 전모를 밝히려 하다가는, 자칫하면 내 목숨과 명예, 아니 우리의 모든 것까지도 잃을지 모르는 상황이다."

아버지의 무서운 말에 딸 효선은 어깨를 움츠렸다. 아내는 아이들 앞에서 왜 이런 말을 하는지 내심 불만이었지만 중간에 그만하라고 막을 수도 없어 듣기만 했다.

"어쩌면 말이다. 어쩌면 아버지는 너희들을 다시는 보지 못할지도 모른다. 만약 나까지도 내 목숨, 내 가족들에 연연해 나의 책임을 다하지 않는다면, 대통령 시해 현장의 그 비겁한 사람들과 다를 게 없을 것이다. 내가 너희들에게 묻겠다. 너희들은 내가 극도의 위험이 따르는 일이라고 해서 내 임무를 저버리고, 국가가 내게 부여한 책임과 역사 앞에 불충을 저질러야 한다고 생각하느냐?"

가족들 가운데 아무도 입을 열지 못했다. 아내 이순자는 남편의 말에 망치로 머리를 얻어맞은 기분이 들어 순간적으로 멍한 기분이 되었다. 이 양반이, 도대체 무슨 말을 하는 건가, 저번에는 동생네 집과 바꾸어 살라고 하더니 이제는 죽으러 가는 사람처럼 말하고 있구나. 그녀는 도대체 왜 이렇게 무서운 말을 하느냐고 따져 묻고 싶었다. 다시는 이런 말을 못하도록 얼굴을 할퀴어 주고 싶었다. 그러나 남편의 비장한 얼굴을 보고는 감히 말이 나오지 않고 그저 입술만 달싹거릴 뿐이었다. 마치 꿈속에서 가위에 눌린 것처럼 몸이 마음대로 움직이지 않았다.

"아버지는 이 역사적인 대사건의 수사를 책임진 사람으로서, 사건이 미궁에 빠져들지 않도록 철저히 진상을 규명해야 할 책임을 갖고 있다. 이 임무는 절대 가벼운 일이 아니다. 크게는 국민들과 역사에 대한 책임이고, 또 작게는 한 사람의 인간으로서 오늘 내가 있도록 보살펴 주신 박 대통령에 대한 의리이고 신의이기도 한 것이야. 너희들은 절대로 이 아버지가 비겁하고 교활하게 사는 기회주의자가 되기를 원해서는 안 된다. 설사 일이 잘못되고 그로 인해 너희들이 불행해지는 일이 있다고 해도, 오늘 밤 내가 한 이야기를 꼭 기억하고 용기를 갖고 살아주기를 바란다."

이순자는 더는 참지 못하고 온 힘을 다하여 소리쳤다.

"여보!"

그러나 전두환은 아내를 무시하고 말을 이어갔다.

"사람들이 무슨 말을 해도 끝까지 소신을 지킨 이 아버지를 제대로 기억해야만 한다. 그리고 어머니를 잘 모시도록 해라."

"제발 그만 해요."

이순자는 남편의 어깨를 잡고 흔들었다. 딸 효선의 눈에 눈물이 그렁그렁 맺혀 금방이라도 뚝 떨어질 것 같았다. 전두환은 말을 끝내고 목석처럼 앉아 아내가 흔드는 대로 내버려 두었다. 곧 울음바다가 되기 일보 직전에 대학생 재국이 입을 열었다.

"아버지, 저희들은 걱정하지 마시고 아버지가 올바른 길이라고 판단하셨으면 그 판단대로 하십시오. 제가 어머니와 동생들을 돌보겠습니다."

비록 대학생이라고는 하나 아버지가 처한 상황을 얼마나 처절하게 생각할 수 있었을까. 도리상 해본 말일 수도 있었는데 전두환은 그 말이 고마운지 아들 손을 덥석 잡았다.

"고맙구나. 이제 됐다."

아내 이순자는 남편이 그토록 존경하는 박정희 대통령이 얄미워졌다. 사단장으로 잘 근무하고 있는 사람을 왜 보안사령관에 앉혔더란 말이냐. 그 자리에 있지 않았으면 합동수사본부장의 책임을 떠맡지 않고, 오늘 이처럼 무서운 말도 하지 않았을 텐데. 할 수만 있다면 시간을 일 년 전으로 되돌려 놓고 싶었다. 그녀는 자식들 앞에서 차마 눈물을 보일 수 없어 이를 악물고 꾹 눌러 참았다. 그런데 이 사람 마음은 오죽할까, 누구에게 말할 수도 없고 얼마나 괴로웠으면 가족들을 앉혀두고 자신에게 다짐하듯 말하는 것일까, 남편도 약해지려는 마음을 다잡기 위해 각오를 되새기는 것이겠지, 여기에 생각이 미치자 문득 나라도 위로해 줘야겠다는 마음이 들었다. 남편이 안쓰럽게 보였다.

"여보, 걱정하지 말아요. 당신이 하는 일이니 잘되지 않겠어요."

전두환은 말없이 고개를 끄덕이며 아내 손을 꼭 잡고 쓰다듬었다.

정승화 계엄사령관을 연행하기 위해 움직이는 것은 저녁 6시경으로 예정되어 있었다. 수사관들이 참모총장 공관에 저녁 7시 이전에 도착하여 별 탈 없으면 바로 데리고 나올 수 있을 것 같았다.

정 총장을 비롯한 3군 참모총장들은 오전에 국방장관실에 모여 환담을 나누다가, 장관과 함께 중앙청으로 대통령을 방문하고 인사 서류에 결재를 받았다. 최규하 대통령은 아직 중앙청에 있는 총리실을 그대로 이용하고 있었다. 정 총장은 오후에 국방장관실로 가서 김종환 합참의장을 새 내각의 내무장관으로 추천하기로 합의를 보았고, 후임 합참의장을 누구로 할 것인지에 대한 의견을 나누어 유병현 대장을 추천하기로 내정하였다. 정 총장의 일정이 이렇게 빡빡하게 짜여 있었으므로 퇴근 후에 연행하기로 한 것이었다.

합동수사본부에서는 정 총장에 대한 연행계획을 아는 사람이 적었다. 수사의 보안을 유지하기 위해 합수본부장 전두환을 중심으로 하여 허화평 비서실장, 허삼수 인사국장, 이학봉 수사국장, 우경윤 육군본부 범죄수사단장, 성환옥 육군본부 헌병감실 기획과장, 정경식 검사 정도만 알고 있었다.

허화평은 평소와 다름없이 돌아가는 사무실 분위기에 가슴을 짓누르는 듯한 느낌을 받았다. 곧 날이 어두워지면 수사관과 헌병들이 출동하여 연행작전을 펼칠 텐데 너무 조용한 것이 오히려 불안했던 것이다. 그는 아침 출근길에 가져온 차를 거의 다 마시고 보온병에 새로 물을 넣었다. 그만큼 목이 바짝바짝 타들어 가고 긴장되기 때문이었다.

전두환은 오늘 공관으로 가서 참모총장을 데리고 나오는 임무를 허삼수와 우경윤에게 맡겼다. 우경윤 대령은 육군본부 범죄수사단장으로 임무에 적합했지만, 보안사 인사처장인 허삼수는 좀 의외였다. 아마 1965년부터 보안사의 전신인 육군방첩대에 몸담아온 정통 수사관이란 점이 전두환에게 신뢰를 주었을 것이다.

임무를 받은 허삼수는 성환옥 대령과 함께 육군참모총장 공관을 사전 답사하고 진출입 계획을 수립했다. 성 대령은 공관 경비를 책임진 전임 책임자였기 때문에 공관의 구조를 누구보다도 잘 알고 있었다.

허삼수도 실탄이 든 권총을 가지고 연행에 나서야 하는 것이 불안했는지 점심 후에 동기 허화평을 찾아왔다.

"차 남은 것 좀 있나?"

허화평은 평소 차를 좋아하지 않던 허삼수가 차를 달라고 하자 의외라는 표정을 지었다.

"여기 있네, 목이 타는 모양이군."

허삼수는 찻잔을 들고 홀짝이면서 꿈결을 거니는 듯한 표정으로 천천히 말했다.

"삼국지에서 말이야. 유비가 제갈량을 세상으로 불러내기 위해 세 번이나 찾아갔거든. 세 번째 갔을 때 잠에서 깨어난 제갈량이 시 한 수를 읊었더랬지."

허삼수는 삼국지를 몇 번씩 읽고 적절한 대목을 이야기 속으로 끌어오는 재주가 있었다. 허화평은 이 친구가 무슨 이야기를 하려고 이러나 싶은 표정으로 차를 음미했다.

큰 꿈에서 누가 먼저 깨어났더냐.
평생에 나 스스로 자신을 아노라.
초당에서 봄 잠 실컷 자고 나니,
창문 밖에 해가 뉘엿뉘엿 하구나.

허삼수는 제갈량의 시를 읊고 나서 중얼거렸다.
"만약 그때 제갈량이 세상으로 나오지 않았더라면 호로곡에서 사마의와 싸우다 병사할 일도 없었을 거야. 세상에 이름을 날렸지만 초야에 묻혀 사는 편이 나았을 수도 있네. 아무튼, 유비의 간곡한 청을 뿌리치지 못하고 마주 앉아 차를 마셨거든. 아마 제갈량쯤이면 자신의 운명에 대해서도 대강 짐작하고 있었을 테지. 그래서 유비가 찾아와서 몇 시간씩 서 있어도 모른 체 했던 거야. 결국 유비의 청을 뿌리치지 못하고 대의를 위해 죽으러 가는 길을 나섰네."
허화평은 진지하게 말하는 허삼수를 보고 웃음이 피식 나왔지만 꾹 눌러 참았다. 마치 자기가 제갈량이라도 된 듯 비장하게 말하는 폼이 자못 우스꽝스러워도, 그 마음만큼은 제갈량 못지않을 수 있겠다는 생각이 들기 때문이었다. 그는 위로의 말을 건넸다.

"잘 될 걸세."

"음, 임무를 완수해야지."

허삼수는 자신에게 다짐하듯 읊조렸다. 그리고 잔을 들어 남은 찻물을 홀짝 마시고 자리에서 일어섰다.

전두환은 사령관실에서 초조하게 저물어 가는 오후를 보내고 있었다. 그 역시 부하들이 임무를 완수할지 자신할 수 없어 불안하긴 마찬가지였다. 마치 얼음에 소 탄 것 같은 기분이었다. 나뭇잎을 모두 떨구고 삭막하게 서 있는 나무들이 창밖으로 보였다. 무엇인가 사물 하나를 바라보고 있으면 잡념이 없어지기도 한다. 그가 아무 생각 없이 나무를 응시하고 있을 때인 오후 네 시쯤, 전화기가 요란하게 울렸다. 화들짝 놀라 전화를 받았다.

"뭐, 총장님이 나를 호출하셨다고?"

전화기를 내려놓는 전두환의 손이 덜덜 떨렸다. 혹시 정보가 새어 나가서 나를 부르는 것일까, 그렇지 않고서야 왜 갑자기 나를 부른단 말인가. 낭패다. 전두환이 부랴부랴 사령관실을 나오자 허화평이 다가왔다.

"무슨 일입니까?"

"큰일 났어. 정 총장이 나를 오라고 하는데, 어떡한다? 이 국장에게 총장실에 먼저 가 있으라고 해"

이학봉은 그때 서빙고 분실에 있었는데 지금 출발하면 먼저 도착할 수 있었다. 전두환은 육군본부로 달리는 차 안에서 손삼수 부관에게 말했다.

"오늘은 문 앞에서 대기하고 있어."

"네."

손 중위는 심상치 않음을 느꼈다. 사령관이 이처럼 허둥대는 모습을 지금껏 본 일이 없었고, 보통 사령관이 육본에 들어가면 부관은 비서실에서 대기하였는데, 오늘은 문 앞에서 기다리라고 지시하니 말이다. 육본에 도착하자 손 중위는 운전병에게 주차장으로 가지 말고 여기서 그대로 대기하도록 지시했다. 예상대로 이학봉은 먼저 와 비서실에서 대기하고 있었다. 그는 걱정스러운 얼굴로 전두환을 맞이했다.

"갑자기 육본으로 들어가 있으라니 깜짝 놀랐습니다. 도대체 무슨 일입니까?"

전두환은 적지에서 우군을 만난 것처럼 무척 반가워하며 말했다.

"나도 몰라. 비서실에서 기다리고 있어."

전두환이 총장실로 들어가 있는 동안 이학봉은 비서실에서 기다리고, 부관 손 중위는 기다란 복도로 이어진 총장실 문 앞에서 대기했다. 허리춤에 6연발 리볼버 권총을 차고 여차하면 뛰어들어 사령관을 지켜야 했기 때문이다. 안에서 하는 말은 밖으로 전혀 새어 나오지 않았고 초조한 시간이 흘러갔다. 얼마나 시간이 흘렀을까. 드디어 이마에 땀이 송글송글 맺힌 전두환이 밖으로 나왔다. 이학봉이 달라붙었다.

"무슨 말씀 나누셨습니까?"

전두환은 그제야 한숨을 내쉬었다.

"야, 혼났어. 갑자기 나를 불러 가지고 노재현 국방장관과 나눈 이야기를 하더군. 말미에는 결국 김재규 이야기야. 김재규가 지금은 별로 말할 기분이 아니겠지만, 최후진술에서만큼은 국민들이 용공 세력에 대해 경계를 할 수 있도록 만들자는 거야."

"네?"

"김재규가 그런 말을 하면 국민들에게 좋으니까, 나보고 그 변호사나 가족을 접촉해 볼 수 없겠느냐고 하였어. 그래서 노력해 보겠다 말하고는 나왔지."

"전 또, 간이 콩알만 해졌습니다."

"나도 정보가 누설되어 일을 그르친 줄 알았다니까. 머릿속이 하얗게 변하고 조금 전 육본에 들어올 때는 마치 소가 도살장으로 끌려가는 기분이었어. 휴우, 액땜한 셈 치지, 뭐."

전두환은 깊은 한숨을 내쉬었다. 그러고 보니 정말 죽으려다 살아난 사람처럼 얼이 빠진 모습이었다. 그는 자동차에 올라 뒤도 돌아보지 않고 도망치듯 육본을 빠져나갔다.

한편, 특전사령부에서 김오랑 소령은 오후에 있을 단위 대장 회의를 준비하느라고 정신이 없었다. 사령관이 회의를 직접 주재하게 되어 있어 준비할 것이 많았던 것이다. 아침에 출근할 때도 회의 때문에 머리가 무거웠다.
"여보, 잘 다녀와요."
아내의 배웅 소리도 귀에 잘 들어오지 않았다. 관사에서 사령부까지는 멀지 않아 가방을 들고 천천히 걸어가고 있을 때 뒤에서 부르는 소리가 들렸다.
"어이, 김 소령."
마침 박종규 중령이 나오다 그를 발견하고 불렀다.
"아, 선배님."
"같이 출근하지."
두 사람은 사령부와 나뉘는 길까지 함께 걸으며 이야기를 나누었다.
"오늘 뭐 하세요?"
"나야 뭐 훈련 계획 수립해야지. 개학을 앞두고 1월부터 3월까지는 다른 훈련을 중단하고 충정훈련을 집중적으로 하니까."

"벌써 시간이 그렇게 됐군요. 저도 오늘 회의 준비로 골머리 아파 죽겠습니다."

박 중령은 엄살 피우는 김 소령을 보고 껄껄 웃다가, 조만간 저녁이나 함께 하자는 말을 뒤로 하고 헤어졌다.

김오랑은 사령관실로 가서 제대로 정돈되었는지 살피고 회의자료를 준비하기 시작했다. 오후에 정병주 사령관은 단위 대장 회의를 6시 직전까지 하다가 끝냈다. 저녁에 조홍 대령이 초대한 연희동으로 가야 하기 때문이었다.

"이 봐, 김 소령. 난 저녁 약속 있어서 먼저 가니까 자네도 집에 일찍 들어가도록 해. 신혼인데 밤낮없이 부려 먹어 미안하구먼."

"아닙니다. 사령관님. 그럼 잘 다녀오십시오."

김오랑은 사령관에게 절도있는 경례를 하였따.

한남동 공관의 총소리

　12월 12일 늦은 오후, 정승화 육군참모총장을 연행하기 위해 합동수사본부 수사관들이 보안사 서빙고 분실에 모였다. 그들은 책상 위에 도면을 펼쳐놓고 진출입 방향과 각자의 임무를 확인한 후에 총기와 실탄을 지급받았다.
　저녁 6시가 조금 못 된 시각에 허삼수는 총장공관으로 전화를 걸었다. 총장의 수행부관 이재천 소령이 전화를 받았다.
　"합동수사본부에서 총장님께 급히 보고할 것이 있어 지금 출발할 예정입니다."
　"누구십니까?"
　"정보국장 권정달입니다."
　이 소령은 알았다고 하였다. 허삼수는 인사처장이 정보를 보고하는 것이 어울리지 않는다고 생각하여 권정달 정보국장이라고 둘러됐다. 허삼수와 우경윤 대령 말고도 세 명의 헌병 장교들이 연행 작전에 동참하고 있었다. 육본 헌병감실 성환옥 대령, 수경사 33헌병대장 최석립 중령, 총장공관 경비를 책임진 육군본부 본부 헌병대 이종민 중령이었다. 이종민 중령은 부하 헌병들이 총장공관 경비를 맡고 있었기 때문에 꼭 필요했다.

승용차 두 대에 대령들과 헌병 장교들이 타고 마이크로 버스에 합동수사본부에 배속된 헌병대 1개 소대와 수사관들이 탑승하였다. 선도 차량과 무장병력을 태운 차들이 헤드라이트를 밝히고 출발하였다.

차가 출발하였다는 보고를 받은 전두환도 총리공관으로 향했다. 대통령에게 보고하고 재가받는데 걸리는 시간은 30분도 채 걸리지 않는 경우가 대부분이었다. 전두환은 정승화 총장을 연행하는 동안 재가받으면 충분하다고 생각했다. 그다음에 30경비단으로 가서 장군들에게 양해를 구하고 설득하면 될 것으로 여겼다.

그러나 그것은 큰 오산이었다. 저녁 6시 30분경 전두환은 이학봉을 대동하고 총리공관 1층 접견실에서 최규하 대통령을 만났지만, 일이 뜻대로 풀리지 않았던 것이다.

"무슨 일이오?"

"대통령 각하, 정승화 총장은 박 대통령 시해사건에 깊이 관련되어 있습니다. 수사를 위해 정승화 총장에 대한 연행 조사가 불가피

합니다. 여기 재가를 부탁드립니다."

"국방장관도 이 일을 알고 있소?"

최규하가 질문하자 전두환은 말문이 막혔다. 여러 차례 국방장관에게 건의했지만 거절하고 미뤄버리는 바람에 일이 진행되지 않고 있었는데, 그것을 이 자리에서 구구절절 말하기 어려웠다.

"네, 장관도 알고 있습니다."

"그럼 국방장관의 말을 들어보고 재가하겠으니 장관과 함께 들어오세요."

전두환은 낭패란 생각이 들었다. 일분일초가 절실한 시점에 장관의 이야기를 들어보고 결재하겠다는 말에 온몸에서 힘이 빠져버렸다. 너무 일을 쉽게 생각하고 덤벼들었다는 후회감이 밀려왔다. 그렇다고 해서 물러설 수는 없었다.

"각하, 보안사 수사 사건 보고 때는 장관을 생략하고 대통령께 직보한 사례가 많습니다. 수사의 기밀성 때문에 그렇습니다. 박 대통령께서도 수사기관의 장이 보고하면 그대로 허락했습니다. 윤필용과 박임항 사건 때도 그랬으니, 부디 재가해 주십시오."

그러나 최규하는 요지부동이었다. 그는 평생을 외교 관료로 살아온 사람이기에 무슨 일을 결정함에 있어 본국으로부터 훈령이 없으면 한 발짝도 움직이기 힘든 체질로 변해 있었다. 상부의 지시가 없을 땐 아랫사람의 검토를 받아 결재하는 것이 무난하다 여겼고, 책임을 벗을 수 있는 길이라고 생각했다. 오랜 관료 생활로 인해 절차의 중요성이 몸에 뱄고, 군부의 일에 관해서는 어두웠기 때문에 국방장관의 말을 듣지 않고 스스로 결정하기가 어려웠다.

"각하, 지금까지 보안사령관은 대통령께 직접 보고드리고 지시받는 일이 많았습니다. 특히 계엄사령관을 연행해서 수사하는 것은 각하의 결심만 있으면 되는 것입니다."

전두환은 관행적으로 이루어졌던 직보 시스템을 이야기했다. 그가 장관을 거치지 않고 대통령에게 직접 온 이유는, 장관이 이미 여러 차례 시국 불안을 들어 기다려 보자고 했고, 괜히 불필요한 절차를 추가할 경우 수사기밀이 누설될 수 있기 때문이었다. 만약 오늘 저녁 정승화를 연행한다는 계획이 새어 나가면 역공을 당할 수 있었다. 계엄사는 막강한 병력과 무장을 갖추었지만 합동수사본부는 수사관들과 약간의 경비병력밖에 없었으니 말이다.

최규하와 전두환의 밀고 당기는 대화는 한 시간 동안이나 계속됐다. 최규하는 전두환이 관례를 들먹이며 재가를 독촉하자 짜증이 났다.

"이 보오. 관례와 관계없이 나는 관계 국무위원을 통해 결재하겠으니 노 장관을 불러오세요. 결재를 안 하겠다는 말이 아니오. 비서관, 국방장관 호출하세요."

급기야 대통령이 국방장관을 호출하라는 지시를 내렸다. 비서관이 국방장관 공관에 전화했으나 받지 않았다. 정 총장 공관에서 총성이 울리자마자 노재현 장관은 국방장관 공관의 담을 넘어 피신했기 때문이었다. 전두환은 답답하고 애가 타서 입이 바짝 타들어 가는 느낌이었다. 이럴 줄 알았다면 재가받으러 오지 말 것을, 때늦은 후회가 물밀듯 밀려왔다.

남산 아래 한남동 공관촌에는 여러 기관의 장들을 위한 공관이 위치하고 있었다. 해병대가 경비하는 정문을 지나 정면에 국방장관 공관이 있고, 왼쪽으로 꺾으면 육군참모총장 공관과 합참의장 공관이 있었다. 경비대는 육군총장 공관과 정문초소 사이에 있어 근무 교대하기 편리했다. 그 외에도 해군총장 공관과 제2차장 공관, 그리고 외교부 장관 공관이 자리하고 있었다.

저녁 6시 50분쯤, 합수부 수사관들이 공관촌 정문에 도착했다. 정문에서 성환옥 대령을 비롯한 헌병 장교들은 평소처럼 근무하고 있던 해병대원들을 간단하게 제압하고 무장 해제시킨 후에 공관으로 진입하였다. 그리고 공관을 경비 중이던 경비병력 또한 무장 해제시켰다. 부지 내로 들어온 무장병력은 바닥에 엎드려서 공관 건물을 향해 총을 겨누었다. 허삼수와 우경윤이 앞장서고 뒤이어 사복 수사관 두 명이 따라붙었다.

정승화는 저녁 6시쯤 퇴근하여 저녁 식사를 마치고 외출을 준비하고 있었다. 이번 장군 진급에 육사 15기인 처남이 포함되었기 때문에 기쁜 소식을 장모에게 직접 알리기 위해 나가려는 것이었다. 그가 옷을 입고 2층 방을 막 나서는데 TV에서 저녁 7시 뉴스가 나오고 있었다. 그는 아내가 준비하는 동안 10분 정도 뉴스를 보고 있다가 인터폰 소리를 들었다.

"총장님, 합동수사본부 정보국장과 국방부 합동조사대장이 급히 보고드릴 것이 있다고 찾아왔습니다."

"알았어."

정승화는 바로 아래층으로 내려갔다. 부관이 1층 응접실에서 기다리고 있던 두 사람을 인사시켰다. 사복을 입은 허삼수와 군복을 입은 우경윤은 거수경례를 올렸다.

"총장님께 보고할 것이 있어 왔습니다."

총장이 응접실 중앙에 앉고 두 사람은 오른쪽 옆자리에 나란히 앉았다. 우 대령이 웃으면서 입을 열었다.

"총장님, 이번에 저도 진급시켜 주시는 줄 알았는데 안 시켜 주셔서 좀 서운합니다."

정승화는 웃으면서 대답했다.

"그렇던가. 진급 정원이 항상 제한돼 있어서 유능한 사람들을 다 시켜 주지 못해. 나도 진급 발표할 때마다 서운한 마음이야. 다음 기회도 있으니까 너무 낙심 말게."

인사가 끝나자 허삼수가 나섰다.

"총장님, 김재규로부터 돈을 많이 받으셨더군요. 그래서 총장님의 진술을 좀 받아야 할 일이 생겼습니다. 협조해 주시면 감사하겠습니다."

정승화는 허삼수의 말을 듣고 어이없는 표정으로 화를 버럭 냈다.

"누가 그따위 소릴 해?"

화를 내면서도 혹시 김재규가 재판 막바지에 이르러 상황이 불리해지자, 살아보겠다고 물귀신 작전을 쓰는 게 아닌가 하는 의심이 들었다. 그것을 확인하고 싶어 재차 물어보았다.

"김재규가 그런 소릴 했어?"

"글쎄, 저는 잘 모르겠습니다. 상부로부터 총장님의 진술을 녹음해 오라는 지시를 받았습니다."

허삼수와 우경윤은 서로를 바라보며 묻고 답했다.

"녹음기 가져왔어?"

"안 가져왔습니다. 총장님, 여기서는 곤란하고 녹음시설이 있는 곳으로 함께 가셔야겠습니다."

정승화는 김재규가 아무렇게나 헛소리를 지껄였는데 전두환이 그걸 대통령에게 은밀히 보고한 것은 아닐까. 그래서 이놈들이 나를 조사하러 온 것이 분명하다. 생각이 여기에 미치자 괘씸한 생각이 들고 화가 치솟았다.

"이놈들, 누가 그따위 지시를 했단 말이야? 나는 계엄사령관이다. 대통령 외에는 그런 지시를 할 사람이 없는데, 대통령이 그런 지시를 했어?"

"그건 우리도 잘 모릅니다. 총장님, 화를 가라앉히시고 일단 우리와 함께 가시지요."

"시끄러워! 만약 그런 일이 있었다면 대통령이 나에게 전화라도 했을 것이다. 내가 직접 확인하기 전에는 조사에 응할 수 없다."

그리고 자리에서 벌떡 일어나 부관을 불렀다.

"이봐, 부관. 당장 대통령 각하나 국방장관에게 전화 걸어."

고성이 울려 퍼지는 상황에 난처한 모습으로 서 있던 이재천 소령이 부관실로 들어갔고, 뒤이어 목석처럼 서있던 사복 수사관 두 명이 뒤를 따랐다. 허삼수와 우경윤은 이러다가 일을 그르치겠다는 생각이 들었다. 두 사람은 자리에서 일어나 정승화의 양팔을 붙잡았다.

"총장님, 이러시면 곤란합니다. 우리와 함께 가시죠."

"이놈들 봐라, 너희들 어디서 왔어? 경비, 헌병, 이놈들 잡아라!"

정승화의 호통에 총장 경호대가 두 사람을 체포하러 달려들었다. 허삼수는 악을 썼다.

"우리는 지금 공무집행 중이다. 합동수사본부에서 수사상 필요에 의해 총장님을 모셔가려는 것이다. 모두 나가 있어!"

두 사람이 경호대와 옥신각신하며 응접실 밖으로 밀어내는 순간, 갑자기 부관실에서 여러 발의 총소리가 났다.

탕탕탕탕!

좁은 실내에서 총소리가 울려 퍼지자 귀가 먹먹해질 지경이었다. 어느 순간 덩치 큰 우경윤 대령이 고목 나무 쓰러지듯 픽 쓰러지고 말았다. 그 광경을 보고 허삼수는 자기도 모르게 정승화를 끌어안다시피 팔을 꽉 끼고 외쳤다.

"총장님, 당장 멈추세요. 사격 중지!"

실내가 아수라장이 되고 화약 냄새가 자욱했다. 그때 거실의 큰 유리창이 와장창 깨지면서 보안사 박원철 상사가 M16 소총을 들고 뛰어들었다. 박 상사는 공관 안의 상황이 제대로 풀리지 않는 것을 알고 앞뒤 가릴 것 없이 유리창을 박살냈던 것이다. 그는 정승화의 얼굴에 싸늘한 총구를 들이밀었다.

"가자면 빨리 따라갈 것이지 무엇을 꾸물대고 있소?"

정승화는 어이가 없었지만 이놈들의 무도한 행동을 볼 때 위층에 있는 가족들까지 위험해지겠다는 생각이 들었다. 그가 주위를 돌아보니 당번병이 놀란 얼굴로 한쪽 구석에서 바들바들 떨며 서 있는 것이 보였다.

"좋다. 그러면 가자."

밖에는 자신이 타고 가려 했던 관용차 대신 까만 레코드 로얄 승용차가 대기하고 있었다. 정승화를 태운 차는 유유히 공관을 빠져 나갔다.

2층에 있던 정승화의 부인 신유경 여사는 1층에서 남편의 고함 소리가 들리는 것을 듣고 무슨 일인가, 궁금한 생각이 들었다. 내려가 볼까 하던 참에 갑작스런 총소리를 듣고 '에구머니나' 깜짝 놀라서 그 자리에 얼어붙고 말았다. 잠시 후 조용해지자 덜덜 떨리는 다리에 힘을 주어 간신히 1층으로 내려갔는데, 거실 유리창이 박살 나서 찬 바람이 몰아치고 응접실 바닥에 덩치 큰 남자가 쓰러져 있는 것이 보였다. 바닥으로 피가 흘러나와 흥건했다. 너무나도 무서운 광경에 비명을 지르지도 못하고 부관실을 들여다보니, 경호 장교인 김인선 대위가 쓰러져 있고 책상 위 전화 수화기가 대롱거리고 있었다. 이재천 소령은 복부에 총을 여러 발 맞고 간이침대 밑으로 기어들어 가 있어 눈에 띄지 않았다.

신 여사는 허둥거리는 몸짓으로 주방으로 갔으나 남편의 모습은 보이지 않았다. 그녀는 문득 2층에 있는 아들 생각이 났다. 죽어도 아들과 함께 있어야겠다는 생각이 들어 계단을 올라가는데, 밖에서 또 총소리가 들려 왔다. 누군가 자신을 향해서 총을 쏘는 것만 같았다. 허리를 숙이고 간신히 2층으로 올라가서 이 상황을 알리려고 전화기를 들었지만, 선이 잘렸는지 먹통이고 비상전화 한 대가 겨우 살아 있었다.

그녀는 탁자 위에 붙어 있는 전화번호를 보고 연합사 부사령관인 유병현 장군 집으로 전화를 걸었다. 상대방이 수화기를 들자마자 누군가 집에 침입해서 난리가 났고 총장님을 데려갔다고 울먹였다. 유 장군은 무슨 내용인지 제대로 알아 들을 수가 없었지만, 무슨 큰일이 난 것을 직감했다.

"여사님, 즉시 가서 조치를 취하겠습니다."

"네, 빨리 오세요."

신 여사는 다음으로 윤성민 육군참모차장 집으로 전화했다. 이번엔 조금 진정이 되어서 상황을 비교적 자세하게 설명해 줄 수 있었다.

"차장님, 괴한들이 집에 들어와서 총장님을 납치해 갔어요."

"네? 총장님이 납치되셨다고요?"

"그래요. 지금 거실 바닥과 부관실에 사람들이 쓰러져서 피가 흥건해요. 죽었나 봐요. 어떡하지, 무서워 죽겠어. 빨리 좀 오세요. 총장님을 어디로 납치했는지 찾아보고 우릴 지켜주세요."

"알겠습니다. 빨리 대책을 세우겠습니다. 여사님, 방문을 걸어 잠그고 가만히 계십시오."

신 여사는 윤 차장의 말을 듣고 마음이 조금 놓였다. 그녀는 다시 수화기를 들고 노재현 국방장관에게 전화했는데 통화할 수 없었고, 이희성 중앙정보부장서리 집으로 전화했을 때 부인이 받았다.

"나도 남편한테 연락을 받았어요. 아직 무슨 일인지는 모르겠고 아무튼 일이 터져 집이 더 위험할 수 있다고 했어요. 오늘은 집에서 자지 말고 밖으로 나가서 자라고 합니다."

신유경 여사는 그 말을 듣고 자신처럼 다른 곳도 공격을 받고 있는 것은 아닐까 하는 걱정이 들었다. 이미 남편이 어디론가 사라졌으니 집을 버리고 나가기도 어려웠다. 그녀는 아들을 꼭 껴안고 덜덜 떨면서 남편이 돌아오기만 기다리는 수밖에 별도리가 없었다.

국방장관 공관은 정문에서 들어오면 바로 보이는 곳에 있었고, 길 건너 우측에 있는 육군참모총장 공관과 가까웠다. 노재현 장관은 총소리가 나자마자 무슨 일이 터졌구나 직감했다. 오랜 군 생활로 야전 경험이 많았지만 총성은 언제나 두려웠다. 그는 경비를 강화하고 무슨 일인지 알아보는 것보다, 일단 자리를 피하는 것이 상책이라는 생각이 들었다. 주위상계走爲上計, 장관이 선택한 방책치곤 이상했다. 그는 놀라 허둥대는 부인과 부관을 재촉해서 사복 차림으로 공관 담을 넘었다. 그리고 인접한 단국대 캠퍼스에 몸을 숨긴 채 상황이 끝나기만을 기다렸다.

국방장관이 총성과 함께 사라지는 바람에 신유경 여사가 국방장관 공관으로 전화하고, 대통령 비서관이 전화했을 때도 전혀 연락이 되지 않았던 것이다.

저녁 7시 30분까지도 전두환은 최규하 대통령으로부터 재가를 받지 못하고 있었다. 그동안의 관례와 수사의 시급성을 들어 거듭 재가를 요청했지만, 최규하는 국방장관을 데려오면 그 말을 듣고 결재하겠노라 고집을 피우는 중이었다.

접견실 밖에서 이학봉은 입이 마른 지 연신 입술에 침을 바르며 대통령이 어서 재가해 주기만 기다리고 있었다. 그때 부속실로 걸려 온 전화를 부관 손삼수 중위가 건네받았다.

"네, 손 중위입니다."

"나 허 실장이야. 거기 이 중령 있는가?"

"부속실에는 없고 접견실에 있는 것 같습니다. 각하께 보고 중입니다."

"급한 일이다. 그래도 바꿔줘."

손삼수가 잠시 기다리라고 말한 후에 이학봉을 찾으니 다행히도 접견실 밖에 나와 있는 것이 보였다.

"국장님, 허 실장님이 급한 일이랍니다."

이학봉은 또 무슨 일이 잘못됐나 싶어 불안한 마음으로 수화기를 들었다. 잠시 후 그의 얼굴에 미소가 번져 났다. 통화를 마치고 그는 바로 접견실로 들어와 전두환에게 귓속말로 정승화의 연행

소식을 전했다.

"조금 전 총장을 서빙고 분실로 모셨답니다."

전두환은 알 듯 모를 듯 미묘한 표정으로 고개를 끄덕였다. 그리고 비장한 목소리로 대통령에게 보고했다.

"각하, 오늘 저녁 합수부에서 수사를 위해 정 총장을 연행했습니다. 지금 정 총장은 합수부에서 조사받고 있습니다."

최규하는 의자에 머리를 기대고 앉아 눈을 감았다. 그리고는 연신 같은 소리만 반복했다.

"국방장관이 와야 합니다. 국방장관을 호출하세요."

전두환은 일이 이미 진행되어 버렸으므로 재가받기 위해 시간을 지체할 수 없었다. 그는 대통령에게 경례를 올리고 접견실을 물러나왔다.

이날 오후 4시쯤, 수경사 33경비단장 김진영 대령은 30경비단장 장세동 대령으로부터 전화를 받았다. 장세동은 육사 16기, 김진영은 육사 17기다. 한 기수 선배가 가장 어렵고 부담스러워 같은 대령을 달고 수경사 단장을 맡고 있지만, 김진영은 항상 장세동을 깍듯하게 대했다.

"김 대령, 저녁에 우리 30단으로 장군 몇 분이 오시기로 했는데."

"아, 그러십니까?"

순간 김진영은 부러운 기분이 들었다.

"장군들에 대한 시중을 사병들에게 맡기기도 좀 뭐해서 말이야. 차나 마신다고 하니 자네도 인사드릴 겸 나와 함께 안내하는 일을 해줬으면 하네."

"그런 일이라면 걱정하지 마십시오."

김진영이 6시쯤 30경비단에 도착하니 단장실에는 수도군단장 차규헌 중장, 국방부 군수차관보 유학성 중장, 방위사단장 백운택 준장, 3공수여단장 최세창 준장, 5공수여단장 장기오 준장, 수경사 30경비단장 장세동이 오늘 발표된 장군 진급 심사에 관해 이야기를 나누고 있었다. 장군들 세계에서는 누가 장군으로 진급하는지가 중요한 관심사였다.

김 대령은 인사를 드리고 장세동과 함께 뒤이어 들어오는 장군들을 맞이했다. 얼마 지나지 않아 1군단장 황영시 중장과 9사단장 노태우 소장이 왔고, 마지막으로 1공수여단장 박희도 준장과 20사단장 박준병 소장이 도착했다. 하지만 이들을 불러 모은 전두환은 보이지 않았다. 늦게 도착한 황영시가 물었다.

"전 장군은 안 보이는데 어떻게 된 건가?"

"대통령을 뵈러 삼청동 총리공관으로 갔습니다. 늦지 않을 것이니 잠시 기다려 달라고 했습니다."

"곧 오겠지. 일단 기다려 보자구."

장성들은 모임을 주최한 당사자가 없어 차를 마시거나 담배를 피우면서 시간을 보냈다. 전두환이 대통령을 보러 들어간 것을 보면 중요한 일임이 분명했다.

유학성 장군이 장세동에게 물었다.

"장 대령, 뭐 아는 것 좀 있나?"

"저도 잘 모릅니다."

장군들은 고개를 갸웃거리며 다시 환담을 나누었다. 30분쯤 지났을 때 장세동이 전화를 받고 와서 그대로 전했다.

"방금 허화평 실장에게서 전화가 왔는데 전두환 합수부장이 대통령께 보고드리느라고 조금 늦는다 합니다."

유학성 장군은 말을 듣고 허기가 밀려오는 모양이었다.

"그래? 출출한데 먹을 것 좀 가져와."

장세동과 김진영은 식당에 준비해 놓았던 초밥과 맥주를 가져왔다. 대충 허기를 채우고 여기저기 담배 연기가 모락모락 솟아났다.

저녁 7시 40분경, 장세동은 허화평으로부터 또 전화를 받았다.

"아, 네. 그렇게 되었군요. 알겠습니다. 그대로 전해드리겠습니다."

장군들이 무슨 일이야 하는 눈빛으로 장세동을 바라보았다. 장세동은 잠시 망설이다 입을 열었다.

"조금 전 정 총장이 대통령 시해사건과 관련하여 연행되었다고 합니다. 그 과정에서 합수부 측과 공관 측의 총격이 있었고 부상자가 발생했습니다. 전 본부장이 늦는 이유는 대통령 재가를 받기 위해서라고 합니다."

"뭐, 총격전?"

"아군끼리 그런 일이 있으면 어떡하나."

여기저기 웅성거리며 걱정과 한탄을 뱉어냈고, 넓지 않은 경비단장실에 긴장감이 엄습하여 퍼졌다. 요즘 정승화 총장의 거침없는 정치적 발언과 비례하여 군 내부에서는 총장의 행적에 대한 의구심이 퍼지고, 얼마 전 단행한 장성급 인사로 불만을 가진 사람들이 있다는 것을 알고 있기 때문에 불안한 심정이었다. 다들 기어코 일이 터졌구나 하는 표정들이었다. 일단 전두환이 와야 어떻게 된 일인지 자세하게 들을 수 있었다. 조바심이 나지만 기다리는 수밖에 없었다.

황영시 장군이 유학성을 보며 혼잣말처럼 중얼거렸다.

"순순히 따라갈 일이지 왜 일을 크게 만드는지 모르겠군."

그때 당번병 방으로 전화가 걸려 왔는데 마침 자리를 비워 장세동이 직접 받았다. 그는 아무 말 없이 그저 '응응' 대답만 하다가 김진영 대령을 손짓하여 한쪽으로 불러냈다.

"총장을 연행하기 위해 공관으로 갔던 33헌병대가 나오다가 해병대 헌병들에게 포위된 모양이야. 자칫하면 아군끼리 충돌이 일어날지도 모르겠어."

"네? 왜 해병대가 33헌병대를 포위했지요?"

"몰라, 자기들 딴에 공관을 지켜야 할 임무가 있으니까. 아무튼, 서로 대치하고 있다가 누구든지 먼저 총을 쏘면, 그 다음부터는 전쟁심리가 발동되어 사태를 걷잡을 수 없게 돼. 어떡하면 좋을까."

김진영은 서종철 장군이 참모총장이던 당시 전속부관을 했기 때문에 총장공관과 그 주변을 잘 알고 있었다. 비상사태가 발생하면 총장공관의 경비는 육군본부사령이 관장하는데, 그때 본부사령은 육사 12기 출신 황관영 장군이었다. 김 대령은 베트남에서 황 장군 연대에서 근무했기 때문에 얼굴을 알고 친숙한 사이였다. 아마 장세동은 그런 점을 알고 그를 불렀을 것이다. 현재 30경비단에서 이런 사태를 수습할 사람은 그밖에 없다고 봐도 과언이 아니었다.

장세동이 다시 말을 이었다.

"절박한 상태야. 누군가 가서 충돌을 막아야 하는데 자네가 좀 가는 게 어때?"

김진영은 주저 없이 대답했다.

"제가 가야죠. 단장님은 여기서 장군님들 모셔야 하니까 움직일 수 없지요."

"고맙네. 아마 손발이 필요할 거야. 김 단장이 부대에 돌아갈 시간적 여유가 없으니 우리 30단 5분 대기조를 데려가는 것이 좋을 것 같군."

"알겠습니다. 저 혼자 가려고 했는데 그렇게 해주시면 고맙겠습니다."

두 사람이 이런 대화를 나누고 결정하기까지는 불과 1분도 걸리지 않았다. 그만큼 상황이 급박하였기 때문에 이것저것 따질 겨를이 없었던 것이다. 김진영은 공관으로 가면서 혼자 생각했다.

'합수부 수사관들이 수사를 하러 갔는데 거기에서 예기치 못한 충돌이 생겼다면 이는 오해 때문이다. 내가 가서 총장 연행은 합법적인 것이고 대통령 각하께도 보고된 것이라는 사실을 말해주면 쉽게 해결될 것이다.'

33경비단장 김진영 대령은 자신을 위로하고 용기를 주면서 현장으로 갔다.

수경사 30경비단장실에 여러 장성들이 모여 있을 때, 연희동에서는 조홍 수경사 헌병단장의 진급 축하를 위해 또 다른 장성들이 모였다. 장태완 수도경비사령관, 정병주 특전사령관, 김진기 헌병감, 우국일 합동수사본부 참모장과 오늘 진급 턱을 내는 조홍 대령이었다.

오늘 약속은 7시였다. 오늘 장태완은 부대를 순시하였고 정병주는 단위 대장 회의를 주재하였다. 김진기는 내일로 예정된 육군 재경지역 지휘관회의 때 쓸 브리핑 자료를 만드느라고 바빴다. 사람들은 장군이 되면 만사 편하게 지낼 줄 알지만, 자리가 높아진 만큼 챙겨야 할 일이 많고 공부 또한 더 많이 해야 했다. 연희동에 모인 장군들도 오늘 발표된 장군 진급을 가지고 이야기하며 전두환을 기다렸다.

이렇게 시간을 조금 보내다가 정병주 장군이 배를 쓰다듬었다.

"우 장군, 본부장이 왜 이렇게 늦는지 전화 한번 해보는 게 어때?"

"알겠습니다."

우국일은 자리에서 일어나 전화를 걸고 돌아왔다.

"본부장이 오늘 급한 일이 생겨 못 오는 모양입니다. 죄송하다는 말씀을 전해드리랍니다."

장태완과 정병주의 표정이 떨떠름했지만 사정이 있어 못 온다는 것을 두고 뭐라 할 수도 없었다. 일이 이렇게 되자 조홍 대령이 미안한 얼굴로 양주병을 들고 분위기 반전을 꾀했다.

"자, 출출하실 텐데 한 잔 드시지요."

술이 한잔 들어가자 금방 웃음꽃이 피어났다. 전에 고생하던 이야기, 이번에 조홍 대령이 엄청난 경쟁을 뚫고 진급한 이야기, 오히려 늦은 셈이라는 위로와 앞날을 기대한다는 그런 덕담을 나누며 술잔을 기울였다. 장태완과 정병주는 술을 거절하지 못하는 호인이다. 정병주 나이가 장태완 보다 다섯 살 많아 장태완이 사석에서는 형님으로 불렀다. 가장 연장자인 정병주가 덕담을 하고 조홍이 연신 고맙다는 인사를 하였다. 분위기가 좋았다.

어쩌면 장태완과 동갑내기인 전두환이 자리에서 빠진 것은 다행이었다. 두 사람은 서로를 존중하면서도 속으로는 항상 견제하고 있었기 때문이다. 정규 육사 출신인 전두환과 비육사 출신인 장태완, 만일 이 자리에 전두환이 있었더라면 장태완은 그리 기분이 좋지 못했을 것이다. 장태완은 속으로 혹시 전두환이 자신과 마주치는 것이 껄끄러워 일부러 빠진 게 아닐까 하는 생각이 들었다. 아무렴 어때, 뒤가 구리고 자신 없는 놈이 먼저 피하는 것이지. 이렇게 생각하자 웃음이 나왔다. 더구나 오늘 자신의 직속 부하인 조홍 대령이 장군으로 진급했으니 얼마나 기쁜 일인가. 조홍도 장태완의 마음을 아는지 연신 술을 권했다.

"사령관님, 이번에 신경 써주셔서 정말 감사합니다."

"아니야, 내가 뭐 한 일이 있어야 말이지. 자네가 열심히 한 덕분일세."

기분 좋은 식사를 시작한지 반 시간쯤 지났을까. 김진기 헌병감을 찾는 무전기가 칙칙거렸다. 장태완은 그걸 보고 나무랐다.

"이 사람, 그걸 여기까지 들고 왔군, 그래."

김진기가 송구한 표정으로 나가 전화를 걸고 오더니 자리에 앉지도 않은 채 소리쳤다.

"총장공관에서 총성이 났답니다."

그 소리를 듣고 장태완이 깜짝 놀라 물었다.

"뭐, 총장공관에서?"

"현재 우리 헌병단에서 출동했습니다."

"총장님은, 총장님은 무사하신가?"

"현재로선 행방을 알 수 없고 사상자가 발생한 것 같습니다."

"이거 큰일이군."

좌중에 있던 사람들은 술이 확 깨는 것 같았다. 장태완은 문을 열고 음식점 마루에 있는 전화기를 들어 총장공관으로 전화했다. 누군가 전화를 받았다. 아마 김 대위인 것 같았다.

"야, 나 수경사령관인데 총장님 어떻게 됐어?"

"사령관님, 지금 빨리 앰뷸런스를 좀 보내주시고."

"뭐?"

"총장님이 피습당했습니다."

"천천히 이야기해 봐. 뭐가 어찌 됐단 말인가?'

하지만 수화기를 통해서 들려오는 것은 경황없고 허둥대는 목소리뿐이었다.

장태완은 전화를 끊고 방으로 들어왔다.

"이거 무슨 일이 벌어져도 단단히 벌어진 것 같습니다. 저 먼저 갑니다."

　장태완은 조홍과 함께 서둘러 차에 올랐다. 사령부로 들어오는 동안 부대에 연락해서 APC 장갑차와 병력을 총장공관으로 우선 급파하라고 지시했다. 장태완이 나가 버리자 남은 손님들도 자리에서 일어났다. 조금 전까지만 해도 좋은 분위기에서 식사하던 사람들이 어디 불구경이라도 가는 양 우르르 몰려 나갔다. 그걸 보고 사장은 마치 손에 쥐었던 새를 놓쳐버린 것처럼 황망한 표정을 지었다. 빈방에는 미처 손도 대지 않은 음식이 식어가고 있었다.

진돗개 하나 발령

저녁 7시 38분경, 육군본부 상황실로 참모총장 공관에서 총성 네 발이 들렸다는 첫 보고가 들어왔고, 뒤이어 1분 뒤에는 한남동 경찰파출소에서도 같은 보고가 올라왔다. 모두 총성의 위치를 한남동 공관으로 특정하고 있었고 공관에서 앰뷸런스를 요청하는 연락이 왔다. 이것으로 육군참모총장이 피습당한 것이 명백해졌다. 현장에서 부상한 우경윤 대령과 부관들이 병원으로 이송되었다.

총장공관에서 총성이 여러 발 나고 사람이 다쳤다는 소식에 육군본부 당직사령은 수도경비사령부 상황실로 긴급히 지시했다.

"한남동 공관에서 총성이 울리고 우리 총장님이 납치되었다. 병력을 끌고 가서 현장에 남아 있는 놈들을 모두 체포하라."

이 명령을 수경사 상황장교가 접수했다. 곧이어 장태완 사령관도 상황실로 전화하여 병력 출동을 명령하였다. 상황이 급박하게 돌아갈 때 총장공관을 방문한 사람이 우경윤과 권정달이란 것이 밝혀졌다. 두 사람 모두 이번 장군 진급에 들지 못한 사람들이었다. 우경윤 대령은 총상을 입고 공관 거실 바닥에 쓰러져 있었는데, 권정달 대령은 어디로 갔는지 행방을 알 수 없었다. 그러나 이것은 잘못 알려진 것이었다. 총장공관을 방문할 때 허삼수가 권정달 정보국장이라고 말해서 그렇게 출입자명부에 기재되었던 것이다.

수경사 헌병부단장 신윤희 중령은 저녁 7시쯤 영내에 있는 관사로 퇴근했다. 계엄 상황이라 연일 바쁘게 움직이는 바람에 몸은 녹초가 되어 있었다. 샤워를 마치고 식탁에 앉아 저녁을 먹고 있을 때 전화벨이 울렸다.

"부단장님, 큰일 났습니다."

전화기 너머로 당직 장교의 다급한 목소리가 들려왔다.

"왜, 무슨 일인데 그래?"

"육본 범죄수사단장인 우경윤 대령과 보안사 권정달 대령이 진급 누락에 불만을 품고 참모총장을 납치했습니다."

"뭐, 그게 정말이야?"

"그렇습니다. 지금 헌병단 5분 대기조를 한남동으로 출동하라고 합니다."

"알았어. 바로 가도록 하지."

신 중령은 숟가락을 놓고 허겁지겁 옷을 갈아입으면서 부대로 달렸다. 숨을 헐떡이며 도착하니 이미 헌병단 병력이 차에 승차해 있었다. 평상시 같으면 헌병단 대위가 병력을 인솔했을 텐데 워낙 큰 사건이라 부단장을 기다렸던 것이다.

"단장님께 보고드렸나?"

"단장님은 외부에서 저녁 식사 중입니다. 연락이 잘 안 됩니다."

"알았어. 가자."

수경사 헌병단 병력을 가득 태운 차량이 한남동으로 출발했다. 신 중령은 한남동으로 가는 동안 이상한 생각이 들었다. 우경윤 대령은 육군본부 범죄수사단장으로 헌병 병과에서 가장 존경받는 장교 가운데 한 사람이었다. 계엄 상황이라 범죄수사단은 합동수사본부 수사2국으로 편입되어 합수부의 지휘 통제를 받고 있었다. 아무리 진급에 불만이 있어도 그렇지, 군의 질서를 바로잡고 범죄를 수사하는 헌병 장교가 총장을 납치했다고? 우 대령을 잘 알고 있는 신 중령으로서는 도저히 이해되지 않는 일이었다.

공관 앞에 도착하자 현장은 시장 바닥처럼 아수라장이었다. 33헌병대, 해병대 헌병, 육군본부 사령실 5분 대기조까지 수십 명이 엉켜 있었다. 다들 상황을 제대로 파악하지 못하고 눈을 휘둥그레 뜬 채, 실탄이 장전된 총으로 서로를 겨냥하고 있는 판국이었다.

정승화 연행작전에 동원되었던 33헌병대는 마이크로 버스로 뒤

따라 나가려다가, 외곽을 경비하는 해병대 헌병들에게 저지당하고 총격을 받았다. 처음 총장공관으로 왔을 때는 정문에서 해병대 경비병들을 제압했지만, 공관관리담당 반일부 준위가 죽기 살기로 도망쳐서 해병대 막사에 알린 덕분에 상황이 역전되어 있었다. 해병대 경비병력이 우르르 몰려나와서 33헌병대와 합수부 수사관들을 마이크로 버스 안에 가두고 총부리를 겨누었다. 일부는 땅바닥에 납작 엎드린 채 정문을 통제하고 위협사격을 가하기도 했다.

이 와중에 33헌병대 소속으로 공관을 지키고 있던 박윤관 일병이 해병대가 쏜 총에 맞아 현장에서 사망하고 말았다. 그야말로 어둠 속에서 누가 아군이고 적군인지 가늠하기 어렵고 자칫하다간 총에 맞을 수 있는 상황이었다.

바로 이때 신윤희 중령이 도착해서 33헌병대장 최석립 중령을 발견했다. 33헌병대는 청와대 경호실 직속으로 현재 합동수사본부에 배속되어 있었다.

"선배님, 이거 어떻게 된 일입니까?"

"나도 잘 모르겠어."

"총장님이 납치되셨다는데 정말입니까?"

"납치? 그게 아니야."

최석립은 답답한 얼굴로 자세한 대답을 하지 않고 버스에 갇힌 부하들을 돌아보았다. 신윤희는 합수부에 배속된 33헌병대가 무슨 일로 이렇게 빨리 나왔을까, 의아한 생각이 들었지만 최 중령이 대답하지 않으니 더 물어볼 수도 없었다. 일단 현장을 수습하고 더는 희생자가 나오지 않도록 만드는 것이 중요했다.

윤성민 육군참모차장은 총장 유고 시에 그 권한을 행사할 수 있었다. 그는 신유경 여사로부터 받은 연락과 상황실에 접수된 정보를 토대로 하여 총장이 납치되었다고 생각하였다. 그는 육군본부에 비상소집령을 내리고 저녁 8시 20분에 '진돗개 하나'를 발령했다.

군은 비상시에 데프콘과 진돗개를 발령한다. 데프콘은 전선에서 적의 침공 징후가 있을 때, 한미연합사령관의 통제를 받아 발령되는 대적對敵 경계령이다. 데프콘이 발령되면 한국군과 주한미군이 움직인다. 진돗개는 외부의 적이 아니라 내부적으로 발생한 소요 사태 또는 무장 공비의 침투가 있을 경우에 대응하기 위한 비상경계령으로 한국군의 소관사항이다.

10.26 사건 이후 비상계엄이 선포되어 군에 '진돗개 둘'이 발령되어 있는 상태였다. 그런데 이를 상향해서 '진돗개 하나'를 발령했으니 서울에 더욱 강도 높은 비상경계령이 내려진 것이었고, 즉시 1군과 3군은 출동준비 태세를 갖추었다. 정 총장을 납치해 간 세력이 누구인지 모르는 상황에서 일단 최고의 경계 태세를 갖추고 육

군본부 벙커에 군 수뇌부가 속속 모여들었다.

벙커에 모인 군 수뇌부는 김용휴 국방차관, 윤성민 육군참모차장, 하소곤 육본작전참모부장 등이었다. 다들 상황을 파악해 보느라고 동분서주하면서 흥분한 얼굴로 소리쳤다.

"감히 계엄사령관을 납치하다니."

"어떤 놈들인지 가만둘 수 없어."

저녁 8시 30분경에 다행히 노재현 국방장관의 소재가 파악되어 육본 제3국장이 부하들을 데리고 가서 장관을 모셔 왔다. 누군가 장관에게 말했다.

"장관님, 어서 오십시오. 현재 전선의 상황은 조용합니다. 북한 부대의 이동은 포착되지 않고 통신량도 평시와 같습니다."

"수고했소. 북이 아니라면 우리 내부에서 누군가 소요를 일으킨 것인데."

장관은 안심하는 얼굴로 대답했다. 아무도 자신이 어디에 있었기에 연락이 되지 않았느냐고 묻는 사람이 없었기 때문이었다. 한국에는 북에서 남파한 간첩들이 암약하고 있다가 대규모 소요나 비상사태가 발생하면, 북과 교신하느라고 통신량이 증가하는 것이 보통이었다. 그 내용이 암호화되어 있어 간첩을 잡기 전까지 알 수 없지만, 갑자기 통신량이 늘어나게 되면 이상 징후인 것이다. 통신량이 평시와 다름없다는 말은 북한이 연계되어 있을 가능성이 낮다는 뜻이었다.

윤성민 참모차장은 국방장관에게 총장공관을 방문한 사람은 우경윤 대령과 권정달 대령이고, 현재 33헌병대가 포위되어 있다는 것까지 보고했다.

"우경윤은 육본 범죄수사단장으로 지금 합수부에 나가 있고, 권정달 대령은 보안사 부산지구대장으로 있다가 얼마 전 올라와 정보처장을 맡고 있습니다. 그리고 33헌병대와 함께 합수부 수사관들이 몇 명 섞여 있는 것 같다고 합니다."

"합수부?"

"네, 아무래도 우 대령과 권 대령이 진급에 불만을 품고 이렇게 대형 사고를 쳤다고 생각하기엔 무리가 있다고 봅니다. 혹시 합수부에서 계획적으로."

윤성민은 차마 합수부장 전두환의 명령으로 총장이 납치되었을 것이란 말을 하지 못하고 말꼬리를 흐렸다.

노재현 국방장관은 잠시 생각에 잠겼다. 전부터 전두환이 정 총장을 연행해서 수사해야 된다고 거듭 건의하더니 결국 일을 벌였구나, 이놈을 어떻게 한다? 괘씸한 마음이 들었다. 하지만 납치라고 규정짓기에는 뭔가 찜찜했다. 대통령 시해사건에 관한 수사 권한은 합동수사본부에 있기 때문에, 수사상 필요에 의해 연행한 것이라고 하면 어떻게 되는지 상황을 정리하기가 곤란했다. 게다가 정 총장에 대한 의혹이 사그라들지 않고 있어 어느 한쪽 편을 들 수 없는 상황이었다.

"좀 기다려 봅시다."

합수부가 정 총장 실종에 깊숙이 관련되었을 것 같은데 아직 정보가 확실치 않아서 함부로 행동하기 어려웠다.

전두환 합동수사본부장이 경복궁 근처 수도경비사령부 30경비단에 도착한 것은 저녁 8시 40분쯤이었다. 그는 눈이 빠지도록 기다리고 있던 장군들에게 죄송하다는 말로 입을 열었다.

"조금 전 합수부가 정 총장을 연행했습니다. 그 과정에서 총격이 발생하여 우경윤 대령이 부상했고 병원으로 이송되었습니다. 제가 오늘 여러 선후배 장군님들을 여기로 오시라고 한 것은 정 총장 연행과 관련하여 이해를 구하기 위해서입니다."

장군들은 일단 조용히 듣고 있었다.

"대통령께 말씀드렸지만 연행에 관한 재가를 하지 않으시고 국방장관 데려오라는 말만 하고 계십니다. 이곳으로 오기 전에 총장을 연행했다는 보고를 드렸습니다."

여기까지 듣고 황영시 장군이 나섰다.

"보고드렸더니?"

"거듭 국방장관 데려 오라는 말씀만 하시더군요."

"국방장관은 어딨는가?"

"잘 모르겠습니다. 연락이 닿지 않고 행방불명입니다."

"허 참, 이거 어떡하란 말이야. 총장을 연행했는데 장관은 연락이 안 되고, 이러다가 무슨 일 터지는 거 아닌지 모르겠군."

황영시의 말에 전두환은 손을 저었다.

"합동수사본부에서 수사를 위해 연행한 것입니다. 총격은 총장이 임의 동행을 거부하고 저항했기 때문에 발생했지요. 어떻든 모든 과정에 대한 책임은 저에게 있습니다."

이번엔 유학성 장군이 말했다.

"지금 누가 책임을 지느냐 마느냐 하는 것을 따지자는 것이 아니오. 대통령 각하가 재가를 않고 있으니, 자칫하면 불법 연행이란 소릴 들을 수 있어."

"그걸 여러 차례 검토했습니다만, 수사기관장은 대통령의 재가 없이도 자체적인 판단에 의해 범죄 혐의자를 연행하고 수사할 수 있다는 결론에 이르렀습니다. 꼭 대통령의 재가를 받아야 수사를 하고 받지 못하면 수사할 수 없는 게 아닙니다."

"전 장군, 그렇다면 왜 대통령 재가를 받으러 들어갔나?"

"각하는 저의 재가 요청으로 인해 심적 부담을 덜 수 있고, 다른 면으로는 총장과 대통령을 존중하는 차원에서 그리했던 것입니다. 보안사에서 장관을 거치지 않고 대통령께 직보하는 것은 처음이 아닙니다. 오히려 절차를 만들면 수사기밀이 새어 나갈 수 있기 때문에, 대통령 각하의 결심만 있으면 간단하게 해결될 일입니다."

"잘못 생각했군. 차라리 재가받지 말고 일을 추진했어야지, 왜 긁어 부스럼을 만들었나."

유학성 장군의 말에 이때까지 잠잠히 있던 노태우가 입을 열었다.

"나도 동의합니다. 일이 진행되었으니 지나간 버스에 대해 손을 흔드는 격이지만, 굳이 재가받을 필요는 없었다고 생각합니다. 오히려 대통령 각하는 자신의 권한을 행사하는 것으로 생각할 수 있어요. 유 장군님."

"말해 보오."

"기왕 일이 이렇게 진행되었으니 지나간 일보다 앞으로 다가올 일을 대비해야 되지 않겠습니까. 지금이라도 늦지 않았습니다. 여기 계신 원로 장군님들과 함께 각하를 찾아뵙고 재가를 요청하는 것이 좋지 않을까요. 그리하면 대통령께서도 거절하지 못할 것입니다."

"우리 말을 들을까?"

"시도조차 않고 있는 것보다 말씀을 드려 봐야지요. 사후 재가라도 받아야 합니다."

노태우의 말에 황영시 장군이 동의하고 나섰다.

"노 장군 말이 옳소. 여기 있는 장군들이 함께 나서면 각하도 생각을 바꾸실 게요. 자, 갑시다."

전두환은 의기소침한 표정을 짓고 있다가 황영시 장군의 말을 듣고 긴가민가하는 표정으로 따라나섰다.

30경비단에 남은 장군들은 진돗개 하나가 발령됐다는 소리를 듣고 계속 기다리고 있기 어려웠다. 최세창 3공수여단장과 장기오 5공수여단장은 부대에 비상이 걸렸으니 가봐야겠다며 일어섰다. 나머지 장군들은 자신의 부대에 전화를 걸어 비상시국이니 부대 장악을 잘하고 있으라는 당부를 하였다.

황영시, 유학성, 백운택, 전두환 등 여섯 명의 장군들이 총리공관에 도착했을 때, 신현확 국무총리가 먼저 와 있었다.

새로 대통령이 취임하면 정부를 잘 이끌어 줄 내각을 구성한다. 최규하 대통령은 신 총리에게 좋은 인재를 발굴해서 내각을 구성해 보도록 말하였다. 신 총리는 프라자 호텔에 방을 얻어놓고 사람들과 연락하고 만나면서 내각 구성을 한 다음, 오늘 저녁 대통령과 의논해서 결정짓기로 했던 것이다. 그 이야기를 한창 나누고 있는데 장군들이 떼로 몰려오는 바람에 한편으로 비켜섰다.

장군들은 허리에 찬 권총을 모두 차에 두고 왔다. 그들은 대통령 앞에 서서 경례를 올리고 한 명씩 돌아가면서 의견을 말했다.

"각하, 시간이 지연되면 큰일 납니다. 지금 상황이 좋지 않습니다."

"정 총장의 혐의는 분명합니다. 시해 현장에 있었고 계엄사령관으로 임명될 때까지 그것을 숨겼습니다. 각하께서도 그것을 잘 아시지 않습니까."

"군 내부의 여론이 좋지 않습니다. 만일 정 총장을 그대로 두면 군의 지휘체계가 흔들리게 될 것입니다."

"이것은 우리들 몇 명의 의견이 아니라 수도권 지휘자들의 공통된 의견이니 부디 재가를 해주십시오."

그러나 최규하 대통령은 여전히 절차를 밟아야겠다며 국방장관을 찾아오도록 했다. 장군들은 이미 정 총장을 연행했으므로 사후 재가를 해달라 하고, 대통령은 거듭 국방장관을 찾아오라는 말만 반복했다. 이것을 보고 있던 신 총리가 나섰다. 그도 조금 전 대통령으로부터 정 총장이 연행되었다는 말을 들었다.

"아니, 정 총장을 이미 체포해 놓고 무슨 결재를 받으려고 합니까?"

"총리님, 범죄 혐의자를 수사기관이 체포해서 수사하는 것은 대통령 결재 사항이 아닙니다. 다만 합수부에서는 예우와 존중 차원에서 각하께 재가를 받으려고 하는 것입니다. 그러니 어서 재가해주십시오."

"그게 무슨 말이오. 왜 사전에 결재받지 않고 문제 일으켜 놓은 다음 사후 결재를 받으러 옵니까."

총리까지 나서는 바람에 옥신각신 입씨름만 할 뿐 결론이 나지 않고 시간만 흘러갔다. 삼청동 총리공관의 불은 밤늦도록 꺼지지 않고 빚쟁이들이 들이닥친 것처럼 웅성거리고 있었다.

특전사령부 김오랑 소령은 작전 과장과 함께 부대 뒤에 있는 식당에서 저녁을 먹고 있었다. 일찍 집으로 가고 싶었지만 일이 늦게 끝나는 바람에 저녁을 먹고 가기로 했던 것이다. 반주로 소주를 나눠 마시면서 이런저런 이야기를 하고 있다 보니 시간은 어느새 저녁 8시를 넘겼다. 이제 자리를 파하고 일어설 참으로 말을 정리하고 있는데, 갑자기 누군가 뛰어오는 소리가 들리더니 사정없이 문이 흔들렸다.

"소령님, 비상입니다. 비상!"

두 사람이 고개를 돌리자 교육과 선임하사가 문을 열고 들어오며 빨리 복귀하라고 성화였다.

"무슨 일로?"

"모르겠습니다. 비상이 걸렸으니 바로 가셔야 합니다."

그들은 자리를 박차고 일어나 사령부 상황실로 내달렸다. 조금 전 먹은 술기운이 거칠게 뱉는 숨소리와 함께 공중으로 흩어졌다. 상황실에 도착해서 진돗개 하나가 발령되었음을 알게 되었다. 얼마

지나지 않아 정병주 특전사령관이 부대로 돌아왔다. 그러나 특전사령부에서는 육본에서 내려오는 제한적 정보만 가지고 무슨 일이 어떻게 벌어졌는지 알 수가 없었다. 예하 부대도 마찬가지여서 올라오는 정보가 없기는 마찬가지였다.

"이거 참, 뭘 어떻게 하란 말이야."

상황실에서 작전 과장이 김오랑을 보며 짜증 섞인 목소리로 불만을 토로했다. 답답하긴 김오랑도 마찬가지여서 들어오는 정보와 지시에 귀를 기울일 수밖에 없었다. 그러다 잠시 짬을 내서 사무실로 돌아와 전화기를 들었다.

"여보, 나야."

"오늘도 늦으세요?"

"응, 오늘 저녁은 들어가지 못할 것 같아. 여보, 미안해."

김오랑은 사령관을 찾는 전화가 걸려 올 수 있기 때문에 통화를 오래 하지 못하고 서둘러 끊었다.

백영옥은 그런 남편이 서운했다. 아무리 바빠도 그렇지 목소리 좀 더 들려주면 안 되나? 아유, 오늘도 독수공방이구나. 갑자기 자신의 신세가 처량하게 느껴졌다. 하지만 이내 고개를 가로저었다. 아니지, 남편은 지금 비상이 걸려서 온 정신을 쏟고 있는데 집에 있는 군인의 아내가 그렇게 한가한 생각을 하다니. 마음을 다잡고서야 서운함이 눈 녹듯 사라졌다. 하지만 남편이 마지막으로 남긴 '미안해.'란 말이 계속 귓전에 맴돌았다.

3공수여단 15대대장 박종규 중령도 비상이 걸려 바로 부대로 복귀하여 대기하고 있었다. 그는 12월 7일 15대대장으로 임명되어 불과 일주일도 되지 않은 상태였다. 아직 부대원들 성향도 파악하지 못하고 처리할 일이 산더미 같아서 제시간에 퇴근하는 것은 엄두도 내기 어려웠다. 아이들은 이것이 불만이었는지 엄마에게 아빠 언제 오느냐고 보챘던 모양이다. 아내는 아이들 잘 때 들어와서 일찍 나가 버리지 말고, 오늘은 제발 일찍 들어와 얼굴 좀 보이라고 부탁했다. 그렇지 않아도 그것이 마음에 걸렸던 박 중령은 서둘러 일을 마치고 제시간에 퇴근할 수 있었다.

그런데 집에서 저녁을 막 먹고 막내를 안아주려고 하는데 빨리 복귀하라는 연락을 받았다. 그는 아이 볼에 뽀뽀를 해주고 내려놓았다. 큰애가 자기 차례를 기다리다가 물었다.

"아빠, 또 가는 거야?"

"응, 일이 있어서 잠깐 갔다 올게. 엄마 말 잘 듣고 푹 자고 있으면 내가 와서 얼굴에 뽀뽀해 주마."

그는 벗어놓았던 군화를 신고 부대를 향해 달렸다. 부대원들은 언제라도 출동할 수 있도록 준비 태세를 갖추고 있었다. 명령만 있으면 지옥이라도 뛰어들 기세로 사기충천한 공수특전대원들이 바로 그들이었다.

육본 지휘부를 수경사로 옮기다

　수경사 헌병단 부단장 신윤희 중령은 현장으로 출동하였지만, 한남동 공관촌 정문에서 어떻게 할 바를 알지 못하고 당황하고 있었다. 현장으로 나온 부대만 해도 수경사 헌병대, 33헌병대, 해병대 헌병, 육군본부 사령실 5분대기조까지 모여들어 누가 어디 소속인지 확인하기 어려울 지경이었다. 게다가 몸을 엄폐하고 있으니 수많은 병력들이 어디에 있는지 알 수 없고, 어떤 때는 와글와글 시끄럽다가도 한순간 적막감이 감돌았다. 간혹 총에서 들려오는 날카롭고 차가운 쇳소리와 웅웅거리는 자동차 소음만이 정적을 깰 뿐이었다.

　잠시 후 장태완 수경사령관이 현장으로 온다는 연락이 왔다. 장태완은 연희동 한정식집에서 바로 현장으로 달려오는 중이었다. 그는 차에서 내리자마자 호통쳤다.

"여기 누가 지휘하나?"

본래 장태완의 성격이 다혈질이라는 소리가 많았는데 오늘은 술을 걸쳐서 그런지 목소리가 더욱 컸다. 신윤희 중령은 사령관 앞으로 나섰다.

"네, 헌병단 부단장 신윤희 중령입니다."

신 중령이 간단하게 병력 배치 등 현황을 보고하고 있는데, 장태완은 더 들어볼 필요도 없다는 표정으로 뜻밖의 명령을 내렸다.

"됐어. 내가 지금 명령한다. 저 안으로 들어가서 적들을 모두 체포해. 안 되면 사살하도록!"

"아니, 사령관님. 아직 보고가 다 끝나지 않았습니다. 상황 보고를 더 받아보시고 판단하는 것이 좋을 것 같습니다."

신 중령의 말에 장태완은 화를 내며 고래고래 소리를 질렀다. 그때마다 술 냄새가 풍겨오는 것 같았다. 불과 몇 시간 전까지만 해도 공관을 지키는 헌병과 마이크로 버스에 갇힌 33헌병대, 그리고 그들을 겨냥하고 있는 해병대 헌병, 또 육군본부에서 나온 5분대기조는 서로를 격려하고 반갑게 인사하는 대한민국 국군이었다. 그런데 저 공관으로 들어가서 모두 체포하거나 사살하라니, 도저히 받아들이기 어려운 명령이었다. 신 중령은 간신히 사령관을 진정시켰다.

"사령관님, 여기는 이미 제가 담당했고 정리하겠으니 일단 사령부로 들어가시죠. 아군끼리 충돌하면 쌍방의 피해가 크게 발생할 수 있습니다."

육군본부사령 황관영 장군도 현장에 나와 있다가 장태완을 달랬다.

"사령관님, 빨리 들어가시는 것이 좋겠습니다."

그제야 장태완은 차에 올라 사령부로 향했다. 신 중령은 한숨을 내쉬며 현장을 중대장에게 맡기고 걸음을 떼다가, 수경사 33경비단장 김진영 대령을 발견했다. 신 중령은 반가운 마음에 다가가서 경례하였다.

"단장님, 저 헌병단 부단장 신윤휩니다."

"음, 그래."

김진영 대령은 장세동의 권유를 받고 30경비단장실에서 나와 현장을 살피던 중이었다.

"우경윤 대령하고 권정달 대령이 진급에 불만을 품고 총장님을 납치했다고 들었는데 그것이 사실입니까?"

신 중령의 말에 김 대령이 정색하고 말했다.

"이봐, 신 중령. 납치가 아니고 합수부에서 총장과 김재규가 연관되어 있으니까 연행한 거야. 나도 그것 밖에는 잘 몰라."

그제야 신 중령은 복잡했던 머릿속이 환하게 밝아지는 느낌이 들었다. 연행을 위해 왔던 수사관과 경호대 간에 몇 발의 총성이

오간 것이고, 이곳 상황은 끝난 것이나 마찬가지라는 것도 알게 되었다.

'아, 합수부에서 총장을 납치한 것이 아니라 수사를 위해 연행한 것이구나.'

신윤희 중령이 사령관을 배웅하고 수경사 헌병단을 점검하고 있을 때, 김진영 대령은 어떡할까 망설이고 있었다. 그는 자신의 부대가 아닌 30경비단의 5분대기조 80명을 데리고 현장으로 나왔지만, 전투를 벌여서 33헌병대를 구출하겠다는 생각은 애당초 갖지 않았다. 총장 연행 중에 일어난 총격과 오해를 풀어주어 대치 상태를 중단시키겠다는 생각만 갖고 있었다.

그는 5분 대기조 인솔 장교에게 다음과 같이 명령했다.

"내 말을 잘 듣고 그대로 이행하라. 첫째, 절대로 장병들에게 실탄을 지급하지 말 것. 둘째, 공관에 진입하지 말고 차량에 승차한 상태로 단국대 정문 앞에 대기할 것."

그리고 공관 정문까지 그는 무장도 하지 않은 채 혼자 온 것이었다. 김진영은 덩치가 크고 우람하였다. 육군사관학교 교정에 백년탑이 있는데 거기에는 정규 4년제 육사에서 배출한 대표적 이름들이 새겨져 있다. 졸업식 때 대통령상을 받은 수석 졸업자와 생도의 꽃인 대표화랑으로 뽑힌 사람들이다.

특히 대표화랑은 생도 시절의 성적과 체격, 생활태도 등을 종합적으로 고려하여 기수에서 한 명만을 뽑는 것이다. 그래서 대표화랑은 그 기수의 얼굴이고 간판이었다. 김진영은 육사 17기의 대표화랑으로 촉망받는 군인이라 할 수 있었다.

그는 총장공관에서 극히 위험한 상황을 피하지 않고 정면으로 부딪혔다. 우람한 몸집을 꼿꼿하게 세우고 혼자 공관 입구로 걸어가서 그곳 책임자인 듯한 오 상사를 만났다. 처음 보는 얼굴이었다.

"여기 있는 병력은 모두 아군이네. 북에서 침투한 무장 공비들이 아니야. 해병대 경비병력이 계속 위협사격을 하고 있으니 가서 중지시키게."

오 상사는 김 대령의 명령에 경례하고 해병대가 지키고 있는 공관 정문으로 갔다. 거기엔 해병대 책임자인 선임하사가 있었는데 오 상사는 김진영의 말을 그대로 전했다. 그때부터 해병대는 더 이상 위협사격을 하지 않았다.

김진영은 다행이라고 생각하며 황관영 장군을 찾았지만 어디로 갔는지 눈에 띄지 않았다. 아마 황관영 장군이 해군2차장 공관이라고도 불리는 해병대사령관 공관으로 갔을 것으로 생각되었다. 그는 해병대 헌병들이 지키는 정문초소에서 해병대사령관 공관으로 전화를 걸어, 그곳에 있는 육군 선임장교를 바꿔 달라고 하였다. 겨우 황관영 장군과 통화할 수 있었다. 김 대령은 자초지종을 자세히 설명해주고 싶었지만, 옆에 해병대 헌병들이 있어 자세한 이야기를 할 수 없었다. 정 총장을 연행할 때 합수부가 와서 해병대를 무장 해제시키고 얼차려를 주었었기 때문에, 자칫하면 그들을 흥분시킬 수 있기 때문이었다.

"장군님, 수경사 30경비단장실로 전화해 보시면 어찌 된 상황인지 잘 설명해 줄 겁니다."

김 대령은 이렇게 말하면서 전화번호를 알려주었다. 이렇게 하여 오해가 풀렸고 한남동 공관에서 아군끼리 대치했던 상황은 깨끗이 종료되었다.

저녁 9시를 지나 수도경비사령부로 돌아온 장태완 사령관은 전두환의 합동수사본부가 정승화 총장을 연행하였으며, 그 일당들이 수경사 30경비단에 모여 있다는 것을 알게 되었다. 장태완은 머리털이 곧추서는 듯한 느낌을 받았다. 이놈들이 감히 내 부대에 와서 반란 모의를 해? 내 가만두지 않으리. 장태완은 주먹을 쥐고 부르르 떨었다. 지금 전두환이 눈앞에 있다면 놈의 멱살을 잡고 주먹으로 죽도록 때려주고 싶었다. 여기가 어디라고 엉? 네 놈이 간덩이가 부어도 단단히 부었구나. 나를 그렇게 아껴주시던 총장님을 납치해서 어디 숨겨 두었느냐. 당장 말해라 이놈. 네 놈을 가만두지 않으리라.

장태완은 국방장관실에 전화했다. 그러나 장관은 연결되지 않고 김용휴 국방차관과 연결됐다.

"차관님, 장관님 어디 계십니까? 속히 찾아야겠는데요. 저놈들이 반란을 일으켰으니 제가 배속받아 쓸 수 있는 4개 사단 가운데 우선 26사단, 수도기계화사단, 그리고 서울 근교에 있는 9공수여단을 출동시킬 수 있도록 해주십시오. 나머지 3개 공수여단장은 이미 반란군에 합세한 것 같습니다. 그래도 혹시 모르니 배속 명령을 내려주십시오."

"뭐야? 알겠소. 그놈들을 당장 해치워야지."

"차관님, 고맙습니다."

"아니오. 장태완 파이팅!"

장태완은 국방차관으로부터 응원을 받자 더욱 기세를 올리고 이건영 3군사령관에게 전화했다. 이건영은 장태완으로부터 설명을 들은 후에 지원을 약속했다.

"알겠소. 전두환이가 철모르고 일을 저지른 모양인데 앞으로 장 사령관이 잘 해줘야겠소. 내가 이곳 부대들에 말해서 준비시켜 놓을 테니 걱정하지 마시오."

3군사령관은 수도기계화사단과 26사단을 거느린 지휘관이었다. 장태완은 곧바로 손길남 수도기계화사단장에게 다급한 목소리로 전화를 걸었다.

"아, 손 장군. 조금 전 이건영 사령관과 통화했소. 지금 총장님이 납치되고 비상사태가 벌어졌으니까 빨리 출동 준비를 해주오. 시간이 없어."

손길남 사단장은 갑자기 진돗개 하나가 발령되고 서울에 비상사태가 벌어졌다는 말에 어안이 벙벙했다. 수도기계화사단은 맹호부대로서 서울과 가까운 경기도 동북부 가평과 포천군 일대에 주둔한 최정예 부대 중 하나였다.

손길남은 육군종합학교 29기, 장태완은 육군종합학교 11기이므로 출신으로 보면 직속 선배였다. 손길남 장군이 미처 정신을 추스를 사이도 없이 이번엔 윤성민 참모차장으로부터 전화가 걸려 왔다.

"나 참모차장이야. 장 사령관에게 이야기 들었지? 서둘러 출동 준비하라."

그러나 어디로 출동해야 하는지 무슨 일을 해야 하는지 정확한 임무를 주지 않아 손길남 사단장은 의아한 생각이 들었다.

그런데 이러한 지시는 모두 보안사령부에 의해 감청되고 있었다. 보안사령부의 본래 임무 중 하나는 대전복對顚覆 임무, 즉 군부의 쿠데타 징후를 감시하고 예방하는 것이기 때문에 각 부대에는 보안부대원이 나가 있고 통신감청을 통해 정보를 수집하고 있었다. 군부대 움직임에 관한 정보는 빠짐없이 수집되고 분석되어 보안사령관에게 보고되었다.

장태완이 사령부로 돌아온 후 신윤희 중령도 바로 복귀하였다. 그는 헌병단에 들어오자마자 물었다.

"단장님 들어오셨나?"

"오셨다가 군복으로 환복하고 바로 나가셨습니다."

"어디로 가신단 말씀 없었어?"

"그건 잘 모르겠습니다."

신 중령은 어디로 갔을까 머리를 굴리다가 아마 헌병감실로 갔을 거라고 생각했다. 그는 어떻게 돌아가는 상황인지 알려야겠다는 생각이 들어 참모 열다섯 명을 상황실로 급히 집결시켰다. 만약 헌병단장이 자리에 있었다면 그에게 말하면 되는 사안이었다. 무슨 영문인지 몰라 궁금해하는 참모들에게 신 중령은 빠르게 상황을 전달해 나갔다.

"오늘 저녁 총장공관에서 발생한 총격전은 합동수사본부에서 수사를 위해 정 총장을 연행하려다 발생한 것이다. 이것은 납치가 아니야. 일단 그렇게만 알고 있고 모든 지침은 내가 내릴 테니 동요하지 말고 있어라."

신 중령의 말에 장교들이 '그럼 그렇지.' 하는 표정으로 고개를 끄덕였다. 그런데 신 중령의 말이 끝나자마자,

"사령관께서 장교들 모두 집합하랍니다."

라는 지시를 전해 받았다. 신 중령은 참모 열다섯 명과 함께 회의

실로 올라갔다. 사령관의 지시를 받고 모인 장교들이 귀를 기울였다. 그때까지 장태완은 술이 완전히 깨지 않은 것 같았다.

"모두 잘 들어라. 이 반란군 새끼들이 30단에 전두환, 노태우, 장세동, 김진영 이런 반란군들이 모여서 반란을 모의하고 있단 말이야."

장교들은 사령관으로부터 뜻밖의 말을 듣고 웅성거렸다. 장태완은 그런 분위기를 아랑곳하지 않고 말을 이어갔다.

"여기에 33단 장교 와 있나? 있으면 손들어."

몇 명의 장교가 쭈뼛거리며 손을 들었다. 장태완은 그중 한 명을 지목했다.

"자네, 너희 단장이라 생각하지 말고 보면 그냥 적이야, 쏴 죽이는 거야!"

엄청난 말에 그 장교는 감히 대답을 못하고 여기저기 사방에서 웅성거리는 소리가 더 커졌다. 몇 시간 전까지만 해도 자기 단장이면 존경하는 상관 아니었던가. 그런데 그 사람을 보는 즉시 쏴 죽이라니. 하지만 명령하는 사령관 앞에서 반발하지 못하고 입을 꾹 다물었다. 장태완은 세부적인 지시를 내리기 시작했다.

"너희들은 30경비단장 장세동, 33경비단장 김진영을 보는 즉시 체포하고 그것이 여의치 않을 경우엔 사살해도 좋다. 검문을 철저히 하고 발견 즉시 체포 또는 사살하라. 그리고 방송국과 검문소에 병력을 증강 배치하고 모든 전차, 참, 여기 전차대대장 와 있나?"

"네, 와 있습니다."

차기준 전차대대장이 손을 번쩍 들었다.

"좋아. 모든 전차를 비롯한 장비와 병력은 출동 준비를 갖추고 명령을 기다려라. 이상!"

실로 어마어마한 명령이 떨어진 것이다. 차기준 중령은 갑자기 전두환 장군이 왜 반란을 일으켰는지 이해할 수 없었고, 전시에 버금가는 출동태세를 갖추라는 말에 오금이 저릴 지경이었다. 사령관의 훈시가 끝나자 장교들은 굳은 얼굴로 제각기 흩어졌다.

신윤희 중령이 사무실로 돌아와 한숨을 푹 내쉬고 있을 때, 육사 동기인 차기준 전차대대장이 들어왔다.

"이봐, 신 중령. 조금 전 사령관님 말씀이 뭐야?"

"나도 모르겠네."

하지만 차기준은 신윤희가 총장공관에 다녀온 것을 들었는지 자꾸 캐물었다.

"알고 있으면서 왜 그래. 나에게도 좀 알려주게."

신윤희는 머릿속이 복잡하고 귀찮았지만 자신이 알고 있는 것을 모두 말해주었다. 차기준 중령은 말을 모두 듣고 난 후에 더욱 걱정되는 표정으로 또 물었다.

"그렇게 된 것이군. 만약에 말일세. 사령관님이 아까 총장공관에서 공격하라고 했던 것처럼 전차대대에 공격 명령을 내리면 어떻게 해야 될까?"

"그런 상황을 피해야지."

신윤희의 말에 차기준은 울상이 되었다. 군인으로서 상관의 명령을 어찌 거역한단 말인가. 그건 죽기보다 어려운 일로 느껴졌다.

"야, 이거 미치겠구나."

밤 9시 무렵까지 육군본부 지휘부는 벙커에 있었다. 노재현 국방장관, 김용휴 국방차관, 윤성민 참모차장을 비롯한 육군본부 수뇌부는 일단 정승화 총장의 신병을 원상회복 시키고, 정 총장을 연행한 세력에 대해 응징해야 된다고 생각했다.

정부 조직체계로 볼 때 벙커에서 선임자는 국방장관이었지만, 참모총장이 없는 상황에서 군 지휘계통상의 책임자는 윤성민 참모차장이었다. 오늘 밤 육군본부 측 선임자인 셈이었다.

이들이 반란군으로 지목한 합수부 측 장성들이 모여 있는 수경사 30경비단의 선임자는 유학성 장군이었다. 그래서 자연스레 윤성민 차장과 유학성 장군의 대화 창구가 만들어졌다.

윤성민은 전남 무안태생으로 경북 예천태생인 유학성보다 한 살 많았지만 장교 임관은 1년 늦었다. 유학성 장군 일행은 총리공관에서 대통령에게 재가를 요청하다 받아들여지지 않자 보안사령관실로 물러나 있었다. 윤성민은 유학성에게 말했다.

"이보시오. 유 장군. 정 총장을 빨리 원상회복 시키고 이쪽으로 와서 어떻게 된 일인지 상황을 설명하세요."

"윤 장군, 그게 무슨 말씀입니까. 수사기관에서 정상적 절차에 의해 임의동행을 요구했던 것인데, 총장이 그것을 거부하고 저항하니까 충격이 벌어졌던 것 아니오. 오히려 윤 장군이 이리 오시오. 그러면 모든 것을 환히 알 수 있소."

서로 상대에게 가는 것은 목숨을 내놓는 일이라고 생각해서 이야기는 계속 평행선을 달렸다. 그래도 대화를 하는 동안 정보가 부족했던 육본 측이 얻은 성과도 있었다. 수도권의 군단장 두 명, 공수여단장 세 명, 그리고 사단장 두 명이 합수부 측에 합류해 있다는 사실을 자세히 알게 되었던 것이다.

육본 측 장성들 가운데 문홍구 합참본부장, 장태완 수경사령관, 김진기 헌병감은 부대를 동원해서 당장 실력으로 저들을 체포하자는 강경 의견을 냈다. 그러나 합수부에 합류한 세력이 만만치 않음을 느낀 윤성민 차장은 강경 대응을 하기엔 어려움이 있다고 생각했다. 자신들이 있는 육군본부는 경비병력 외에 저들을 진압할 수 있는 대규모 부대가 없지만, 저들은 수도권 주요 부대를 장악하고 있으니 힘 대결에서 이긴다는 보장이 없기 때문이었다. 결국 윤성민 차장을 비롯한 육군본부 수뇌부는 지휘소를 이동하기로 결정하였다.

여기엔 대통령 시해사건 이후 육군본부 방어를 위해 불러다 놓은 9공수여단이 이틀 전 철수해 버린 점이 크게 작용했다. 그리하여 자체 병력이 있고 보다 안전한 수도경비사령부로 밤 9시를 넘은 시각에 육군본부 지휘부가 옮겨왔다. 노재현 국방장관은 육본 지휘부가 수경사로 이동할 때 미8군 영내에 있는 한미연합사로 갔다. 사실상 두 번째 피신이나 마찬가지였다.

육군본부 측 장성들이 우르르 수경사로 몰려 오자 장태완은 사령관실을 이들에게 넘겨주고, 자신은 참모들과 함께 그 옆방인 접견실을 쓰기로 했다. 덕분에 그는 지하 1층에 있는 상황실과 2층 접견실을 수십 번 오르내려야 했다.

육군본부 수뇌부가 이동할 때 육본 보안부대장인 변기수 준장이 따라왔다가 위병소에서 체포되고 말았다. 위병소에서 그가 왔다는 것을 보고하자마자 장태완 사령관이 이를 뿌드득 갈며 구속하라고 명령했던 것이다.

"그 놈아, 당장 구속해!"

"네? 지금 말입니까?"

"그래, 보안사 놈들은 적이야, 적. 그러니 그놈을 구속하란 말이야."

사령관의 말을 듣고 위병소에 있던 중대장은 변기수 장군을 체포하였다. 여기에 더해 수경사 보안부대원들도 모두 연금 상태에 놓이고 말았다. 이로써 육본 지휘소를 설득할 만한 통로가 사라진 셈이 되었다.

윤성민 참모차장은 수경사에 도착한 후 참모차장과 군사령관들에게 지휘권을 선언했다.

"지금부터 내가 육군을 지휘한다."

육군참모차장의 육성 명령이 하달된 뒤, 수도권 충정부대는 참모총장 유고라는 사상 초유의 사태를 맞이하고 잔뜩 긴장하게 되었다.

밤 9시 반쯤, 장태완은 정병주 특전사령관과 통화한 후에 배정도 26사단장에게 전화를 걸었다. 26사단은 기계화보병사단으로 경기도 양주 일대에 주둔하고 있었다. 배정도는 육군종합학교 6기생으로 장태완의 선배나 다름없었다. 장태완은 26사단장으로 근무한 적이 있어 부대 현황에 대해서는 누구보다 잘 알고 있었다. 최정예 충정부대인 26사단은 의정부와 미아리를 거치면 한 시간 만에 서울 도심까지 진출이 가능한 부대였다.

"배 장군이십니까? 나 장태완 수경사령관입니다."

"응, 그렇지 않아도 비상이 걸려 궁금해하던 차인데."

"배 장군님, 잘 들어요. 전두환 이놈이 반란을 기도해서 지금 총장님을 납치했어요. 그러니 26사단도 준비를 해주셔야 합니다."

"뭐? 그런 일이 있었군. 무슨 준비를 어떻게 하란 말이오?"

"잠깐 기다리세요. 참모차장을 바꿔 줄 테니까 들어보시오."

장태완은 수화기를 윤성민 참모차장에게 건네주었다.

"배 사단장, 지금 장 사령관 말대로 긴급사태가 발생했소. 아무래도 26사단이 출동해야 할 것 같으니 준비하시오."

배정도는 참모총장의 유고 상태에서 참모차장이 직접 육성으로 지시한 것을 거부할 수 없었다. 그는 참모들에게 출동을 준비하라고 명령했다. 그런 와중에도 자신이 옳게 판단하고 있는지 확신할 수가 없어 뒷짐을 지고 사무실을 왔다 갔다 했다.

그때 직속상관인 강영식 6군단장이 전화를 걸어왔다. 오늘 밤은 전화통이 쉴 새가 없었다.

"배 장군. 나 군단장이오."

"조금 전 참모차장이 출동 준비를 갖추고 있으라는 지시를 하였습니다. 도대체 총장님이 납치되었다는데 그게 사실입니까?"

"이럴 때는 경솔히 행동하면 안 되오. 아직 상황이 불투명하니 출동할 때는 나와 상의하는 것이 좋겠소. 명심하시오."

"네, 알겠습니다."

배정도 장군은 육군참모차장으로부터 즉각 출동준비 태세를 갖추라는 지시를 받았는데, 곧이어 직속상관으로부터 부대 출동 시에는 자기와 상의하라는 말을 듣고 혼란에 빠졌다. 도대체 누구 말을 들어야 하는가 혼란스러웠지만 결론은 하나였다. 군인은 직속 상관의 명령을 따르도록 되어 있기 때문에 일단 출동태세를 갖춰 놓고 출동할 때 군단장과 상의하기로 마음먹었다.

장태완은 오늘 밤 기필코 정 총장을 원상회복 시킨 후에 납치를 단행한 놈들을 가만두지 않겠다고 다짐했다.

그런데 합수부에서 끈질기게 전화를 걸어왔다. 상황을 이대로 방치했다가는 아군끼리 큰 충돌이 일어날 것이 뻔해 보였기 때문이다. 유학성 장군은 윤성민 참모차장과 통화 후 다시 장태완에게 전화했다.

"사령관, 나 유학성이야."

"아니 장군님, 왜 남의 부대에 와서 이러십니까?"

장태완이 따져 묻자 유학성은 아이를 달래는 듯한 목소리로 대답했다.

"에이, 장 장군. 거 알면서 왜 그래. 이리 와. 일 크게 만들지 말라구."

"이리 오기는 어딜 와, 응? 당신이 왜 그럽니까? 왜 한밤중에 남의 부대에 와서."

"어허, 장 장군. 그게 아니라니까. 와서 보면 다 알게 돼 있어."

장태완은 들은 말이 있는지라 화를 버럭 냈다.

"도대체 무슨 지랄을 하고 있는 거요? 다 쏴 죽인다."

유학성은 도저히 이야기가 되지 않자 황영시 장군에게 전화를 바꿔 주었다. 황영시는 평소 장태완과 형님 동생으로 지낼 정도로 친분이 있었다.

"야, 장태완이 너 왜 그래? 나하고는 다 통할 수 있는 처지고 다 알 만한 사람이잖아. 총장은 합수부에서 수사에 필요하니까 연행한 거야. 장 장군, 그러지 말고 이리 와."

"형님, 왜 이러십니까? 왜 그, 우리 좋은 총장님을 어쩌자고 납치해 가고 왜 이래요. 정말 그러면 내 죽여버릴 거요."

장태완이 전화기를 들고 악을 쓰자 황영시는 질렸다는 표정으로 귀에서 수화기를 뗐다. 수화기에서 들리는 소리가 보안사령관실에 울려 퍼지고 다들 긴장한 표정으로 침을 꼴깍 삼켰다.

"이봐, 장태완이, 여기 차규헌이도 와 있고 다 와 있는데, 마 그러지 말고 이리 와서 말 좀 들어 보라구."

"말은 무슨…. 혼자 다 해 먹어! 임마, 난 죽기로 결심한 놈이야."

장태완은 사정없이 전화기를 내려놓았다. 그리고 잠시 숨을 고른 다음 이건영 3군사령관에게 전화를 연결해서 상황을 모두 설명했다. 이건영은 침착하게 이야기를 들은 후에 장태완을 달래고 나섰다.

"그런데 현재는 말이야. 30단이나 33단이나 부대 동원에 대해서는 각각 지휘관한테, 내 명령 없이 출동하지 말라고 지시는 해 놨어요."

"제가 알아서 할 테니까요."

"그래서 여기선 부대를 하나도 동원 안 하는데, 쌍방 충돌 없이 잘 되어야지. 그렇지 않으면 굉장한 불상사가 생겨."

"그까짓 거 충돌이고 뭐고 몇 놈 죽여도…."

"글쎄, 잘못된 놈은 죽어도 좋은데."

"하여튼 내부에선 제가 죽든 살든 할 테니까요. 사령관님은 바깥을 좀 어떻게 해주십시오. 이건 완전히 장난이에요. 전두환이하고 이놈들이 모두 작당해 가지고."

이건영은 장태완이 너무 흥분한 것 같아 걱정되었다.

"알겠어. 이건 굉장히 불순한 장난이고 큰일이야. 자칫하다간 북괴한테 큰일나요."

"제가 윤성민 장군하고도 통화했습니다. 제가 당장 돌파하겠다고 하니 상황을 좀 봐가면서 하라고 하더군요. 그래서 말했습니다. 이건 당신들 명령을 받지 않고도 해결된다. 앞으로 저에게 명령이 필요 없다. 내가 알아서 할 테니까요. 이놈의 새끼들 다 죽여야겠다고 말했습니다."

이건영은 통화를 마치고 걱정이 태산 같았다. 수도경비사령관인 장태완 장군이 저렇게 흥분하고 있는데도 외곽에 있는 자신이 마땅히 제어할 방법을 찾기 어려웠다. 자칫하다간 수도 서울에서 아군끼리 대규모 무력 충돌이 벌어질 가능성이 높고, 브레이크 고장 난 열차처럼 서로를 향해 질주하고 있는 것처럼 보였다.

반란군 놈들!

　평상시 군부대 출동 절차는 육군참모총장이 국방장관을 거쳐 대통령의 허락을 받고, 동시에 한미연합사령관의 승인을 받아야 한다. 그 뒤에 관할 사령관에게 지시하고 군단장과 사단장으로 이어지는 지휘계통을 준수하도록 되어 있다. 군단장이 유고일 때는 사령관이 바로 사단장에게 지시할 수 있었다.
　서울에 비상사태가 발생할 경우에는 충정 계획에 따라 육군참모총장이 서울 근교 충정사단에 직접 이동 명령을 내릴 수 있는데, 지금처럼 참모총장이 없는 상황에서는 윤성민 참모차장이 국방장관에게 보고해야 했다. 육군본부의 지시에 의해 충정부대는 수도경비사령부에 배속되었음을 신고한 시각부터 장태완 사령관의 지휘를 받게 되는 것이다.
　그런데 국방장관의 행적이 나타났다 끊겼다 하는 바람에 정상적인 지시를 받을 수 없었다. 인근 충정부대도 수경사에 정식으로 배속 신고를 하지 않은 상태였고, 장태완 사령관이 앞장서서 진압군을 동원하기 위해 노력하고 있는 상황이었다.

수경사의 작전참모 박동원 대령은 사령관의 명령에 따라 전차대대를 출동시키고 야포단에 사격 태세를 갖추도록 준비시켰다.

김포에 주둔한 수경사 야포단의 단장은 포병간부후보생 출신 구명회 대령이었다. 그는 밤 8시가 넘은 시각에 장태완 사령관의 긴급 소집 명령을 받고 필동에 있는 사령부로 들어가다가 길이 막혔다. 그래서 부단장 이승남 중령을 대신 보내고 부대에서 대기하고 있었다. 사령부에서 이승남 중령은 다급한 목소리로 회의 내용을 요약하여 보고했다.

"총장님이 합수부에 의해 납치되었다고 합니다. 사령관님께서는 매우 화가 나가지고 단장이 이탈한 부대에서는 부단장이 지휘하고, 부단장도 이탈했으면 작전주임이 지휘권을 행사하라고 명령을 내렸습니다."

"뭐, 단장이 이탈했다고?"

"만약의 상황을 가정해서 하는 말 같습니다."

이승남 중령은 차마 30단장과 33단장이 반란군 측에 합세했다는 말을 하지 못했다. 부단장의 말을 듣고 구명회는 고개를 갸웃거렸다. 지금이 전시 상황도 아니고 단장이 전사한 것도 아닐 텐데 왜 부단장, 작전 주임이 지휘권을 행사하지? 그들이 도망이라도 쳤단 말인가. 무슨 상황인지 짐작해 보려고 머리를 굴릴 때 이 중령이 말을 계속했다.

"단장님, 그런데 여기 와보니 상황이 매우 심각합니다. 뭐가 뭔지 모르겠고 장교들이 술렁이고 있습니다. 그러니까 단장님께서 무엇보다도 판단을 잘하셔야 할 것 같습니다. 곧 부대로 복귀하도록 하겠습니다."

"알았네."

구 대령은 전화를 끊고 머릿속이 혼란스러웠다. 하지만 군인은 명령에 따라 움직일 뿐이다. 그는 이해되지 않는 부분이 있었지만, 별다른 생각을 하지 않고 추가적인 지시가 내려오는지 기다렸다.

처음부터 수도경비사령부에 야포단, 즉 포병단이 있었던 것은 아니다. 대통령 시해사건이 일어나기 다섯 달 전인 1979년 7월 1일, 당시 대통령 경호실장이던 차지철이 무장세력이 청와대를 기습할 위험이 있다는 이유를 들어, 수도경비사령부에 155mm와 105mm 곡사포를 배치하고 병력 1,500여 명으로 창설한 부대였다. 병력으로 따지면 수경사에서 가장 많은 숫자였는데, 새로 부임한 장태완 사령관의 생각은 달랐다. 야전부대도 아니고 수도 서울과 대통령을 지키는 부대에 곡사포 부대는 걸맞지 않는다고 생각했던 것이다. 그래서 줄곧 수경사의 여러 단 가운데 야포단은 찬밥

취급을 받았다.

하지만 오늘 밤에는 야포단이 가장 큰 힘을 발휘할 수 있는 위치에 있었다. 작전참모 박동원 대령은 육사, 구명회 대령은 포병간부후보생 출신이었지만 1970년 육군대학에서 함께 공부하였기 때문에 친분이 있었다. 박 대령은 침통한 목소리로 사령관의 명령을 전했는데 전혀 내키지 않는 목소리였다.

"보안사와 30경비단을 목표로 해서 포사격 준비를 하십시오."

"보안사와 30경비단이요?"

"네, 사령관의 명령입니다."

"그곳은 공관이 많고 시민들이 있는 곳입니다. 게다가 청와대와도 가까운데. 만약 포사격하면 불바다가 될 것입니다."

구 대령이 머뭇거렸다.

"나도 모르겠어요. 설마 실제 사격하라고 하겠습니까."

박동원의 말에 구명회는 알았다는 대답을 하고 부대원들에게 포를 정열하도록 지시했다. 김포 야포단이 서울을 향해 포를 정렬하고 있을 때, 차기준 중령이 박동원 작전참모에게 달려왔다.

"작전참모님, 부르셨습니까?"

"차 중령, 사령관님의 명령이다. 당장 기동할 수 있는 전차와 기갑병을 모두 사령부에 집결시키도록 하라."

"네, 알겠습니다."

적에게 위압감을 주어 승기를 잡는 데는 전차만 한 것이 없었다. 앞에 중무장 전차와 장갑차를 세우고 병력을 투입하면 진압작전을 성공시킬 수 있었다. 전차가 움직일 때 지축이 흔들리고 위압감을 주기 때문에, 상대방에서 비슷한 무장을 하지 않는 한 방어하기 어려웠다. 만일 합동수사본부 측이 전차를 동원하지 않는다면 절대 수경사 전차부대를 막을 수 없었다. 누가 먼저 전차를 동원하여 공격하느냐가 중요했다.

박동원 작전참모와 차기준 전차대대장은 작전에 투입할 수 있는 전차 현황을 파악해 보았다. 일단 사령부 대대본부에 5대가 있고, 30여 대의 전차가 30경비단과 33경비단에 배속되어 있었는데, 30경비단에 배속된 전차는 모두 반란군에 넘어가 버린 것으로 파악되었다. 33경비단에 배속된 전차 중대는 독립문 부근에 있었다. 차기준 대대장은 독립문에 있는 전차 중대장에게 필동 사령부로 집결할 것을 명령했다.

수도경비사령부가 출동 준비를 하고 있는 동안 특전사령부도 바쁘게 돌아가고 있었다. 특전사령부는 국군의 가장 핵심적이며 전투력이 강한 부대였다. 이 부대를 만든 이는 다름 아닌 전두환이라고 해도 과언이 아니다.

비행기를 타보기 어렵고 해외로 나가는 것은 꿈도 꿀 수 없었던 시절, 우리 군은 꾸준히 인재를 선발하여 군사유학을 보냈다. 전쟁을 겪은 덕에 북한의 남침에 대비해야 했기 때문이다. 그 시기 해외로 나가 공부한 군인들은 군사훈련만 받고 온 것이 아니라 선진문물을 국내로 전파시키는 역할을 하기도 했다.

전두환은 1958년 육군 공수부대 작전 과장으로 있다가 육사 출신 장교 가운데 1차로 공수교육을 받았고, 60년 6월부터 6개월 동안 미국 포트배닝에서 특수전 훈련을 받았다. 그때 함께 간 사람은 최세창, 장기오, 차지철이었다. 그곳에서 늪지, 생존, 산악훈련 등 이른바 레인저 유격훈련을 거치고 공수 낙하훈련을 받은 뒤에 귀국하여 처음으로 특전부대를 창설했던 것이다.

한번은 외국 장교들에 대한 차별대우 문제로 성질 급한 차지철이 미군을 두들겨 패는 사건이 벌어져 쫓겨날 위기에 처한 일이 있었다. 그때 한국군 장교단의 대표 역할을 하던 전두환이 서툰 영어로 연설하여 그를 구해주기도 했다.

차지철은 자기보다 세 살 많은 전두환을 좋아하고 한편으로 견제하기도 했다. 왜냐면 자신은 육사에 입학하지 못하고 갑종장교로 임관한 반면 전두환은 정규 육사 출신이었기 때문이다. 그들이 미국에서 훈련을 마치고 귀국한 지 불과 1년도 되지 않아, 차지철 대위는 가슴에 수류탄을 달고 5.16 군사혁명을 일으킨 박정희 곁에 섰다. 차지철은 박정희 최고회의 의장 경호실 차장으로 있다가

1962년 전역하고 국회의원을 거쳐 경호실장으로 승승장구했다.

군사혁명이 일어난 후에 전두환도 최고회의 의장실 민원비서관으로 있었다. 박정희는 전두환을 불러 정치입문을 권유하였는데 거절하였다. 군인으로 남아 있기를 원한다는 것이 이유였지만, 어쩌면 차지철의 뒤를 따르기 싫었기 때문인지도 모른다.

아무튼, 전두환을 비롯한 장교들이 미국에서 선진 훈련을 받고 온 덕분에 공수부대가 발전할 수 있었다. 1969년에 정식으로 특전사령부가 창설되고 1공수여단을 모체로 하여 3공수, 5공수, 7공수, 9공수, 11공수, 13공수여단이 차례로 생겨났다. 전두환은 1공수여단장을 마치고 대통령경호실 작전차장보로 자리를 옮겼고, 노태우는 1974년 9공수여단을 창설할 때 초대여단장이었다. 지금 9공수여단장인 윤흥기의 전임 여단장이 바로 노태우였던 것이다. 그러므로 공수여단에 전두환을 모르는 이가 있으면 뼛속까지 공수부대원이란 소릴 듣기 어려울 정도였다.

정병주 특전사령관은 연희동 한정식집에서 돌아와 수도권 예하 여단에 전화를 걸었다. 그랬더니 1공수여단장 박희도, 3공수여단장 최세창, 5공수여단장 장기오가 전화를 받지 않고, 부평에 주둔하고 있는 9공수여단장 윤흥기 준장만 자리에 있었다. 9공수여단은 대통령 시해사건이 벌어지고 비상계엄령이 선포되는 것과 동시에, 계엄군으로 서울에 들어와서 국방부와 육군본부 경비를 맡았던 부대다. 그러다 이틀 전인 12월 10일에 복귀하였는데, 또 비상이 걸려서 제대로 쉬지 못하고 출동해야 할지도 몰랐다.

"윤 장군, 별일 없나?"

"네, 사령관님. 아무 일 없습니다."

"부대를 잘 장악하고 있어야 해."

정병주는 나머지 여단장들에게 다시 전화를 걸었지만 여전히 받지 않았다. 그럴 수밖에 없는 것이 그들은 30경비단에 있다가 부대로 복귀하는 중이기 때문이었다.

"이 사람들 다 어디에 가 있는 거야?"

혼잣말에 짜증이 묻어났다. 지금 수도권에서 근무하는 여단장들은 모두 자신이 아끼는 사람들이었다. 그가 1974년부터 특전사령관으로 있는 동안 부대를 확대 개편시키고 예전에 공수특전단에서 근무한 경험자들을 많이 데려왔다. 그는 저녁에 먹은 취기를 살짝 느끼고 김오랑 소령을 불렀다.

"김 소령."

"네, 사령관님 부르셨습니까?"

"진돗개 하나 발령 이후 상황변화가 있나?"

"특이사항 없습니다. 사령관님, 차 한 잔 드릴까요?"

김 소령은 눈치가 빨라 사령관이 말하기 전에 준비하는 재주가 있었다. 정병주는 그것이 싫지 않고 좋았다. 오히려 신기할 정도여서 이번에도 그는 웃었다.

"좋아."

곧 당번병이 따뜻한 차를 가져왔다. 정병주는 차를 마시며 생각에 잠겼다.

'윤흥기 여단장은 갑종장교 출신임에도 성실하고 충성심이 강하지. 그 형 윤흥정 장군은 육사 8기로 나보다 1기수 선배다. 몇 년 전 노태우 초대 9공수여단장의 후임으로 윤흥기를 부른 것은 바로 나였다. 윤흥기가 여단장으로 취임할 때 나는 왼쪽 어깨에, 노태우는 오른쪽 어깨에 지휘관 견장을 달아주었지. 가장 믿음직한 부하다.'

정병주는 김이 모락모락 피어오르는 찻잔에 입술을 댔다.

'최세창은 부마사태 때 3공수여단을 데리고 고생이 많았어. 박희도는 작년 1공수여단의 위수 지역인 서산 앞바다로 들어온 무장공비들이 임진강을 거쳐 북으로 넘어갈 때까지 잡지 못해서 군복을 벗을 위기에 처했었다. 그때 이세호 참모총장이 쪼인트를 까면서 당장 전역시키라고 길길이 날뛰는 것을 보고, 내가 손이 발이 되도록 빌어서 겨우 살려냈지. 그 수고를 아는지 원. 마지막으로 장기오. 도대체 이놈은 어디에 있는 거야?'

정병주가 눈살을 찌푸리며 고개를 갸웃거릴 때 최세창 3공수여단장이 부랴부랴 사령부에 도착했다. 그는 30경비단에 있다가 부대로 돌아와, 조금 전 사령관의 호출이 있었다는 말을 듣고 바로 뛰어 왔던 것이다.

"사령관님. 부르셨습니까?"

"이 사람, 숨부터 돌려. 어디 다녀왔나?"

"네, 일이 있어 잠시 밖에 좀 다녀왔습니다."

"지금 정 총장이 납치되었다는데 어떻게 된 건지 혹시 무슨 정보라도 있는가?"

정병주는 이것저것 꼬치꼬치 캐물었다. 최세창은 사령관이 자기를 혼내려고 부른 줄 알았다가 그것이 아니란 것을 알고 안도하였다.

"저도 잘 모르겠습니다."

"그렇군. 자넨 부대로 돌아가서 잘 장악하고 있으라고. 언제 출동 명령이 내려올지 모르니까."

"알겠습니다."

최세창은 경례를 올리고 사령관실을 나오면서 깊은 한숨을 내쉬었다. 만일 자기가 30경비단에서 오는 길이라는 것을 사령관이 알았다면 가만두지 않았을 것이다.

정병주는 최세창이 나간 후에 문득 이상한 생각이 들었다. 윤흥기를 제외한 육사 출신 여단장 세 명이 모두 자리를 비운 것이 꺼림칙했던 것이다. 그나마 최세창은 조금 전 얼굴을 보이고 갔지만, 그도 어디를 다녀오는 길이라고 했다. 뭔가 불길하게 짚이는 구석이 있었다. 바로 전화기를 들었다.

"아, 거기 육본이지? 참모차장 있으면 바꿔줘."

그는 윤성민 참모차장과 통화하고 말없이 수화기를 내려놓았다. 그리고 허깨비가 쓰러지듯 힘없이 의자에 털썩 주저앉았다. 귀에선 윤성민 차장이 했던 말이 계속 맴돌았다.

"사령관, 아무도 믿어선 안 돼. 자네 부하들, 그러니까 박희도, 최세창, 장기오가 모두 저쪽으로 넘어가 버렸단 말이야. 정 장군, 정신 바짝 차리시오."

윤성민 참모차장의 말이 사실이라면, 가장 아껴서 수도권 부근에 근무하도록 배려했던 박희도 1공수여단장, 최세창 3공수여단장 그리고 장기오 5공수여단장이 합수부에 붙어 반란을 일으켰단 말 아닌가. 정병주는 너무나도 큰 충격을 받아 식어가던 찻물을 들이켰다.

'이놈들이. 조금 전 내 방에서 나간 최세창도 한패였단 말이지. 그러면서도 아무 일 없었다는 듯 와서 동태를 살피고 갔나? 세상에 믿을 놈 하나 없다더니.'

평소 호인으로 소문난 정병주는 사람을 대할 때 의심보다 믿음으로 대했다. 그 성품에 감화되어 따르는 사람들이 많았는데, 부하들이 자신을 속이고 반란에 동참했다는 것이 믿기지 않았다. 이놈들이 이렇게 날 바보로 만드는구나, 후회와 괘씸한 마음이 불길처럼 일어났다. 믿었던 부하들에게 배신당한 것보다 괴로운 일도 없을 것이다. 그는 혼자 씩씩거리며 분을 삭였다.

'이 반란군 놈들!'

밤 9시 45분경, 정병주 장군에게 노재현 국방장관으로부터 전화가 걸려 왔다. 두 사람은 동갑이었다.

"정 장군, 큰일났소."

"장관님, 서두르지 말고 말씀하십시오."

"지금 국방부가 위태롭게 생겼으니 부대를 동원하여 지켜주시오."

"거, 수사기관 있지 않습니까. 그걸 동원해서 그놈들을 잡으면 되지 않습니까."

"합수부가 문제올시다. 그래서 정 장군에게 전화하는 것 아니오."

"알겠습니다."

통화를 마치고 정병주는 고심하였다. 부대를 동원하는 것은 보통 일이 아니다. 실탄을 가지고 무장한 상태로 야간에 이동하다가 아군끼리 우발적 충돌이 일어날 가능성도 충분히 있었다. 게다가 1공수, 3공수, 5공수는 지휘권 밖으로 이탈해 있지 않은가. 어떻게 한다?

고민을 거듭하다가 결국 밤 10시쯤, 정병주는 전화기를 들고 9공수여단장을 호출했다.

"여단장, 지금 즉시 서울로 출동하도록 해."

"네? 지금 말입니까?"

"그래, 국방장관이 직접 지시를 내렸네."

"사령관님. 지금은 교통이 아직 혼잡할 시간대입니다. 통금 이후에 이동하는 것이 좋겠습니다. 그리고 이동할 차량도 없습니다."

"아무튼, 바로 출동할 준비를 하라고. 그건 내가 알아볼 테니까."

윤흥기 9공수여단장은 답답한 마음이 들었다. 구체적인 상황설명이 없고 세부적 임무를 부여하지 않은 상태에서 무조건 출동하라니 말이다. 그가 어찌할 바를 모르고 있을 때, 육군본부 작전처장 이병구 준장이 전화를 걸어왔다.

"여단장님, 사령관으로부터 연락받았지요?"

"네, 받긴 받았습니다만."

"지금 즉시 출동하여 국방부와 육본을 경비토록 하십시오. 이건 정식 명령입니다."

"그리하도록 하겠습니다."

국방부와 육군본부는 가깝게 붙어 있었다. 윤흥기는 전화를 끊고 바로 3군지원사령부에 차량 지원요청을 했다. 현재 9공수여단한 개 대대는 충남 서산으로 야외 훈련을 나가 있었고, 자체적으로 보유한 수송차량이 없기 때문이었다. 이동할 때는 3군지원사령부에서 차량을 제공받고 있었다. 출동 명령을 받아 놓고도 차량이 제때 도착하지 않는 바람에, 윤흥기 장군은 밤 11시 반이 될 때까지 부대를 떠나지 못했다.

대치

 육군본부 측 움직임은 보안사에서 통신감청을 통해 거의 포착하고 있었다. 합동수사본부장 역할을 겸하고 있는 보안사령관실에 모인 장군들은 굳은 얼굴로 돌아가는 상황을 머릿속으로 전개해 보다가, 이러다가 다 죽을 수 있겠다는 생각이 들었다. 그래도 원로급 장군들은 전쟁을 경험해 본 사람들이라 위기상황을 헤쳐 나가는 데 있어 조언을 아끼지 않았다.

 "이 보오, 전 장군. 각 부대에 보안부대가 나가 있지 않나. 그들에게 연락해서 상황을 전파하고 함부로 부대를 움직이지 못하도록 하시오."

 말을 듣고 전두환은 즉시 지시했다.

 "일단 수도권에서 육본의 말을 듣고 움직이는 부대들부터 단속해."

사령관의 말에 허화평 비서실장, 허삼수 인사국장 등 참모들이 부지런히 움직였다. 몇 대 되지 않는 전화기를 붙들고 연신 보안부대를 호출했고 때로는 친분이 있는 지휘관들과 직접 통화하였다. 또 육군본부 수뇌부가 인근 부대에 출동을 요청하는 전화를 감청하였다가 미리 대응책을 마련하기도 했다. 이것은 매우 효과적이어서 아직 상황을 제대로 모르는 지휘관들에게 생각할 여유를 만들어 주었다.

"사령관님, 육본 보안부대장 변기수 장군의 부관으로부터 연락이 왔는데 변 장군이 수경사에 체포되었다고 합니다."

"뭐? 이 사람들이 정말."

전두환이 얼굴을 찡그렸다. 자신의 부하를 체포해 버렸으니 이건 보안사와 한번 붙어보자는 뜻으로 여겨졌다. 이 소리를 듣고 담배 연기 자욱한 사령관실에서 누군가 말을 꺼냈다.

"저쪽에서 병력을 동원하기 시작했으니 우리도 뭔가 준비해야 되지 않겠소?"

"맞아요. 이러고 있다간 다 죽습니다."

전화기를 들고 통화하던 허화평 실장의 귀에 '다 죽는다'는 말이 들려왔다. 그는 오늘 자칫하면 목숨을 잃을 수도 있겠구나 하는 생각이 들었다. 그야말로 외줄에 선 광대처럼 한발 한발 떼는 것이 무척 조심스러웠다. 간단하게 끝날 줄 알았던 총장의 연행이 이렇게 큰 파장을 불러 올 줄 몰랐다. 그가 할 수 있는 일은 수도권 부대에 전화해서 상황을 설명하고 부대 이동을 자제시키는 것뿐이었다. 다행히 연대장급 장교들은 육사 동기생이거나 후배들이 많아서 말하면 잘 알아듣는 편이었고, 아군끼리 충돌하는 것을 원하지 않고 있었다.

전두환은 시장 바닥처럼 시끄러워진 사령관실이 불만인 듯 헛기침을 두어 번 했다. 실내가 조용해지고 장군들의 눈이 그를 향했다.

"합법적 연행 수사에 반발하여 저들이 병력을 동원했으니 이건 반란이나 다름없습니다. 대전복對顚覆 임무를 띤 보안사령관으로서 도저히 묵과할 수 없는 일이에요. 이미 수경사가 움직이고 9공수여단에 출동 명령이 내려갔습니다. 또 26사단과 수도기계화사단까지 출동대기 상태를 유지하고 있으니, 일이 터져도 크게 터진 것은 맞습니다. 이럴 때 우리까지 중무장 대병력을 동원하면 무력충돌의 위험성만 커질 뿐입니다. 소수 정예 부대로 저들 지휘부를 무력화시키면 상황은 간단하게 끝날 것입니다. 일단 1공수여단을 출동시키고 후속 부대를 상황에 따라 배치하겠습니다."

그는 1공수여단장으로 부대를 지휘했던 터라 최정예 공수특전부대를 어느 때 동원해야 되는지 잘 알고 있었다.

"박희도 장군, 지금부터 보안사령관으로서 대전복 임무를 명령한다. 즉시 1공수여단을 출동시키도록 하게. 목표는 국방부와 육군본부야."

밤 10시쯤, 노재현 국방장관은 한미연합사 상황실에 있었다. 그를 찾는 사람들이 많았지만 전화 연결이 잘되지 않았다. 육군참모총장 공관에서 총성이 울렸을 때 단국대 캠퍼스로 피신했다가, 육군본부에 잠시 머물다 한미연합사로 갔으니, 오늘 밤 국방장관 찾기란 그야말로 숨바꼭질이나 다름없었다.

총리공관에서는 국방장관을 찾기 위해 여기저기 전화를 돌리고 있었다. 간신히 한미연합사에 있던 국방장관과 연결되었다.

"장관, 지금 어딨소?"

"네, 지금 한미연합사에서 상황을 살피고 있습니다."

"이 보오. 빨리 공관으로 들어오시오. 비상시에 이렇게 연락이 안 돼서야 원."

노 장관은 대통령의 질책을 받고 대답했다.

"알겠습니다. 가도록 하겠습니다."

그러나 노 장관은 대통령이 있는 총리공관으로 가지 않고 국방부로 가버렸다. 그 덕분에 육본과 합수부의 대치는 길어지고 상황은 한 치 앞을 알 수 없을 정도로 악화되고 있었다. 육군참모총장이 납치됐든 연행됐든 간에 군의 중심에서 대통령을 보좌해야 될 사람이 이리저리 피신하며 연락이 되지 않으니 참 안타까운 일이었다.

그래도 쌍방이 병력을 동원하여 충돌하는 것은 있을 수 없는 일이었기에 밤 10시 반경, 노 장관은 이건영 3군사령관에게 전화하였다.

"사령관, 어떤 일이 있어도 군사령관 명령 없이 병력출동은 불가하오. 상황이 어두우니 함부로 출동하지 않도록 하시오."

한편 30경비단에 있던 노태우 9사단장은 앞으로 무슨 일이 터져도 단단히 터지겠다는 생각이 들었다. 그는 원로급 장성들과 전두환이 대통령의 재가를 받기 위해 재차 총리공관으로 들어간 후, 자신의 9사단으로 전화하였다.

"나 사단장이야. 전선에 이상 없나? 지금부터 내가 하는 말 잘 들어. 서울이 비상 상황이니까 예비대 있지? 맞아, 29연대가 언제라도 출동할 수 있도록 준비하고 있도록."

9사단은 경기도 고양과 파주 일대에 주둔한 부대로 수도권을 방어하는 전방부대다. 일명 백마부대라고도 한다. 서울에서 무슨 일이 생기더라도 전방을 비울 수 없기 때문에, 노태우는 비교적 전선에서 멀리 떨어져 있는 후방 예비대인 29연대를 출동시키면 될 것으로 생각했다. 그는 사단에 지시해 놓고 초조한 마음으로 연신 담배를 태우고 있었다.

그러다가 밤 10시 반쯤 되었을 때, 독립문 부근에 있던 전차 중대가 서대문을 거쳐 시청 앞으로 향하는 소리가 들렸다.

'끼이이익, 쿠르르릉'

육중한 캐터필러 소리에 노태우는 아연실색하고 말았다.
"저게 무슨 소린가?"
"수경사 전차부대가 움직이는 것 같습니다."
장세동은 밖을 내다보고 대답했다. 노태우는 갑자기 등골이 오싹해졌다. 짧은 시간 동안 자신의 걸어왔던 행적이 파노라마처럼 머릿속을 스쳐 지나갔다. 저들이 탱크를 동원해서 움직이는 것은 우리를 모두 쓸어버리겠다는 뜻 아닌가. 적으로 간주하고 중무장 전차를 앞세운다면 도저히 승산이 없을 것 같았다.
'장태완이 정말 탱크를 앞세워 쳐들어오는 모양이구나. 최 대통령은 아직도 정승화 총장 연행을 결재하지 않고 있으니, 결국 우리는 하극상을 일으킨 세력으로 몰려 모두 체포되고 마는 것인가. 자칫하면 오늘 밤 이곳이 내 무덤이 되겠구나.'
그렇게 될 경우 강제로 군복을 벗고 감옥에 들어가든지 총살형을 당할 수도 있었다. 가족은 어떻게 되는가. 괴롭고 답답한 마음이 들었다.

'차라리 자결하는 것이 낫겠지.'

노태우는 허리춤에 있는 권총을 확인하였다. 그러나 전차는 30경비단으로 들어오지 않고 점점 멀어졌다.

장세동 30경비단장과 김진영 33경비단장은 전차가 움직이는 소리를 듣고 그 진원지를 물었다. 그들이 물을 수 있는 곳은 보안사뿐이었다.

"지금 전차 움직이는 소리가 들리는데 무슨 일입니까?"

"33경비단에 배속된 전차를 불러들이고 있는 것입니다. 그렇지 않아도 33경비단에 협조를 부탁하려던 참이었습니다. 빨리 전차중대를 원래 있던 곳으로 복귀시켜 주십시오."

이 말을 듣고 33경비단장 김진영 대령은 지프를 몰고 광화문을 지나 서대문으로 달렸다. 서울 시내를 지나고 있던 전차 중대 앞으로 달려가서 차를 세웠다.

"야, 누구 명령받고 움직이는 거야?"

전차중대장이 달려와 김진영 앞에 섰다.

"사령부에서 필동으로 복귀하라는 지시를 내려서 지금 가는 중입니다."

"이봐, 지금 함부로 움직이다간 아군끼리 충돌하게 된다구. 합수부에서 정 총장을 연행했는데 장태완 사령관이 이를 받아들이지 못하고 병력을 동원하고 있어. 만약 자네가 간다면 분명 30경비단

전차 중대와 충돌하게 될 텐데 그래도 갈 텐가? 지금 사령관은 정상이 아니야. 일단 복귀해서 상황을 좀 더 지켜보는 것이 좋아."

전차중대장은 배속부대장인 33경비단장이 직접 말하자 그것을 거부할 수 없었다. 군은 배속부대장의 말을 듣도록 되어 있는 것이다. 김진영의 말대로 30단에 있는 전차 중대도 그동안 함께 훈련하고 간식을 나눠 먹던 아군 아닌가. 그들을 향해 전차포를 겨냥할 수는 없었다.

"그렇다면 일단 돌아가도록 하겠습니다."

"잘 생각했어. 30단과 33단이 움직이지 않으면 사태가 더는 확대되지 않을 거야."

김진영은 출동 중이던 전차 중대를 간신히 복귀시키고 긴 한숨을 내쉬었다. 만약 33경비단에 배속되었던 전차 중대가 필동 사령부로 간다면, 그에 대항할 수 있는 것은 30경비단에 배속된 전차뿐이니 수적으로 열세였기 때문이다. 전차 중대가 다시 돌아갔다는 소리를 듣고 노태우와 장세동은 그제야 안도할 수 있었다.

밤 10시경 출동 준비를 갖춘 곳은 수도경비사령부와 9공수여단뿐이었다. 장태완 사령관 혼자 동분서주하며 이곳저곳에 전화하고 출동을 요청했지만, 처음에 약속했던 장군들의 태도가 시간이 지남에 따라 점점 변하고 있었던 것이다. 대전복 임무를 띠고 활동해

온 보안사의 능력이 발휘되어 각 부대에 나가 있는 보안부대장이 일선 사단장을 설득하고, 또 보안사에서 여러 사람이 직접 전화를 걸어오니 도대체 어떻게 행동해야 될지 모르게 되었던 것이다. 보안사는 지휘관들만 설득한 것이 아니라 부대를 이끌고 직접 현장에 나가는 연대장급 대령과 대대장급 중령들까지 설득했다.

가장 바쁜 사람은 허화평 비서실장과 정탁영 보안처장이었다. 이들은 선후배 관계를 활용하여 일선 지휘관들에게 전화했고, 중요한 순간에는 전두환이 나섰다.

"지금 상황은 합동수사본부가 정상적 수사절차에 따라 총장을 연행한 것에 반발한 일부 부대가 독자적으로 움직이는 것입니다. 잘 들으세요. 대전복 임무를 띤 보안사령관으로서 지시하는 것이니 함부로 움직여서 나중에 문제가 생기지 않도록 하시오. 이건 실제 상황입니다."

이 말을 듣고 대부분 장군들은 반대 의견을 내지 않고 수긍하였다. 또 보안사에 있던 다른 장군들은 노재현 국방장관과 윤성민 육군참모차장, 그리고 이건영 3군사령관과 김용휴 국방차관 등을 설득하고 있었다. 무슨 일이 있어도 아군끼리의 충돌을 막아야 되지 않겠느냐는 말에 이들의 마음이 흔들렸다. 당장이라도 합수부를 공격해서 묵사발로 만들 것처럼 강경했던 사람들이 충돌을 피하자는 쪽으로 돌아서고 있었다.

수도경비사령부로 육군본부 지휘소를 옮긴 장군들은 답답한 속마음을 털어놓았다. 하소곤 육군본부 작전참모와 김용휴 국방차관이 이야기를 나누기 시작했다.

"총장을 납치한 것이 아니라 합수부에서 연행한 것이 밝혀진 이상, 우리가 병력을 동원하면 나중에 문제없겠소?"

"잘 모르겠습니다. 그나저나 대통령께 전화를 한번 해보시지요."

"왜 안 해봤겠소. 아무리 전화를 해도 연결되지 않아요."

"그러면 국방장관이 직접 각하를 찾아뵙고 말씀드리는 것이 좋을 것 같습니다."

"그래야 되는데 장관이 이리저리 자리를 옮겨 다니는 바람에 그 소재를 파악하기가 쉽지 않으니 원."

보안사에서 이미 손을 써놓아서 육군본부 수뇌부는 대통령과 연락할 수 없었다. 그들은 총리공관으로 합수부 측 장성들이 찾아가 사후 재가라도 해달라고 조른다는 것을 자세히 몰랐다. 그저 수경사령관실에 앉아서 한숨을 쉬다가, 또 걱정하다가 팔짱을 끼고 시계추처럼 왔다 갔다 하다가 결국 자리에 털썩 주저앉기를 여러 차례. 장군들은 대세가 서서히 기울고 있음을 직감하고 부대 이동을 독려하는 전화를 하지 않았다. 가만히 생각해 보니 오늘 밤 자신들이 벌인 행동이 나중에 문제 될 수도 있겠다는 걱정이 되었다. 만약 대통령이 정 총장 연행을 승낙했다면 어떻게 되는 거지? 그에 저항한 우리야말로 반란군이 되는 셈 아닌가. 여기에 생각이 미치자 모골이 송연해졌다.

따지고 보면 수경사령부 예하 부대 전체가 장태완 사령관의 말을 따르고 있는 것도 아니었다. 수경사에는 '단'이라고 불리는 5개의 예하 부대가 있는데, 30경비단과 33경비단, 헌병단은 이미 합수부 측에 가담하였고, 야포단과 방포단 만이 사령관의 수중에 있었다. 여기에 사령부 본부대 병력을 포함해도 합수부 측을 완전히 제압할 수 있을지 의문이었다.

장태완 사령관도 이것을 모르지 않았지만, 전화통을 붙들고 통사정을 하는 것 외에 방법이 없었다. 애초 당장이라도 부대를 출동시킬 것처럼 협조를 약속했던 지휘관들은 상부 지시가 없다는 이유로 곤란해하며, 아예 장태완의 전화를 받지 않으려고 자리를 피하기도 했다.

밤 10시가 넘어가자 합수부에서 육군본부 장군들을 설득하는 전화도 뜸해졌다. 합수부는 이미 승기를 잡았다는 생각을 하고 대통령의 재가를 받아 상황을 종결시키기 위해, 다시 총리공관으로 들어가 있기 때문이었다. 대통령은 여전히 국방장관이 오면 결재하겠다고 버티고 있었다.

저녁부터 지금까지 금방이라도 충돌할 것처럼 쾌속으로 질주하던 두 열차가 잠시 숨을 고르고 있는 형국이었다. 아군끼리의 무력충돌을 막기 위해 육군본부 수뇌부와 합수부 사이에 병력을 동원하지 말자는데 의견일치를 보았다. 그러나 장태완은 도저히 받아들일 수 없었다. 수경사로 도망쳐 온 육군 수뇌부가 하는 짓거리와, 수도권 인근 지휘관들이 눈치를 살피며 변명하는 것이 마음에 들지 않았다. 총장이 납치되었다면 저들을 무력으로 제압하고 원상회복 시키면 될 일 아닌가. 이렇게 간단한 것을 왜 고민하고 미적거리는지 속이 터질 지경이었다.

　장태완의 입장에서 볼 때, 육군본부 수뇌부에 자리를 내줬는데도 국방장관, 국방차관, 참모차장, 3군사령관 등이 아직 미적거리고 있으니 답답하기 짝이 없었다. 그는 장성들이 모여 있는 사령관실로 들어가서 소리쳤다.

　"작전은 신속하고 과감하게 행해야 되는 것입니다. 도대체 여기 앉아서 무슨 궁리하고 있는 겁니까? 이러다 저놈들이 먼저 움직이면 대처하기 힘들어집니다."

　장태완의 일갈에 윤성민 참모차장이 내키지 않는 얼굴로 전화기를 들어 배정도 26사단장과 손길남 수도기계화여단장, 그리고 이건영 3군사령관에게 출동대기 명령을 내렸다. 출동이 아니라 그 자리에 대기하고 있으라는 말이었다. 장태완은 그런 참모차장을 보고 하마터면 욕설을 퍼부을 뻔했다. 저런 겁쟁이 같으니라고.

그러나 전화를 받은 배정도 26사단장은 고민에 빠졌다. 오늘 밤 26사단 보안부대장은 사단장을 그림자처럼 따라다니고 있었다. 무슨 명령을 받아 어떻게 움직이는지 보안사령부에 보고하고, 그를 설득하는 것이 가장 중요한 임무로 되어 있었기 때문이다. 보안부대장은 틈만 나면 연대장들을 설득했다.

"오늘 출동하지 않는 것이 좋을 겁니다. 우리 보안사에 설치된 합동수사본부에서 정 총장을 연행한 것인데, 개인적 감정으로 병력을 이동하면 어떻게 되겠습니까. 나중에 분명 책임질 일이 생길 거예요."

영관급 장교들 중에 정승화 참모총장이 대통령 시해사건 현장에 있었다는 것으로 그 행적을 의심하는 사람이 꽤 있었다. 그런데 오늘 밤 이런 말을 들으니 연대장들은 동요하기 시작했다. 급기야 어떤 연대장이 배정도에게 건의하고 나서기까지 했다.

"사단장님, 보안부대원이 말하길 출동하지 않는 편이 좋을 것이라고 합니다. 상부에서 명령이 내려오더라도 이쪽저쪽 다 확인해보시고 결정하는 것이 좋겠습니다."

말을 들은 배정도는 고개를 끄덕였다. 수도권 인근 충정부대 가운데 최정예로 손꼽히는 26사단을 출동시키면 불과 한 시간 만에 서울 도심까지 진출할 수 있지만, 전쟁이 일어난 것도 아닌데 그의 부대를 출동시키는 것은 굉장히 부담스러운 일이었기 때문이다. 결국 26사단은 움직이지 않았다.

장태완은 상황실로 내려가서 정병주 특전사령관에게 빨리 9공수여단을 출동시켜달라고 독촉했다. 정병주로부터 확답을 듣고 이제 적을 제압하는 것에 자신이 붙었다. 9공수여단이 1공수보다 먼저 들어와 방어 태세를 갖춘다면 승산이 있어 보였다. 합수부에 가담한 1공수여단이 서울로 올 때는 제1한강교를 건너야 했다.

"제1한강교를 봉쇄해."

장태완의 지시에 참모가 물었다.

"사령관님, 제1한강교를 막으면 시민들 차량이 옴짝달싹 못 할 텐데요."

"어쩔 수 없다. 지금 상황으로선 민간 차량도 장애물로 이용할 수밖에 없는 것이다. 절대 1공수를 통과시키면 안 된다. 단, 9공수가 도착하면 길을 열어줘. 당장 실시하라."

사령관의 명령에 따라 밤 10시경부터 제1한강교가 봉쇄되고 행주대교를 제외한 다른 한강 다리까지 통제를 받았다. 장태완은 한강 다리에 병력을 배치했다는 보고를 받고, 밤 11시쯤에 장교들을 모두 수경사 기밀실로 집합시켰다. 참석한 장교를 보니 현장에 나가 있는 사람을 감안하더라도 숫자가 너무 적었다. 수경사 장교는 450명가량인데 사령관의 집합 명령에 따른 장교는 불과 60여 명뿐이었다.

장태완은 모인 장교들을 둘러보고 침통한 표정으로 변했다. 핵심 5개 단장 가운데 30경비단, 33경비단, 헌병단이 이탈해 버리고 야포단과 방포단만 남았으니 말이다. 그는 장교들 가운데도 이탈자가 생기고 있다는 것을 알았다. 하지만 그것을 내색하거나 상황이 어렵다고 해서 멈출 수는 없는 일이었다.

"30경비단에 모여 반란을 모의한 자들 명단을 공개하겠다. 그놈들을 발견 즉시 체포하고 불응하면 사살하라. 그리고 사령부에 남아 있는 전차와 야포단에 있는 토우미사일, 무반동포를 총동원하여 방어하라. 야포단의 모든 포는 경복궁 30경비단과 보안사를 향해 조준하고 나머지 병력은 서울로 들어오라."

사령관의 지시가 끝나자 장교들이 흩어졌다. 김포에 있던 구명회 야포단장은 사령관의 명령을 받고 고민에 빠졌다. 야포는 소총과 달라서 그 피해 범위가 엄청나고 서울이 불바다로 변하는 것은 불 보듯 뻔한 일이었기 때문이다.

그는 사령부 작전참모 박동원 대령에게 통 사정하듯 말했다.

"박 대령, 사령관의 명령을 듣고 이미 포는 조준을 마쳤소. 하지만 실제 포격은 어려워요. 박 대령도 잘 알고 있겠지만 야포는 피아가 완전히 떨어져 있지 않은 시가전에선 무용지물 아닙니까. 아군과 시민의 피해가 크게 발생해요. 더구나 30경비단과 보안사를 목표로 사격하려면 먼저 관측 사격이 이뤄져야 하는데 그럼, 어떻게 되겠소? 광화문은 물론 청와대까지도 쑥대밭이 될 수 있어요. 초토화된단 말이오. 절대 불가능한 일입니다."

관측사격은 목표 지점에 모든 포를 동원하여 효력 사격 하기 전에 이루어지는 과정으로, 몇 번의 탄착점을 수정해야 정확한 사격 제원을 산출할 수 있다. 만약 경복궁과 보안사를 향해 사격하더라도 초탄이 어디로 떨어질지 아무도 모르는 것이다.

"그럼, 사령관님의 명령을 어떻게 할 생각입니까?"

"서울 시내로 포사격은 어렵습니다. 대신에 조명탄을 준비해 두겠소. 남은 병력을 이끌고 서울로 갈 테니 나중에 봅시다."

구 대령의 사정을 듣고 박 대령은 뭐라 말할 수가 없었다. 틀린 말이 아니었기 때문이다. 구 대령은 야포단 1,500명의 병력 가운데 포사격을 위한 인원을 제외하고 나머지 병력들과 함께 서울로 향하기 시작했다.

한편 정병주 특전사령관으로부터 출동 명령을 받은 9공수여단 윤흥기 장군이 병력을 수송할 차량을 기다리고 있을 때, 이미 1공수여단은 부대를 출발하여 서울로 향하고 있었다. 이것 때문에 정병주 사령관은 윤흥기에게 빨리 출동하라고 재촉하였다. 윤흥기는 사무실에서 연신 밖을 내다보다가 조바심이 나서 밤 11시 반을 넘기고 밖으로 나왔다. 병력을 수송할 차량이 오지 않더라도 더는 지체할 수 없었다.

"참모장, 5분 대기조인 5대대 병력을 데리고 본부 차량으로 지금 출발할 테니, 자네는 수송지원사령부에서 차량이 오면 나머지 병력들과 함께 육군본부로 오도록 해."

윤흥기는 선두 차량에 탑승하고 캄캄한 밤길을 밝히는 자동차 헤드라이트에 시선을 고정시켰다.

이렇게 9공수가 부대를 출발하고 얼마 지나지 않아 육군본부 수뇌부가 모여 있는 수경사령관실로 전화가 걸려 왔다. 각 부대의 출동 상황을 면밀히 지켜보고 있던 보안사에서 즉각 대응하고 나섰던 것이다. 황영시 장군은 윤성민 참모차장에게 따져 물었다.

"이 봐요. 서로 병력을 출동시키지 않기로 해놓고선 왜 9공수를 출동시키는 겁니까? 정말 이러다 피를 본다는 것 몰라요?"

"9공수가 출동했습니까?"

윤성민 참모차장이 되물었다. 자기들도 모르고 있는 것을 저쪽에서 손바닥 들여다보듯 다 알고 있으니 기가 찰 일이었다. 합수부로선 9공수여단이 서울로 진입하면 큰일이기 때문에 무조건 막아야 했다.

"알겠소. 내 알아보고 조치하리다."

윤성민은 쓸개를 씹은 것처럼 얼굴을 찡그렸다.

"당장 9공수 철수시켜!"

이때 부평에 있는 부대를 출발해서 경인고속도로를 향해 나아가던 9공수여단은 남부순환도로와 고속도로가 교차하는 굴다리에 도착했다. 머리 위로 지나는 남부순환도로에 기다란 차량 대열의 불빛이 보였다. 그 불빛은 제1한강교가 봉쇄되자 행주대교 쪽으로 우회하고 있는 박희도 준장의 1공수여단이었다. 하지만 불빛만 가지고 그들이 누구인지 알 수는 없었다.

이제 9공수여단도 고속도로에 접어들기만 하면, 제1한강교를 거쳐서 바로 서울로 진입할 수 있었다. 수경사에서 9공수여단이 오면 길을 열어주기로 했기 때문에, 우회하고 있는 1공수여단보다 빨리 갈 수 있는 셈이었다. 그렇게 한참 힘을 내고 있던 와중에 윤흥기 장군은 여러 곳으로부터 연락을 받았다. 먼저 부대에 남아 있는 참모장 신수호 대령에게서 연락이 왔다.

"단장님, 참모차장님으로부터 당장 복귀하라는 명령이 내려졌습니다. 전화통에 불날 지경입니다. 그러니 차를 돌려 부대로 돌아오십시오."

"뭐? 왜 이랬다저랬다 하는 거야?"

윤흥기는 짜증이 났지만 어찌 된 일인지 알아보기 위해 일단 차를 멈추었다. 부대에 남아 있던 신수호 대령은 참모차장의 전화를 받기 전, 김재규를 체포하였던 보안사 오일랑 중령의 연락을 받았다. 두 사람은 갑종장교 동기생이었다. 오 중령은 신 대령에게 9공수여단이 출동하면 안 된다, 제발 철수시켜 달라고 통사정하였고 그것이 먹혀들었다. 보안사에서 인맥을 총동원한 설득 작업이 주효한 순간이었다.

그뿐만이 아니었다. 선두 차량이 멈추었을 때 9공수여단 보안반장이 달려왔다. 그는 선두 차량의 앞에 드러눕더라도 여단의 서울 진입을 막으라는 지시를 받고 있었기에 죽기 살기로 윤흥기에게 매달렸다.

"여단장님, 제발 제 말씀 좀 들어보십시오. 지금 보안사령관과 통화해 보시기 바랍니다."

윤흥기는 어쩔 수 없이 길 위에서 전두환과 통화를 하였다. 통화하는 동안 얼굴이 굳어졌다가 고개를 끄덕이고 때론 한숨을 내쉬었다. 통화를 끝내고 바로 정병주 사령관에게 무선전화를 걸었다. 그러나 신호만 갈 뿐 아무도 전화를 받지 않았다. 그 시각에 3공수여단 병력이 정병주 사령관을 체포하기 위해 공격하고 있었기 때문이다.

윤흥기 장군은 고민에 빠졌다. 사령관은 서울로 진입하라고 하는데, 합수부에서는 절대 서울로 오면 안 된다고 하니 말이다. 이럴 때 누군가 나서서 가르마를 정확하게 타주면 좋겠다는 생각이 들었다. 하지만 지금 이 순간 저 장병들의 생사를 결정짓는 지휘관은 바로 자신이었다. 누구에게도 함부로 맡길 수 없는 결정을 내려야 했다.

출동을 명령한 직속상관은 정병주 사령관이다. 그 명령대로 출동하고 있었는데, 육군참모차장과 합동수사본부장은 출동을 하지 말라고 한다. 그리고 여단 참모장과 보안반장도 출동을 말리고 있다. 그야말로 명령이 정면으로 대치하고 있는 상황이었다. 전두환은 지금 보안사령부가 대전복對顚覆 임무를 수행 중이니 만일 9공수여단이 출동하면 그 책임을 져야 할 것이라고 말했다. 그 말은 정병주 사령관이 반란 세력에 합세했다는 뜻이었다.

그는 차에서 내려 담배를 빼 물고 길가를 서성거렸다. 보안반장은 쉽게 결정하지 못하고 있는 윤 장군을 보고 입이 바짝바짝 타들어 감을 느꼈다. 과연 윤 장군이 어떤 결정을 내리느냐에 따라, 오늘 서울에서 피바람이 불 것인지 말 것인지가 달려 있었기 때문이다. 선두에 있던 지휘관이 서성이자 뒤따르던 차량에 있던 장병들도 자신들이 중요한 갈림길에 있다는 것을 직감적으로 깨닫고 기다릴 뿐이었다.

결국 윤흥기 장군은 결정을 내렸다.

"차를 돌려 부대로 복귀한다."

실탄을 지급받았던 9공수여단 장병들은 그제야 안도하는 표정을 지었다.

아, 김오랑

합동수사본부 장성들은 무거운 표정으로 보안사령관실에 앉아서 당번병이 가져온 간식에 손도 대지 않고 연신 줄담배를 피워댔다. 수도권 인근 지휘관들을 눌러 앉히는 작전은 어느 정도 성공한 것처럼 보였지만, 자신들 코앞에 있는 수경사의 움직임은 여전히 위협적이기 때문이었다.

전차와 병력이 공격개시선으로 집결하고, 야포단에 포사격 명령이 내려갔다는 것은 그야말로 공포 그 자체였다. 공격개시선이란 가급적 공격목표 가까이에서 계획된 시간에 일제히 공격을 시작하기 위하여 설정한 가상의 선이다. 퇴계로 아스토리아 호텔 앞 공격개시선으로부터, 수경사가 일제히 돌진해 오면 어떻게 될 것인지 상상하는 것이 두려웠다. 다들 전두환을 바라보며 어떻게 좀 해보라는 표정을 지었다. 합동수사본부장이 벌인 일이니 그 해결까지

해주기를 바라는 것이었다. 어떤 장군은 괜한 일에 끼어들었다가 목 날아가게 생겼다는 마음이 들었는지 연신 목을 쓰다듬기도 했다.

무거운 분위기를 깨고 전두환이 입을 열었다.

"이 사태를 해결하는 것은 두 가지밖에 없습니다. 첫째, 국방장관을 찾아 대통령께 데려가는 것이고, 둘째, 상대방의 지휘관을 체포하는 것입니다."

국방장관 찾는 것이 시급한 문제임은 다들 알고 있지만, 상대방 지휘관을 체포한다는 말에 차규헌 장군이 정색을 하고 물었다.

"적 지휘관, 누구를 어떻게 체포한단 말인가?"

"현재 상황을 가장 악화시키고 있는 사람은 장태완 수경사령관과 정병주 특전사령관입니다. 이들을 체포해야 합니다. 나머지 장군들은 병력도 없고 의지가 그렇게 강한 것 같지 않습니다."

"누가 그걸 모르나. 저렇게 살기등등해서 우릴 깔아 뭉기겠다고 설치는데 무슨 수로?"

"외부에서 들어가 지휘관을 체포하기는 어렵습니다. 희생이 클 수밖에 없고. 이런 일은 내부에서 움직여야 되는 것입니다."

전두환은 알 듯 모를 듯한 말을 뱉어놓고 전화기를 들었다.

"최세창 장군인가? 나야. 지금부터 합동수사본부장 겸 보안사령관으로서 대전복 임무 수행을 위한 명령을 시달하니 차질없이 수행하도록. 최 장군이 책임지고 3공수여단을 움직여서 정병주 특전사령관을 체포하라."

수화기 너머로 최세창이 복명하는 소리가 들려왔다. 전두환은 연이어 조홍 대령을 불렀다.

"자네도 마찬가지야. 수경사 헌병단을 이끌고 장태완 수경사령관을 체포하라."

"네, 알겠습니다."

장군들은 전두환이 풀기 어려운 문제를 단순화시켜 버리는 것에 놀랐다. 그렇다, 가장 강경한 자세로 부대를 출동시킨 두 명의 장군만 체포하면 되는 것 아니던가. 하지만 지금껏 누구도 이렇게 해야 된다는 것을 알지 못했다. 전두환은 다음 지시를 쏟아냈다.

"지금 국방장관 소재 파악됐나?"

"아직입니다. 한미연합사에 있었는데 또 어디로 가실지 모르겠습니다."

"음, 아마 국방부로 갈 거야. 1공수여단이 어디쯤 왔나 확인해 보고 국방부에 들어가면 무엇보다 장관의 신병을 확보하라고 해."

전두환의 지시는 곧바로 이행되기 시작했다.

비상계엄이 선포되어 헌병은 합동수사본부의 지휘통제를 받고 있었다. 그래서 장태완은 눈에 띄지 않는 헌병단장 조홍 대령도 반란군에 합세한 것이 분명하다고 생각했다. 수도경비사령부 헌병단 부단장 신윤희 중령은 장태완 사령관이 장교들을 소집하기 전에, 직속상관인 조홍 헌병단장으로부터 명령을 받았다.

"신 중령, 지금부터 잘 들어. 우리는 합동수사본부에 배속되어 있으니 그 지시를 이행해야 돼. 합동수사본부장이 장태완 사령관을 체포하라는 지시를 내렸다."

짧은 순간 신윤희는 어찌 이런 일이 나에게 닥친단 말인가, 한탄스러운 기분이 들었다. 조홍 대령은 신 중령의 말을 기다리지 않고 물었다.

"할 수 있겠지?"

"네."

"좋아, 차질 없이 사령관을 체포하도록."

전화를 끊고 신 중령은 여기저기 전화하고 생각하느라고 사령관이 오라고 한 기밀실에 가지 못했다. 그는 고민에 빠졌다. 장태완 사령관과 조홍 헌병단장의 길이 완전히 다르고, 그 중간에 낀 자신의 신세가 참 처량해 보였다. 그러나 고민은 길게 가지 않았다. 명령을 따르자. 이렇게 생각에 잠겨 있을 때 사령부 참모들이 찾아왔다.

먼저 정보참모가 들어와서는 신 중령에게 뜻밖의 말을 하였다.

"이봐, 신 중령. 자네, 사령관님 눈에 띄면 죽어."

"예?"

"사령관이 헌병단 부단장도 30경비단에 있는 놈들하고 똑같은 놈이니까, 아무래도 거기에 합세한 것 같으니까 보기만 하면 사살하라고 명령했다네."

순간 신윤희는 눈앞이 캄캄해졌다. 설마 장태완 사령관이 조금 전 내가 지시받은 것을 알고 하는 말일까. 도청을 당했구나. 두려운 마음이 들었다.

"지금 상황이 점점 악화되고 있어. 9공수와 1공수가 출동해서 한판 붙게 생겼고, 26사단도 출동 직전이지. 아무튼, 좋지 않은 정보만 계속 들어오고 있으니까 나도 참 걱정일세."

신윤희 중령은 머리가 복잡해서 할 일이 있다는 핑계로 정보참모를 내보냈다. 그리고 부단장실에 있다간 어찌 될지 모르겠다는 마음이 들어 정보과장실로 자리를 옮겼다. 정보참모가 나간 후 얼마 지나지 않아 부관이 들어왔다.

"부단장님, 밖에 인사참모가 와서 좀 보자는데요."

신 중령은 간이 오그라드는 느낌이 들었다. 혹시 인사참모가 사령관의 명령을 받고 나를 잡으러 온 것은 아닐까. 겁이 나서 자리에 없다고 둘러대라 했다. 하지만 인사참모는 가지 않고,

"있는 것을 다 아는데 왜 없다고 하는 거야?"

부관과 옥신각신 말다툼을 하였다. 그제야 신윤희는 인사참모를 들어오라고 했다. 다행히 인사참모는 혼자였다. 그는 모자를 벗어

탁자 위에 올리고 담배를 빼 물었다.

"지금 사령관님이 이성을 잃은 것 같아. 도대체 말도 안 되는 명령을 계속 하고 있어. 전차로 공격하라, 포병단에게는 포사격을 실시하라, 전장병에게 무장하고 실탄을 지급하라는 명령을 하고 있으니 말이야. 사령부 본부대 장병들이 몇 명이나 있다고. 행정병 취사병까지 다 모아서 전투태세를 갖추라는 거야."

"그래서요?"

신윤희가 넌지시 물어보자 인사참모는 옳다구나 싶은 표정이 되었다.

"이런 건 헌병이 좀 막아야 되지 않나, 응?"

"대령님도 참, 사령부에 참모가 몇 명입니까. 참모님들이 사령관께 진언을 해서 이건 아닌 것 같습니다고 해야죠. 왜 헌병단에 와서 이러십니까."

"계엄 상황에선 헌병이 합수부 임무도 수행하지 않나. 사령관이 전화기에 대고 '야, 이 반란군 놈의 새끼야, 니들 거기 꼼짝말고 있어. 내 지금 전차를 몰고 가서 네놈들의 머리통을 다 날려버리겠다.'고 소리지르고 있으니 참모들이 뭐라 할 수가 없다고."

신윤희는 조홍 대령에게 받은 지시를 말해주고 싶었지만 꾹 참았다. 그와 더 언쟁하고 있을 수 없었다.

"인사참모님, 그건 말도 안 되는 일입니다. 지금 단장님이 안 계셔서 제가 부대 지휘하기에도 바쁩니다. 죄송합니다."

그는 인사참모를 떠밀다시피 올려보냈다. 한숨 돌리기도 전에 이번엔 동기생인 차기준 전차대대장이 숨을 헐떡이며 들어왔다. 얼굴이 노래져서 뭔가에 크게 놀란 표정이었다.

"신 중령, 나 미치겠다."

"왜?"

"사령관님 명령으로 퇴계로 아스토리아 호텔 앞에 전차를 배치했거든. 거기가 공격개시선이야."

"그런데?"

"사령관이 권총을 빼 들고 전차 배치된 곳으로 와서 대대장 어딨느냐고 고래고래 소리를 지르면서 찾아다니더라."

"무슨 이유로?"

"뭐긴, 왜 공격을 안 하느냐, 이건 명령 위반이라는 거지. 그래서 사령관을 피해 다니다가 너한테 온 거야."

동기 차기준 중령의 말을 듣고 신윤희는 어안이 벙벙해졌다. 차 중령은 수경사 전차부대원들에게 패튼 장군이라는 별명까지 얻을 정도로 유능하고 용감한 장교인데, 사령관이 그에게 왜 같은 부대원들을 공격하지 않느냐고 하다니, 이럴 수가 있는가. 신윤희는 차 중령을 일단 안심시켰다.

"차 중령, 조금만 기다려 봐. 일단은 도망 다니고 시간을 끌도록 해. 어떻게든 해결될 거야."

"아무래도 그래야겠지? 다른 상황 있으면 또 올라올게."

차기준은 그래도 안심되지 않는 얼굴로 어깨를 축 늘어뜨리고 나갔다. 그때부터 찾아오는 손님이 없어 신윤희 중령은 사령관 체포 방법을 구상하기 시작했다.

합동수사본부장의 지시를 받은 최세창 3공수여단장은 자신의 상관을 체포하는 것에 부담을 느꼈다. 군인이 비록 명령에 따라 움직인다고는 하나 감정까지 속일 수는 없는 것이다. 어쩌다 일이 이 지경으로 되어 버렸는지 한탄스러웠다. 그러나 길게 고민할 수 없었다. 일단 사령관을 설득해 보고 안 되면 체포하는 것이다. 그는 사령부로 가서 사령관 앞에 섰다.

"최 장군, 무슨 일이야?"

"사령관님, 상황이 심상치 않습니다. 제발 지금이라도 보안사령관을 한번 만나보고 말씀을 나눠보시지요. 우리가 모르는 일이 있을 수도 있지 않겠습니까."

"내가 전두환을 왜 만나? 자네도 30단에 다녀왔나, 응?"

"…"

"그렇군. 여단장도 조심해."

정병주는 깨끗이 거절하고 얼굴을 돌렸다.

"사령관님, 그럼, 몸 건강하십시오."

최세창은 고개를 떨구고 사령관실을 나와 자기 부대로 돌아갔다. 그는 자신을 아껴주는 사령관을 어떻게든 폭주 기관차로부터 내리게 하고 싶었다. 그러나 그것을 깨끗하게 거절하고 끝까지 가겠다고 하니 안타까울 뿐이었다. 이제 사령관을 체포하는 일밖에 남지 않았다.

그는 대대장들을 모두 불러서 지금 돌아가는 상황을 알려주고 정신 바짝 차리라고 당부했다. 대대장들이 모두 물러간 다음 최세창은 사령관 체포를 누구에게 맡길까 잠시 고민했다. 조금 전 들어왔던 대대장들 얼굴을 한 명씩 떠올리고 그들의 장단점을 생각해 보았다. 결국 그는 15대대장을 다시 불러들였다.

곧 박종규 중령이 들어왔다.

"여단장님, 부르셨습니까?"

"자네, 미국에서 특수전 교육 수료했지?"

"네, 그렇습니다."

"아마 육사 23기 가운데 유일할 거야."

최세창은 믿음직한 눈으로 박종규를 응시했다. 박종규는 그것이 부담스러운지 머리를 좌우로 움직였다.

"박 중령, 지금부터 내가 하는 말 잘 들어야 해. 합동수사본부에서 지시가 있었다. 정병주 사령관을 체포하라는 것이야."

"네?"

"놀랍겠지. 하지만 우리는 명령에 따라 죽고 사는 특전용사 아닌가. 우리는 그 명령만 차질 없이 수행하면 된다."

"알겠습니다."

박종규는 경례하고 돌아섰다. 최세창은 그것이 어이없어 그를 불러세웠다.

"야, 너 어떻게 할 건지 더 듣지 않고 가면 어떡해? 쌍방의 피해를 최소화시키고 사령관만 체포하면 된다."

"잘못되면 죽기 밖에 더하겠습니까. 걱정하지 마십시오."

"대원들에게 일체 감정을 가지지 말도록 지시해."

박종규는 여단장의 지시를 받고 사무실로 돌아가서 작전 계획을 짜기 시작했다. 사령부와 3공수여단은 가까이 있으므로 차량을 동원할 필요 없이 기습하기로 했다. 사령부 본부대 병력은 철판을 이용해 돔 형태로 만든 막사에서 자고 있을 것이기 때문에, 그들을 제압하여 밖으로 나오지 못하도록 하면 되겠다고 생각했다. 그리고 사령부 청사 내부로 진입하여 사령관을 체포하면 되는데 마음에 걸리는 것이 있었다. 사령관 비서실 김오랑이 문제였다. 그가 퇴근하여 집에 있으면 좋으련만.

그러나 김오랑은 퇴근하려야 할 수 없는 처지였다. 1공수여단과 9공수여단이 출동하고 빗발치듯 전화가 사방에서 걸려 왔기 때문이다. 평소 소탈하고 사람 좋던 사령관은 오늘 밤 신경이 날카로워져 있었다.

정병주는 박희도 준장의 1공수여단이 출동 준비를 하고 있다는 보고를 받고, 부사령관 이순길 장군과 인사처장 강리건 대령 그리고 헌병 장교를 보냈지만 막을 수 없었기 때문이다. 세 사람이 사령관으로부터 받은 임무는 1공수여단으로 가서 출동을 저지하고, 1공수여단에 배속된 수송용 차량을 9공수여단으로 보내는 것이었다. 이는 1공수여단의 발을 묶어 두고 9공수여단을 활용하겠다는 생각이었다.

그러나 일이 제대로 풀리지 않았다. 정병주 사령관이 1공수여단 부여단장 김기룡 대령에게 대여섯 번이나 전화를 걸었지만, 김 대령은 고집이 보통 아니었다.

"사령관님, 1공수여단은 수경사에 작전 배속된 부대입니다. 평시에는 특전사령관님의 지시를 받겠지만, 지금은 수경사에 배속돼 있으므로 지시를 받을 수 없다는 것을 잘 아시지 않습니까. 더는 부당한 지시를 하지 말아주십시오."

딱 잘라 말하는 바람에 정병주는 뭐라 말하지 못하고 홧김에 수화기를 던져버렸다. 틀린 말이 아니었기 때문이다.

김오랑은 심기 불편해진 사령관 눈치 살피랴 전화 받으랴 정신이 없었다. 박종규 중령으로부터 전화가 걸려 온 것은 12일 자정을 넘긴 시각이었다.

"김 소령, 아직도 사무실에 있나?"

"네, 선배님. 오늘 정신없습니다. 무슨 일로 야심한 시각에 전화를 다 하셨습니까?"

박종규는 김오랑의 목소리를 듣고 크게 낙심하고 말았다. 이런 비상시국에 그가 퇴근했을 것이라고 생각할 수 없었지만, 목소리를 듣고 보니 반가움은커녕 야속한 마음이 솟아났다.

"자네를 볼 일이 좀 있는데. 혹시 지금 정문 앞으로 나와 줄 수 있겠나? 꼭 나와야 해."

"선배님, 내일 이야기하시죠. 제가 오늘은 자리를 비우기 어렵습니다."

"이봐, 오랑이. 꼭 봐야 한단 말이야. 정문이 어려우면 사열대 앞이라도 좋아."

김오랑은 오늘 이 선배가 왜 이럴까 싶은 생각이 들었다. 평소와 달리 이상한 목소리였다. 그는 선배가 수고한다고 야식을 챙겨 주려나 보다, 가볍게 생각했다.

"선배님, 그것도 어렵습니다. 부대원들과 맛있게 드세요. 전 바빠서 이만 끊습니다."

"이봐, 오랑이. 그것도 어려우면 일단 피해!"

박종규의 말을 끝까지 듣기 전에 김오랑은 급히 전화를 끊었다.

박종규가 다시 전화해도 통화되지 않았다. 그는 큰일 났다는 생각에 당장이라도 사령부로 뛰어가서, 잠시만 자리를 피해달라고 말하고 싶었지만 그럴 여유가 없었다. 체포조를 이끌고 있는 나 대위가 와서 그에게 준비 완료되었다는 보고를 했기 때문이다.

김오랑이 전화를 끊자마자 정병주 사령관이 불렀다.

"네, 사령관님, 부르셨습니까."

정병주는 김오랑을 물끄러미 바라보았다.

"자네는 그만 퇴근하도록 해."

"사령관님, 1공수와 9공수가 출동하고 사령관님이 여기 계시는데 제가 어떻게 퇴근하겠습니까. 제 걱정하지 마십시오."

"이봐, 여기는 내가 있을 테니까, 바로 집으로 가란 말이야."

정병주가 무서운 얼굴로 말했다. 그러나 김오랑은 사령관의 표정에서 공포를 느낄 수 있었다. 그는 눈치가 빠른 사람이다. 사방에서 걸려 오는 전화를 받아 사령관을 연결하다 보면 본의 아니게 상황을 파악하게 되는 것이다. 아니 부관은 그래야 했다.

'지금 상황이 얼마나 심각하고 어려운지 알고 있는데 집으로 돌아가라니, 사령관을 두고 도망쳤다는 죄책감에 평생 사로잡혀 살란 말인가. 조금 전 최세창 3공수여단장의 설득을 거절하고 사령관은 자신이 마음먹은 길을 가려는 것이다. 그래서 나를 돌려보내려는 것이겠지. 혹시 당신에게 무슨 일이 생길까 봐 미리 떼어놓으려는 것이다. 나는 사령관을 보필하는 부관이다. 상관이 위험에 처해 있는 마당에 나 혼자 살겠다고 몸을 피해버릴 수는 없다.'

김오랑은 단호한 목소리로 말했다.

"저는 못 갑니다."

정병주는 그 고집을 꺾을 수 없다는 것을 알고 김오랑의 어깨에 손을 올렸다.

"자네 같은 부관은 내 처음일세. 그만 나가 봐."

김오랑이 비서실로 돌아왔을 때, ROTC 출신으로 특전사령부 보안반장을 하고 있던 김충립 소령이 와 있었다. 김충립은 상황을 파악하려고 왔다가 이내 말이 통하지 않을 것임을 직감했다. 평소 김오랑과 김충립은 서로를 존중하고 깍듯이 대하는 사이였다. 김오랑은 김충립 소령을 무심한 눈길로 바라보고는 바로 권총을 꺼내 실탄을 장전하기 시작했다. 그걸 보고 김충립이 걱정스러운 얼굴로 말했다.

"김 소령, 오늘 같은 날엔 권총을 차고 있으면 오히려 생명이 위태로울 수 있습니다. 나를 보세요. 오늘은 권총을 놔두고 다니지 않습니까. 그리고 고작 그 일곱 발 총알로 뭘 어떻게 할 수 있겠습니까. 권총을 넣어두는 것이 좋겠습니다. 오히려 비무장이 나아요."

그러자 김오랑은 김충립을 힐끗 바라보고는 연신 총알을 탄창에 넣으며 대답했다.

"상황이 아주 급박합니다. 보안반장님, 여기 계시면 위험할 수 있어요. 그만 나가세요."

그는 실탄 일곱 발을 모두 장전한 다음, 김충립을 밀어서 내보내고 문을 잠갔다. 잠시 후 밖에서 총소리가 들렸다.

타타타탕!

박종규 중령이 이끄는 3공수여단 15대대가 밤고양이처럼 은밀히 다가와 돔형 막사 지붕에 M16 소총을 난사하기 시작했던 것이다. 그들은 함께 훈련받던 전우들을 다치게 하고 싶지 않아서 지붕에 총을 쏘아 아무도 나오지 못하도록 만들었다. 총알이 철판에 튕기는 소리가 마치 후라이팬에 콩을 볶는 소리 같았다. 그중 몇 발이 철판을 관통하는 바람에 숭숭 구멍 뚫렸고 그 사이로 찬 바람이 몰아쳐 들어왔다.

"아무도 나오지 마, 나오면 다 죽는다!"

막사에 있던 사령부 소속 장병들은 모두 바닥에 엎드리고 아무 행동을 취할 수 없었다. 본관 건물도 김오랑을 제외하고 부관들이 몸을 피해버려서 무방비나 마찬가지였다.

박종규 중령은 이번 작전에 사령관 체포조와 외곽 경비조를 편성했다. 외곽 경비조가 막사를 무력화시키고 사령부 외곽을 경비할 때, 10여 명의 체포조는 날쌘 비호처럼 사령관실로 향하기로 하였다.

그들은 사령관 비서실에서 나오던 김충립 소령과 마주쳤으나, 그가 비무장이고 특전부대원이 아닌 것을 알고는 보내줬다. 박종규 중령이 이끄는 체포조는 사령관실 문 앞에 섰다. 안에서는 아무 소리도 없이 조용했다. 박종규는 대원들을 정지시키고 소리 질렀다.

"김 소령, 나다. 지금 나오면 아무 일도 생기지 않아. 무장을 버리고 나와라."

김오랑은 뜻밖에 박종규의 말을 듣고 울부짖는 목소리로 외쳤다.

"선배님, 왜 여기 계십니까?"

"오랑이, 긴말하지 말고 일단 살고 보자. 죽으면 아무 소용 없어. 우리는 합동수사본부의 지시로 사령관을 체포하러 온 거지 자네하고는 아무런 상관이 없네. 제발 부탁이니 총을 버리고 문 열어."

"선배님이야말로 정말 왜 이러십니까?"

"제발 부탁이다."

"나는 여기서 할 일이 있습니다. 선배님도 할 일을 하십시오."

김오랑은 박종규가 전화한 것이 이것 때문임을 알았다. 한편으로 고마운 마음이 들었지만, 총을 들고 와 대치하고 있는 마당이니 원망스러웠다. 문을 사이에 두고 두 사람의 실랑이가 길어지자 체포조의 표정에 긴장감이 서렸다. 혹시 다른 병력이 몰려오지나 않을까 걱정되었던 것이다. 나 대위는 박종규에게 천장을 가리키고는 출입문 상단과 천장을 향해 위협 사격을 했다.

탕탕탕!

귀를 먹먹하게 울리는 총소리가 울렸다. 그러자 안쪽에서 놀랐는지 총알이 문을 뚫고 날아들었다. 순식간에 체포조가 총을 난사하고 좁은 공간에 화약 연기로 가득 찼다. 잠시 후 총소리가 멎고 보니 체포조 세 명이 쓰러져 있었다. 대위 두 명과 중사 한 명이었다.

체포조는 옆에 있던 전우가 쓰러지자 화가 치밀어 문을 발로 걷어차고 돌입했다. 사령관실로 이어지는 사무실 바닥에 김오랑이 피투성이가 된 채로 쓰러진 것이 보였다. 김오랑은 총알 일곱 발을 모두 발사하고 여섯 발을 맞았다. 꼭 쥐고 있는 권총 총구에서 아직도 연기가 모락모락 피어오르고 있었다.

그는 숨이 끊어지는 순간에 아내의 얼굴이 떠올랐다. 지금쯤 나를 기다리며 털실로 스웨터를 뜨고 있다가 그대로 잠들었겠지, 올겨울 따뜻한 스웨터를 입고 함께 바람 쐬러 나가자고 했었다. 아, 집에 가고 싶다. 그는 온몸의 힘을 끌어올려,

"여보, 미안해…"

간신히 두 마디를 하고는 고개를 떨구었다. 그걸 보고 박종규가 달려들어 김오랑을 껴안았다.

"이봐, 오랑이. 정신 차려. 응? 집에 가야지. 살아도 같이 살고 죽어도 같이 죽자더니, 흑!"

그 사이에 체포조는 사령관실 문을 박차며 총을 쏘아댔다. 정병주는 권총을 손에 쥐고 두 발을 쏘다가 왼팔에 총알을 맞았다. 사무실 벽면에 총알이 튀어 시멘트 파편과 가루가 날리고, 벽에 걸어 놓은 사령관의 예복이 벌집투성이로 변해버렸다. 정병주 사령관은 부하들에게 끌려 나가면서 절규했다.

"네놈들이, 감히 나를…."

특전사령부와 가까운 곳에 있던 군인관사에서는 한밤중의 정적을 깨는 총소리를 모두 들을 수 있었다. 야간 사격훈련은 밤 8시경에 하는 것이 보통이었는데, 오늘은 너무 늦은 시각이라 사람들의 궁금증을 자아냈다.

김오랑의 아내 백영옥은 남편의 스웨터를 뜨고 있다가 깜빡 잠이 들었고, 꼭 현실처럼 느껴지는 무서운 꿈을 꾸었다. 얼룩무늬 군복을 입고 출근했던 남편이 웬일인지 결혼식에 어울릴 하얀 와이셔츠를 입고 집으로 왔다. 무슨 일이냐고 물었더니 어디 먼 곳으로 가야 할 일이 있다는 것이 아닌가. 그녀가 놀란 마음으로 그곳이 어디냐고 물어도 남편은 아무런 대답 없이 웃기만 했다.

"여보, 도대체 그곳이 어디에요?"

남편은 그녀의 손을 잡아주고 바람처럼 휙 사라졌다. 그것이 너무나 서운하고 무서워서 현관으로 달려 나가다가 그만 신발장에 올려놓았던 작은 화병을 건드리고 말았다. 바닥으로 떨어져서 와장창 깨질 줄 알았는데, 그녀가 들은 것은 총소리였다. 그제야 비로소 꿈을 꾸었다는 것을 깨닫고 가슴을 쓸어내렸다. 이 야심한 시각에 무슨 사격훈련을 한담? 그녀는 꿈이 싫고 총소리도 싫고 뒤숭숭해서 도무지 잠을 이룰 수가 없었다. 한참 후에 총성이 그쳤지만 그녀의 놀란 심장은 마치 북을 치듯, 쿵쾅쿵쾅 멈추질 않았다.

싸우지 말고 말로 해

1공수여단은 국방부와 육군본부를 점령하기 위해 부대를 나섰다. 30경비단에서 부대로 복귀한 박희도 준장이 직접 지휘하고 있었다. 부대를 출발할 때만 해도 야간이라 쉽게 서울로 진입할 수 있을 것으로 생각했지만, 밤 10시 이후부터 행주대교를 제외한 모든 한강 다리가 통제되고 있어 길이 막혔다. 서울로 들어가려는 민간 차량들이 길게 줄지어 섰고, 시민들은 영문을 모른 채 차에서 내려 서성이고 있었다. 이러다간 밤을 지새워도 통과하지 못할 것 같았다. 박희도는 합동수사본부로 연락했다.

"지금 제1한강교가 꽉 막혀서 도저히 건너기가 어렵습니다."

"수경사에서 모든 다리를 봉쇄하고 있으니 행주대교로 우회하십시오. 그곳은 수경사 관할이 아니라서 아직 괜찮습니다."

박희도는 뒤를 돌아보며 소리쳤다.

"행주대교로 가자. 출발!"

장태완 수경사령관은 1공수여단이 행주대교로 방향을 바꾸었다는 보고를 듣고 박희모 30사단장에게 전화를 걸었다.

"나, 수경사령관이오. 1공수여단이 행주대교 쪽으로 접근하고 있으니 30사단에서 1개 연대를 배치해서 그들을 막아주시오. 반드시 서울 진입을 막아야 합니다."

"알겠습니다."

박희모 사단장이 전화를 끊고 막 지시를 하려고 할 때 전화통에 불이 났다. 보안사에서 감청하고 바로 대응에 나섰던 것이다. 원로급 장성들이 만류하고 보안사령관이 움직이지 말라 경고하고, 잠시 후에는 사단 보안부대장과 참모들이 와서 또 만류하고 나섰다. 결국 박희모는 병력을 배치하지 않았다. 자신에게 명령을 내릴 권한도 없는 수경사령관의 지시를 따를 필요가 없었던 것이다.

장태완은 박희모 사단장과 통화한 후 상황이 어떻게 돌아가는지 확인하기 위해 또 전화를 걸었다.

"병력 배치했소? 상황이 어떻게 돌아가고 있습니까?"

"아, 그게 말입니다. 사단 병력이 야외훈련을 나가 있어 가지고 배치하지 못했어요."

"뭐? 그걸 지금 말이라고 하는 겁니까. 한시가 급한 마당에."

장태완이 역정을 내자 박희모는 서둘러 전화를 끊어버렸다.

1공수여단이 서울로 들어오기 위해선 세 군데 관문을 통과해야 했다. 첫 번째 관문은 수도군단에서 관할하는 행주대교 남단의 개화초소였다. 그런데 수도군단장 차규헌 장군이 합수부 측에 가담해 있으니, 개화초소를 지나는 것은 큰 문제가 없었다. 1공수여단은 개화초소를 간단히 점령하고 행주대교를 건너기 시작했다.

　두 번째 관문은 행주대교를 건넌 후에 만나게 되는 북단의 검문소인데, 박희모의 30사단이 관할하고 있었다. 이곳 역시 1공수여단의 행렬을 막지 않았다. 만일 박희모 사단장이 장태완 수경사령관의 요청대로 1개 연대를 행주대교 남북단에 배치했더라면, 경무장 상태의 1공수여단이 다리를 건너지 못했을 것이다.

　세 번째 관문은 수색에 있던 수경사 헌병단의 검문소였다. 1공수여단이 서울로 진입하여 수경사 병력을 처음으로 만나는 곳이었다. 수색검문소는 행주대교를 통과한 1공수여단 병력이 몰려온다는 소리를 듣고 혼란에 빠져 어찌할 바를 모르고 있었다. 수경사 헌병단장 조홍 대령은,

　"1공수여단 병력이 접근하면 발포하지 말고 통과시키라."

　고 지시한 반면, 장태완 수경사령관은 다른 지시를 하였기 때문이다.

　"조홍 대령은 반란군 측에 가담했으니 그 말을 듣지 마라. 현재 헌병단은 부단장인 신윤희 중령이 지휘하고 있다. 만일 1공수여단

이 접근하면 지체하지 말고 발포하라."

장태완은 신윤희 중령이 자신을 체포하기 위해 계획을 수립 중이라는 것을 전혀 모르고 이런 지시를 내렸다. 아무튼, 두 가지로 상충되는 명령을 받은 수색검문소는 수경사 김기택 참모장에게 이럴 경우 어떻게 해야 되는가 물어보았다. 그런데 뜻밖에도 김기택 준장은 사령관의 지시와 다른 말을 하였다.

"총을 쏘거나 저항하지 마라."

이제 수색검문소 헌병들이 어떤 행동을 취할지 짐작할 수 있게 되었다. 그들은 1공수여단 병력이 총을 겨누고 접근해 오자 모두 도주해 버리고 말았다. 1공수여단은 세 군데 관문을 모두 통과하고 통금으로 인해 텅 비어 버린 서울 거리를 질주하는 일만 남았다.

수색검문소까지 뚫려버렸다는 보고를 받은 장태완 사령관은 허탈한 마음이 들고 온몸에서 힘이 빠져나가는 것을 느꼈다. 아무리 소규모 병력이라도 서울에 들어오면 그들을 막기가 곤란하다는 것을 알고 있기 때문이었다.

용산 미8군 영내에 한미연합사령부가 있었다. 12월 12일 밤, 급박하게 돌아가는 한국군의 이상 징후를 보고 위컴 한미연합사령관, 브레이드너 미8군 사령관, 글라이스틴 주한 미 대사가 모였다.

그들은 무슨 일이 일어나고 있는지 숙의했으나 정확한 내용을 파악할 수 없어, 10월 26일 대통령 시해사건이 일어났을 때와 비슷한 조치를 취하기 시작했다. 먼저 미국 국가지휘소에 한국 내 긴박한 상황을 간략하게 보고하고, 극동 미 공군과 해군에 비상을 걸어 북한이 현 상황을 오판하지 않도록 경고해달라고 요청했다.

밤 9시를 지나 노재현 국방장관과 김종환 합참의장, 그리고 유병현 한미연합사 부사령관이 도착했고 더 많은 정보들을 모을 수 있었다. 하지만 일선 부대의 이동에 관한 정보는 늦게 들어오는 경우가 많았다. 보안사령부가 정보차단조치를 하여 1공수여단이 움직인 것도 한 참 뒤에야 보고가 들어왔다. 그래도 유병현 한미연합사 부사령관은 김학원 1군사령관과 이건영 3군사령관에게 전화를 걸어 경고하고 나섰다.

"부대 이동은 반드시 한미연합사령관의 허락을 받아야 합니다. 지시 없이 부대를 이동시키지 않도록 하세요."

그러나 이런 경고성 지시는 잘 먹혀들지 않았다. 양측에서 죽기살기식으로 동원 가능한 부대를 찾아 출동을 준비시키고 있기 때문이었다.

자정이 되기 직전, 육군본부에 남아 있던 김재명 작전참모차장은 노재현 국방장관에게 전화했다.

"아무래도 장관님께서 국방부로 오셔야겠습니다. 사태가 점점 심각해지고 있어요."

　노 장관은 김종환 합참의장과 함께 국방부로 나갔다. 그리고 자정을 넘긴 후에 유병현 한미연합사 부사령관도 국방부로 가야겠다며 자리에서 일어서자, 위컴 사령관이 자기 차를 내주었다.

　"부사령관, 내 차를 타고 가시오."

　유 장군은 고맙다는 말을 하고 위컴 사령관 차에 올라 국방부로 향했다. 차를 건물 입구에 세워두고 장관실로 올라간 후 새벽 1시쯤 되었을 때, 1공수여단 병력이 총을 쏘면서 국방부로 쳐들어왔다. 이때 위컴 사령관 차에 달려 있던 안테나가 부러졌다. 나중에 이것을 가지고 위컴 사령관이 공격당한 것 아니냐는 소문이 퍼지기도 했다.

　국방장관실에는 장관과 김종환 합참의장 그리고 유병현 연합사 부사령관이 앉아서, 도대체 뭐가 어떻게 돌아가고 있는 것인지 숙의하고 있었다. 그런데 1공수여단이 총을 쏘며 돌진해 오는 소리가 들리자마자, 노 장관은 이번에도 부관을 데리고 잽싸게 피신해 버렸다. 그걸 보고 김종환과 유병현 장군은 어이가 없어 서로의 얼굴만 바라볼 뿐이었다.

　1공수여단 병력이 장관실로 난입했을 때 유병현 장군은 의자에 앉아서 점잖게 일갈했다.

　"잘 생겼군, 자네 나이가 몇 살인가?"

너무나도 태연한 모습에 공수대원은 총구를 내리고 머뭇거렸다.
"올해 스물셋입니다."

국방부를 점령하고 얼마 지나지 않아 신현확 총리와 이희성 중앙정보부장서리가 도착했다. 이때부터 1공수여단은 구내방송을 통해 장관을 부르고 청사를 샅샅이 수색하기 시작했다.

"우리는 합동수사본부의 지시를 받고 국방부와 육군본부를 경비하기 위해 온 제1공수여단입니다. 지금 국방장관님을 찾고 있으니 이 방송을 들으시면 바로 나와 주시기 바랍니다. 장관님의 신변을 우리가 보호하겠습니다."

그러나 노 장관은 지하실 계단 아래 숨어 몸을 나타내지 않았다. 결국 수색을 거듭할 수밖에 없었고 새벽 4시경 노재현 국방장관을 겨우 발견할 수 있었다.

"손들엇!"

"나, 국방장관이야."

어둡고 습한 지하실 계단 아래서 국방장관이 슬며시 몸을 드러내며 말했다. 그제야 1공수여단은 국방장관을 찾았다는 연락을 합동수사본부에 하고 숨을 돌렸다.

1공수여단이 자정을 지나 국방부에 도착하기 전, 전두환은 국방부 보안부대장인 김병두 대령을 호출하여 이미 지시를 내려놓은 상태였다. 김병두 대령은 즉시 국방부 당직 총사령이던 의무국장 박상빈 소장과 육본 본부사령 황관영 준장, 그리고 육본 헌병대장 이종민 중령에게 협조를 부탁했다.

"곧 새로운 계엄군이 들어올 예정입니다. 혹시라도 청사 경비병들이 오인 사격하지 않도록 주의를 주시기 바랍니다."

1공수여단은 삼각지를 통과해서 국방부와 육군본부가 보이는 도로에 멈추어 섰다. 두 건물은 가까이 붙어 있었다. 경비병들에게 발포하지 말라는 지시가 내려가 있었으므로 1공수여단을 제지하는 움직임이 보이지 않았다.

그런데 육군본부 벙커 쪽에서 총알이 날아왔다. 벙커를 지키고 있던 헌병 네 명이 초병을 제압하고 있던 1공수여단 1대대에게 총을 쏘았던 것이다. 김경일 1대대장의 지시를 받은 공수단 병력이 다가가서 헌병 네 명을 제압하고, 경비병들이 머무는 육군본부 막사와 헌병대 막사를 점령하였다. 다행히도 쌍방에 큰 피해는 발생하지 않았다.

국방부 청사 옥상에 수경사 방공포병단 소속의 발칸포가 배치되어 있었다. 이들은 사격하지 말라는 지시를 미처 받지 못한 상태로 아래를 내려다보았다. 갑자기 많은 병력들이 총을 쏘며 국방부로 돌진해 오자, 발칸포 부대원들은 놀란 마음에 경고하느라고 허공을 향해 발칸포를 쏘아댔다.

'드르륵 드르륵' 하는 특유의 발사음에 1공수여단 병력들은 땅바닥에 바짝 엎드리고 발칸포 소리가 들려온 방향을 찾아 사격하기 시작했다. 그들은 경비 병력이 옥상뿐만 아니라 청사 곳곳에서 자신들을 향해 사격하고 있는 줄로 생각하고 사방으로 총을 쏘아댔다. 이 바람에 유병현 한미연합사 부사령관이 타고 왔던 위컴 사령관 자동차 안테나가 부러졌던 것이다.

잠시 후 주위가 조용해지자 박희도 1공수여단장이 서수열 2대대장을 대동하고 육군본부 사령실로 향했다.

이제 남은 곳은 국방부 벙커였다. 1공수여단 5대대장 박덕화 중령은 최우영 소령에게 벙커 점령을 지시했고, 임무가 15지역대에게 떨어졌다.

벙커를 지키고 있는 헌병은 정선엽 병장과 후임병이었다. 그는 전남 영암에서 태어나 조선대학교를 다니다가 입대하였고 국방부 헌병대 소속 헌병 374기로 복무 중이었다. 이제 석 달만 기다리면 전역하고 집으로 돌아간다는 기대감에 부풀어 있었는데, 사방에서 총소리가 들리니 하늘이 노래지고 잔뜩 긴장할 수밖에 없었다. 두 병사는 사격하지 말라는 지시를 아직 받지 못한 상태였다. 그들은 벙커를 지키기 위해서 도둑고양이처럼 접근해 오는 15지역대를 향해 위협사격을 시작했다.

15지역대는 갑작스런 사격을 받고 반사적으로 대응 사격에 나섰다. 두 헌병은 화력의 열세를 느끼고 뒷걸음치며 계속 응사했다. 그러다 결국 정선엽 병장은 목에 총을 맞고 말았다.

"윽!"

외마디 비명과 함께 푹 쓰러지고 목에서 피가 콸콸 솟아났다. 그것을 본 후임병이 정선엽 병장을 끌어안고 울부짖었다.

"병장님, 괜찮습니까?"

그 사이에 15지역대원들이 몰려와 총구를 겨누었다. 자신들이 쏜 총에 맞고 쓰러진 사람이 헌병 복장을 한 젊은 병사라는 것을 알고는 모두 침통한 표정이었다. 어제저녁부터 시작된 군의 충돌로 박윤관 일병, 김오랑 소령에 이은 세 번째 사망자가 발생한 것이었다.

1공수여단의 작전은 국방부와 육군본부를 점령하고 모두 끝났다. 박희도는 전두환이 지시했던 임무를 완수하고 새벽에 국방장관까지 찾아냈다.

합동수사본부에서 국방부와 육군본부를 점령하기 위해 동원한 병력은 박희도의 1공수여단 800여 명이었다. 30경비단과 33경비단은 점령 작전에 나서지 않고 부대를 방어하는데 급급했다. 공수여단 병력이 800여 명에 불과하여 전차 등으로 중무장한 수경사와 붙었을 경우 승리를 장담할 수 없는 입장이었다. 수경사는 포병단만 해도 무려 1,500여 명이었으니 말이다. 김포에 있던 구명회 포병단장은 포사격을 실시하지 않았으나 병력을 이끌고 서울로 이동 중이었다.

그런데 12월 12일 자정을 반 시간쯤 지났을 때, 노태우의 명령을 받은 전방 9사단 29연대가 서울을 향해 남하하기 시작했다. 29연대는 후방 예비연대로 비상대기 중이었고 이필섭 대령이 연대장이었다.

이뿐만이 아니다. 보안사령관실에 모여 있던 합수부 측 장군들은 승기를 확실하게 굳혀야겠다는 생각이 들었다. 황영시 1군단장은 경기도 고양 방면에 있던 노태우의 29연대가 출동하는 것과 거의 동시에, 파주 쪽에 있던 2기갑여단에 출동 지시를 내렸다. 29연대와 합세하도록 하기 위함이었다. 그렇게 되면 기갑여단이 앞장서고 그 뒤를 9사단 보병연대가 뒤따를 수 있었다.

황영시는 또 1시 10분경에 양주 방면 박희모 장군의 30사단에도 명령하여 90연대가 출동하도록 만들었다. 이로써 서울 서북방으로부터 전차 1개 대대와 보병 2개 연대가 출동하게 되었다.

그리고 3공수여단은 특전사령부를 기습하여 사령관을 체포하였고, 1공수여단은 국방부와 육군본부를 점령하였다. 국방부에서 1공수여단이 국방장관을 한창 찾고 있을 무렵인 새벽 두 시경, 남한산성 부근의 3공수여단 2개 대대와 인천 쪽에 있던 5공수여단이

동시에 서울을 향해 출동하였다.

그야말로 장태완의 수도경비사령부는 독 안에 든 쥐 신세가 된 것이나 다름없었다. 그에게 동조하여 병력을 동원해 주는 부대도 없었고 오로지 수경사, 아니 30경비단과 33경비단 그리고 헌병단이 빠져버린 상태에서, 야포단과 방포단 병력으로만 대항해야 했다. 사령부 본부대는 행정병과 취사병들까지 다 끌어모아 무장시켰는데 그들이 얼마나 전투력을 발휘할지 의문이었다.

장태완은 국방부와 육군본부가 1공수여단에 의해 점령되었다는 소식을 듣고 대세가 기울어졌다는 것을 느꼈지만 포기할 수 없었다. 이미 죽기를 각오했기 때문이다. 그는 부하들의 만류에도 아랑곳하지 않고 30경비단과 보안사령부에 대한 공격을 고집했다.

"전차를 비롯한 전 장병을 전투조로 편성하라. 목표는 30경비단과 보안사령부다. 공격개시선에 전개한 병력은 나를 따르라. 공격을 내가 선도하겠다. 또 중앙청 부근에 진지를 편성하고 모든 포를 동원하여 두 목표에 대한 집중사격을 가하라. 역모자들을 포획 또는 사살하고 반드시 반란을 진압하자."

수경사령관실에 있던 장군들은 장태완의 말에 입을 떡 벌리고 말았다. 윤성민 육군참모차장은 그를 만류하고 나섰다. 야포까지 쏘라는 것은 서울을 불바다로 만들겠다는 뜻이었기 때문이다. 이희성 중앙정보부장서리도 전화를 걸어와 그건 절대 안 된다고 말렸다.

"그럼, 가만히 앉아서 당하란 말이오? 이제 당신들 마음대로 해. 나는 돌격할 테니."

그는 퉁명스럽게 윤성민 차장에게 쏘아붙이고 나갔다. 그러나 장태완 사령관이 공격개시선에 있는 전차 5대에게 돌진하라는 명령을 내려도 움직이는 전차가 없었다. 또 김포 야포단에서 포사격을 실시하지도 않았다. 오히려 수경사령관 비서실장이 현장을 둘러보고 와서 뜻밖의 소리를 전해줬다.

"사령관님, 지금 몸을 피하셔야겠습니다."

"왜, 놈들이 여기까지 쳐들어왔나?"

"그게 아닙니다. 누군가 전차에 붙은 확성기를 통해 사령관님을 체포하거나 사살하라고 선동하고 있는 중입니다."

장태완은 어이가 없어 피식 헛웃음이 나왔다. 이제 부하들까지 나를 잡지 못해 혈안이 된 모양이구나. 어쩌다 일이 이렇게 되어 버렸을까. 정승화 총장의 얼굴이 떠올랐다. 그 좋은 사람을, 결국 내가 구하지 못하는 것인가.

그때 노재현 국방장관이 전화를 걸어왔다. 1공수여단에 의해 발견된 후 빨리 상황을 진정시키라는 요청을 받고 전화한 것이었다.

"이봐, 장태완이. 너는 왜 자꾸 싸우려고 하나?"

"아니, 장관님, 그게 무슨 말씀입니까? 반란군들하고 지금 붙은 것인데."

장태완은 서운한 마음이 와락 솟아올라 되물었다. 처음엔 합수부 놈들을 제압하라고 하지 않았던가. 그런데 상황이 변했다고 하여 이런 말을 하다니. 장태완은 자기도 모르게 눈물이 쏟아졌다. 설움과 억울함이 뒤범벅된 눈물이었다.

"싸우지 말고 말로 해."

"장관님, 저쪽에서 쳐들어오는데 말로 해서 됩니까."

"그래도 쏘지 말란 말이야. 여긴 서울이다. 말로 해 말로. 다 끝났다. 그만 상황 끝내!"

"정말입니까?"

"그래, 그만 상황 끝내라."

장태완은 울먹이는 소리로 대답했다.

"네, 장관님. 그럼 제가 복명복창하겠습니다. 상황 끝!"

장태완은 통화를 한 후에 울음을 집어삼키느라 입술을 깨물고 어깨를 들썩거렸다. 반란군에 대한 분노와 자신의 무력감 때문이었다. 왜 이렇게밖에 할 수 없는가. 왜? 잘하면 이길 수도 있었는데 중요한 순간에 발을 빼버린 지휘관들이 야속했다. 그러나 국방장관까지 나서서 상황을 끝내라고 하니 더는 버틸 수가 없었다. 그는 김기택 참모장에게 참모들을 집합시키도록 했다.

"그동안 수고 많았다. 이제 상황 끝이다. 거리에 나가 있는 병력을 철수시키고 지급했던 실탄을 회수하라. 모든 일의 책임은 내가 진다."

참모들이 침통한 얼굴로 나가자 장태완은 거의 드러눕듯 의자에 몸을 맡기고 죽은 사람처럼 움직이지 않았다. 그렇게 담배 한 대 태울 시간이 지났을 즈음 합동수사본부에서 전화를 걸어왔다.

"장 장군님. MBC를 지키고 있는 수경사 병력을 우리 병력으로 바꾸겠습니다. 양해해주십시오."

장태완은 울화가 치밀었지만 이제 다 포기한 마당이었으므로 힘없이 대답해 주었다.

"마음대로 하시오."

그리고 전화기를 놓는데 옆방, 장군들이 모여 있던 사령관실에서 총성이 울렸다. 곧 문이 열리고 하소곤 육군본부 작전참모부장이 배를 움켜쥔 채 비틀거리며 들어왔다.

"이놈들이 날 쏜다. 이놈들이 날 쏘았어."

그리고는 시뻘건 피를 흘리며 바닥으로 풀썩 쓰러졌다. 장태완이 깜짝 놀라 일어서니 눈에 익은 수경사 헌병들이 M16 소총을 자신에게 겨누고 있었다.

수경사 헌병단 신윤희 중령은 자신의 상관인 장태완 사령관을 체포하라는 지시를 받고 죽기 아니면 살기식으로 마음의 준비를 마쳤다. 어차피 대세가 기울어진 마당에 명령을 따르지 않는다면 더 큰 화를 당할 것이 분명했다. 참모들도 자신에게 와서 사령관이 이성을 잃었다고 하소연을 하고 갔지 않은가. 그는 이것저것 생각할 겨를 없이 명령만 따르기로 했다.

신윤희는 작전 계획을 세우고 헌병단 1개 중대에서 고참 부사관을 중심으로 20명씩 차출하여 3개조를 편성했다. 사령부 1층, 2층, 3층에 각각 20명씩 배치하여 경계를 시키고, 자신과 정보과장, 중대장 2명, 부사관 2명이 사령관실로 들어가 체포하기로 하였다. 이런 계획을 듣고 정보과장은 걱정을 토로했다.

"사령부 본 건물에 지금 본부대 병력이 무장 경계 중이라 조심해야 됩니다."

신윤희 역시 그 점이 우려스럽긴 마찬가지였다.

"만약의 불상사가 없어야 되는데, 실수로 한 발이라도 발사되면 큰일이다. 하지만 내게 생각이 있으니 너무 걱정하지 마라."

준비를 마치고 헌병단 병력이 사령부 본관에 도착했다. 예상대로 많은 수의 무장병력이 경계하고 있는 중이었다. 신윤희는 큰소리를 질렀다.

"야, 여기 본부대장 어딨나?"

그러자 육사 24기로 소령 계급장을 단 본부대장이 달려왔다.

"무슨 일이십니까?"

그는 헌병단 신윤희 중령을 잘 알고 있는지라 공손하게 물었다.

"아직 소식 못 들었나? 내가 사령부 작전처에서 명령을 받았는데 지금부터 본관 경비를 우리 헌병이 맡으라고 한다. 그동안 본부대 행정 병력들이 경비하느라고 수고 많았다. 그만 철수하고 쉬어라."

신윤희는 거짓말을 둘러댔다. 그런데 본부대장은 뜻밖의 대답을 하였다.

"네, 연락받았습니다."

순간 신윤희는 일이 너무 쉽게 풀리는 것 같아 의심이 들었다. 연락을 받았다고? 혹시 이놈들이 다 알고 우리를 함정에 빠트리는 것 아닐까. 걱정이 되었지만 어찌 됐든 간에 여기서 물러설 수는 없었다. 길이 트이고 본부대 병력이 모두 철수하자 헌병들이 각 층을 경비하기 시작했다.

그런데 본부대장이 연락받았다고 한 말은 사실이었다. 신윤희가 헌병대를 이끌고 오기 직전, 수경사 상황실장으로 있는 김 중령이 '혹시 헌병들 오면 다 들여주고 길을 열어라.'고 지시했던 것이다. 그래서 신윤희 중령은 아무런 제지 없이 사령부 본관으로 들어설 수 있었다.

병력을 각 층마다 배치한 후에 신윤희는 곧바로 사령관실로 향했다. 사령관실 옆 부관실과 복도에 장군들을 모시고 온 부관들이 웅성거리고 있어 마치 장바닥을 연상케 했다. 신윤희는 부관들을 한쪽으로 몰아놓고 일을 시작해야 좋겠다는 생각이 들었다. 그는 선임하사에게 명령했다.

"이 중사, 이분들을 다 저쪽 방으로 안내해."

지시를 받은 이 중사가 부관들을 안내하여 거의 들여보냈을 즈음, 사령관실에서 갑작스런 소리가 들렸다.

"손들엇!"

신윤희 중령이 부관들을 정리한 후에 먼저 들어가려고 마음먹고 있었는데, 그 순간에 손발이 맞지 않아서 정보과장이 먼저 사령관실로 들어갔던 것이다. 손들라는 말에 한 장군이 권총을 빼려는 것처럼 허리춤으로 손을 가져갔다. 그리고 되레 헌병들을 나무랐다.

"야, 이놈들 봐라."

헌병대는 그걸 보고 이러다 맞겠다 싶어 위협사격을 했다.

"탕!"

마침 그때 접견실을 나오던 하소곤 장군이 옆구리에 총알을 맞고 말았다. 그는 배를 움켜쥐고 물러나 접견실 바닥으로 풀썩 쓰러졌다. 이것을 보고 장태완은 눈에 불이 붙어 사령관실로 뛰어들었다. 헌병단 신윤희 중령과 눈이 마주쳤다.

"야, 신 중령! 네가 나한테 이럴 수 있는 거야?"

"사령관님, 죄송합니다. 이제 국가의 명을 받고 사령관님을 모시겠습니다."

다른 장군들은 하소곤 장군이 쓰러지는 것을 보고 기가 눌렸는지 아무 말도 하지 못했다. 이미 모든 상황이 끝났다는 것을 실감하는 눈치였다.

장태완은 부하가 자신을 잡으러 왔다는 것이 어이없고 분해서 뭐라 말을 하고 싶은데 나오지 않았다. 그저 눈을 부릅뜨고 당장이라도 신윤희를 때려눕힐 것처럼 주먹을 쥐고 부르르 떨 뿐이었다. 신윤희는 사령관을 똑바로 바라보지 못하고 고개를 돌렸다. 장태완은 여기서 부하와 다투는 것은 우스운 꼴이 된다는 것을 알고 몸을 내맡겼다.

"알았다. 자, 가자."

신윤희는 장태완 사령관을 체포해서 헌병단 부단장실에 모셔놓고 합동수사본부에 보고했다.

"임무 완수했습니다."

"수고했어."

기념 촬영

  삼청동 총리공관에서 최규하 대통령은 도대체 군에서 무슨 일이 일어나는지 잘 알지 못한 상태로 국방장관만을 기다리고 있었다. 그는 어제저녁에 전두환이 한번 오고, 밤 9시쯤 여섯 명의 장성들이 와서 재가를 요청하고, 또 밤 11시쯤에도 왔었지만 국방장관 없이는 재가를 못한다고 버텼다. 그 후로는 재가를 요청하러 오지 않았다.
  그러나 전두환이 전화를 걸어와서 돌아가는 상황을 계속 이야기해 주었다. 들으면 들을수록 걱정이 태산 같았다.
  "각하, 이러다가는 정말 내란이 일어날지도 모릅니다. 제발 재가를 해주십시오."
  대통령 옆에서 전두환의 말을 듣고 있던 신현확 총리도 심상치 않음을 느꼈다. 그는 이곳저곳에 전화를 걸어 돌아가는 상황을 파악해 보았다.

"총리님, 몇 개 사단이 서울로 이동 중이라고 합니다. 앞으로 한두 시간만 지나면 내란이 발생하게 생겼습니다."

"그럼, 큰일 아니오."

"일단 노재현 국방장관을 찾아보겠습니다."

신 총리는 사방으로 수소문한 끝에 노재현 국방장관이 국방부에 있다는 것을 겨우 알게 되었다.

"장관, 지금 어딨소?"

"국방부에 이제 왔습니다."

"아니, 지금 상황이 매우 급박하게 돌아가고 있는데 장관은 그걸 알고 있소, 모르고 있소?"

신 총리가 따지듯 물었다.

"알고 있습니다."

"알고 있는데 왜 그러고 있는 거야? 대통령과 내가 여기 총리공관에 있으니까 빨리 오란 말이오."

"총리님, 그게. 못 가겠습니다."

신 총리는 국방장관의 말을 듣고 화가 치솟았다.

"왜 못 오겠다는 거야?"

"아, 지금 총격전이 벌어지고 여기저기 난리가 났는데, 그리고 지금 양측이 대치하고 있는 상황에서 어떻게 갑니까?"

"이 보오, 장관. 이 난국을 해결하자면 관계자들이 여기 다 모여 앉아서 의논해야 될 거 아니겠소. 그럼 당연히 와야지."

"못 가는 걸 어떻게 갑니까. 길목마다 대치하고 있는데 그걸 건너서 어떻게 갑니까. 저는 못 갑니다."

신현확 총리 옆에서 듣고 있던 최규하 대통령은 연신 헛기침을 하였다. 장관이 저렇게 못 오겠다고 버티니 참으로 난감한 지경이었다. 그렇게 전화를 끊고 또 전화하길 여러 차례, 그 와중에 전두환이 또 전화를 걸어왔다.

"각하, 이제 내란 상태를 막을 길이 어려워지겠습니다. 보안사령부에서 대전복對顚覆 임무를 수행 중입니다."

"절대로 우리끼리 무력 충돌이 일어나선 안 되니 그리 아시오."

신 총리는 똥줄이 타서 또 국방장관에게 전화했다.

"지금 누구누구와 있소?"

"예, 김종환 합참의장, 유병현 연합사 부사령관과 함께 있습니다."

"노 장관, 좋소. 만약 내가 가면 이리 오겠소? 나하고 같이 이리로 옵시다."

그제야 노재현 국방장관이 원하는 대답을 내놨다.

"총리님께서 오시면 같이 가겠습니다."

신현확은 국방장관을 데려온 후에, 대치하고 있는 양쪽을 다 불러 모아 상황을 해결하면 될 것으로 생각했다. 그것이 유일한 방법이라고 여겼다.

그러나 신현확 총리가 이희성 중앙정보부장서리를 데리고 국방부에 도착했을 때는, 이미 여기저기 유리창이 깨지고 한바탕 격전을 치른 후였다. 두 사람은 국방부 청사 구내방송을 하여 국방장관을 찾으라고 했다.

12월 13일 새벽 4시 10분경에 노재현 국방장관을 태운 차가 보안사령부에 도착했다. 전두환은 국방장관에게 어제저녁부터 지금까지 일어난 일에 대해 설명했다. 국방장관은 세 차례나 피신했었기 때문에 면목이 없어 아무 말도 하지 못하고 듣고만 있었다. 만약 총장공관에서 총성이 울렸을 때 자기가 몸을 숨기지 않고 의연하게 상황에 대처했더라면, 상황이 이렇게 꼬이지 않았을 것이란 후회가 밀려왔다. 아무리 전장을 누비고 다녔던 사람이라 할지라도 위기상황에 부딪혔을 때 평정심을 유지하기는 쉽지 않은 일이다. 오히려 누구보다 위험을 잘 알기 때문에 생명에 대한 집착이 크고, 더 큰 공포심을 가질 수도 있다. 그래서 본능적으로 피했던 것이다.

두 사람은 반 시간쯤 이야기를 나누고 국방장관 차를 타고 총리공관으로 떠났다. 국방장관의 얼굴을 보고 최규하 대통령이 반색하며 맞이했다.

"왜, 이제 오오?"

"각하, 죄송합니다."

최규하는 국방장관 옆에 서 있는 전두환을 보며 말했다.

"어제저녁부터 합동수사본부장이 와서 정승화 총장 연행에 대해 재가를 요청하는데."

"알고 있습니다. 각하, 정승화 총장은 박 대통령 시해사건과 연관되어 있습니다. 재가를 해주시지요."

노재현 국방장관이 말하자 최규하는 두말하지 않고 동의했다.

"알겠소. 관계 국무장관이 그렇게 말하니 재가하겠소."

드디어 12월 13일 새벽 5시 10분, 정승화 육군참모총장의 연행에 관한 재가가 이루어졌다. 상황이 완전히 종결된 것이다.

한편 이희성 중앙정보부장서리는 밤새도록 잠을 자지 못하고, 군의 대치 상황을 예의주시하며 무력충돌을 막기 위해 동분서주했다. 남산 중앙정보부장실에서 육군본부와 합동수사본부, 수도경비사령부와 30경비단 등에 전화하여 '어떤 일이 있어도 유혈충돌이 있어서는 안 된다.' 당부하느라고 정신이 없을 지경이었다.

그는 대통령의 재가가 이루어질 때 접견실 밖에서 기다리고 있었다. 대통령이 정승화 육군참모총장을 연행하고 수사하는 것을 재가하였으므로, 후임 참모총장 인선이 문제였다. 노재현 장관은 후임으로 이희성 중앙정보부장서리를 추천했다. 노재현 장관이 나오면서 밖에 있던 이희성에게 말했다.

"이 장군이 이제 총장이오."

뒤이어 나온 전두환은 이희성에게 고개를 숙였다. 그는 정승화 총장 연행에 관한 서류가 들어 있는 누런 봉투를 들고 보안사령부로 돌아갔다.

전두환은 보안사령관실에 앉아 있던 장군들 앞에 누런 봉투를 내려놓았다.

"이것이 각하께서 재가하신 서류입니다."

"오, 그래? 이게 뭐라고 그 난리를 쳤단 말인가."

"이미 모든 상황이 끝난 마당에 이까짓 재가 서류가 무슨 소용 있다고. 진작 재가하셨으면 이 소동을 겪을 필요 없었을 텐데."

환영하는 소리와 불만 섞인 투덜거림이 섞여 나왔다. 그걸 보고 전두환은 밝은 표정으로 말했다.

"그래도 사후 재가를 받았으니 잘된 일 아닙니까. 이제 사태를 원만히 수습해야지요. 그동안 군내에서 말썽을 일으켰던 사람들을 이참에 모두 정리하고 새 출발 해야겠습니다."

이들은 전부터 군의 단결을 저해하던 장군들과 이번 사태와 연관된 사람들을 추려냈다. 12일 밤 수경사령관실에 모였거나 합수부와 대결했던 사람들, 김재규와 정승화 인맥으로 분류되는 장군들이 대부분이었다. 그러나 윤성민 참모차장은 자리를 옮기고 유병현 한미연합사 부사령관은 오히려 영전했다. 유독 강경한 태도를 보였다고 판단되는 장태완, 정병주, 이건영, 문홍구, 하소곤 장군은 1천만 원씩 위로금을 받고 예편했다.

미국은 이번 일에 대해 상당한 불만을 갖고 있었다. 전방 사단을 움직이는 것은 미국 측의 동의가 필요한데, 아무런 통보도 없이 간밤에 군부대 이동이 이루어진 것은 잘못이라고 생각했기 때문이다.

황영시 장군은 광주에 있던 전투교육사령부 부사령관 김윤호 소장을 불러올렸다. 그는 주미대사관에서 무관으로 근무하여 미국 고위층과 친분이 있었고 영어가 유창했다.

김윤호는 13일 오전 10시에 미 대사관을 찾아가 글라이스틴 대사와 참모들에게 간밤에 있었던 사태에 대해 설명했다. 그 자리에서 글라이스틴 대사는 전두환을 군부 실권자로 생각하여 만나고 싶다는 뜻을 전했다.

김윤호 소장이 미 대사관으로 간 후에, 전두환은 보안사 요원들을 모두 강당으로 모았다.

"여러분 덕분에 어젯밤 생사를 넘나드는 큰 고비를 잘 넘겼다. 정 총장 연행 계획을 여러분 모두에게 알리지 않은 것은 보안 때문이었다. 수사는 기밀성과 신속성을 요한다는 것을 잘 알 것이다. 그래서 임무를 실천하는 요원들에게만 알린 것이니 잘 이해해 줄 것으로 믿는다. 앞으로 우리 합동수사본부에서 할 일이 적지 않을 것이다. 여러분에게 지금까지 해 온 것처럼 많은 협조를 부탁한다. 여러분 가운데 혹시 내가 정치에 욕심을 두고 있다고 생각하는 사람이 있을 수도 있는데, 이 자리에서 분명하게 말해 둔다. 난 정치에 관심 없고 하지도 않을 것이다. 다시 한번 여러분들의 노고에 감사를 드린다. 다들 한잠도 자지 못했을 테니 가서 휴식을 취하도록 하라."

사령관의 말에 보안사 요원들은 모두 환호성을 질렀다. 하지만 허화평 비서실장은 일이 잘 끝났다는 것이 믿기지 않았다. 서로 손잡고 어깨를 두드려 주는데도 그저 살았다는 안도감이 들 뿐이었다.

오후에 전두환은 통역 요원만 데리고 정동에 있는 미 대사관을 방문해서 글라이스틴 대사를 만났다. 관저에는 사납게 보이는 세퍼드 한 마리가 풀려 마음대로 돌아다녔고, 미군 경비병들이 탄 것으로 보이는 검은 색 밴 한 대가 대기하고 있어 위압감이 들었다.

전두환은 기세에 눌리지 않고 밤새 있었던 일을 설명했다.

"미국은 아직 케네디 대통령 암살 사건의 범인인 오스왈드의 배후를 규명하지 못하지 않았습니까. 왜 그랬을까요. 그건 수사기관이 눈치를 보았기 때문이라고 생각합니다. 우리도 마찬가지입니다. 박정희 대통령 암살에 연관되었다고 생각되는 사람들을 빠짐없이 수사해야 깨끗하게 끝나는 것입니다. 그런 점에서 시해 현장에 있었던 정승화 총장에 대한 연행이 불가피했다는 점 이해해 주시기 바랍니다."

"수사는 국내 사정이므로 우리가 관여할 일이 아닙니다. 다만, 전방 사단 이동에 관해서는 한미연합사의 동의가 있어야 한다는 점을 잘 아실 텐데, 왜 아무런 연락도 없이 부대를 이동시켰습니까?"

"그 부분에 대해서는 사과드립니다. 워낙 사태가 긴박하게 돌아가는 바람에 일일이 양해를 구하지 못했습니다. 그만큼 상황이 급박했습니다."

글라이스틴 대사는 불만족스러운 표정이었다.

"전 장군, 대한민국 국군의 분열은 북한으로부터 침공을 야기한다는 것을 잘 알아두시오. 우리 미국은 밤새 있었던 일에 대해 상당히 우려하고 있어요."

"그 점에 대해선 나도 유감으로 생각합니다."

"한국은 헌정질서를 유지하고 정치 자유화를 향해 진전을 이루어야 합니다. 이것이 중요해요. 그런 마당에 군부가 서로 충돌을 일으켰으니."

"잘 알고 있습니다. 어제 사건은 박 대통령 시해사건 조사를 위한 합법적 수사 기관의 노력을 이해하지 못하고 우연히 발생한 것입니다."

글라이스틴 대사는 알았다는 표정으로 고개를 끄덕였다.

"전 장군, 혹시 정치할 생각입니까?"

"아닙니다. 나는 정치에 대한 야심이 없고 최규하 대통령의 민주와 자유를 향한 계획을 지지하고 있습니다. 앞으로 있을 군부의 지휘구조 개편을 통해 한국군의 단결은 한층 강화될 것입니다."

두 사람의 대담이 이렇게 끝났지만, 위컴 사령관은 한국군의 독단적 군사 행동에 대한 불만의 표시로 전두환을 만나지 않았다. 어떻든, 미국에서 전두환을 군부의 실권자로 인식하고 있다는 것은 분명했다. 그는 자의든 타의든 간에 합동수사본부장으로 대통령 시해사건을 수사하는 과정에서 군부의 실력자가 되어 있었던 것이다. 정규 4년제 육사 출신 신군부의 리더 말이다.

12월 14일 오전, 보안사령관 접견실에 장군들이 모여 간담회를 갖고 있었다. 유학성, 차규헌, 황영시, 김윤호, 노태우, 최세창, 박준병 장군 등이었다. 그들은 12일 저녁부터 아찔했던 상황을 되짚어 보며 서로 수고했다고 격려해 주었다. 그러다가 파안대소하고 시종 화기애애한 분위기였다.

"우리가 구국의 결단을 한 것이지. 만약 내버려 뒀더라면 이 나라가 어떻게 되었겠소?"

"그러게 말이올시다. 저들이 정 총장을 연행했다고 해서 부대를 동원하고 대항한 것은 반란이나 다름없어요. 아무튼, 전 장군 공이 커."

"정말 국방장관과 대통령의 뜨뜻미지근했던 행동을 생각해 보면 지금도 울화통이 터질 지경이올시다. 앞으로 이 나라의 지도자는 남북이 대치하고 있는 상황을 감안하여, 군에 대해 잘 알고 위기대처능력이 있는 사람 아니면 안 되겠소."

세 명의 원로급 장군들이 한마디씩 했다. 주로 전두환을 추어주는 말이었다. 전두환은 그것이 부담스러운 눈치로 다른 사람에게 공을 돌렸다.

"아닙니다. 그날 노태우 장군이 29연대를 출동시켜 중앙청 일대를 점령하였기 때문에 시민들 불편이 없었던 거지요. 노 장군은 부대 출동 외에도 여러 곳에 전화를 걸고 물밑에서 한 일이 정말 많습니다. 그리고 박준병 20사단장도 우리를 많이 도와줬고, 여기 최세창 장군은 정병주 특전사령관 체포에 큰 공을 세웠지요. 만일 정 사령관을 제때 체포하지 못했더라면 9공수여단이 서울로 들어와서 정말 큰 충돌이 있을 뻔했습니다."

"허허, 물론 젊은 장군들이 힘을 많이 썼지만 우리들도 얼마나 마음 졸였는지 아는가? 황영시 장군이 예하 기갑여단과 사단을 출동시키고, 그날 밤 있는 인맥 없는 인맥 다 동원해서 수도권 지휘관들을 눌러 앉혔으니까."

"고맙습니다. 잘 알고 있습니다."

간담회가 끝나고 허화평 비서실장이 들어왔다.

"장군님들의 노고에 감사하는 마음으로 조촐한 파티를 준비했으니 한 분도 빠짐없이 식당으로 오시면 감사하겠습니다. 그전에 기념 촬영도 있습니다."

"암, 가야지."

장군들은 웅성거리며 계단을 내려갔다. 보안사 현관 측면에 의자가 놓여 있었다. 그들은 서로 자리를 양보하고 권하며 사진 찍을 준비를 했다.

앞줄에 이상규, 최세창, 박희도, 노태우, 전두환, 차규헌, 유학성, 황영시, 김윤호, 정호용, 김기택 장군 등이 앉고, 그 뒷줄에 박준병, 장기오, 우국일, 최예섭 장군, 그리고 맨 마지막 줄에 남웅종, 백운택 장군이 자리했다. 보안사의 대령과 중령급 장교들까지 모두 나와 포즈를 취했다. 전두환은 팔짱을 낀 차규헌 장군 옆에서 양손을 가지런히 모았고, 노태우는 주먹을 살짝 쥐고 양쪽 허벅지에 놓았다.

사진사는 카메라 뷰파인더를 통해 34명의 얼굴을 보았다. 하나같이 자신감과 포부에 가득 차 있었다. 잠시 후 사진사의 긴장한 목소리가 울려 퍼졌다.

"여기를 봐주십시오. 그럼 찍겠습니다. 하나 둘 셋!"

순간 세상이 정지된 것처럼 정적이 흘렀다. 맑은 하늘에 떠 있는 구름과 숲속에서 지저귀던 새들, 그리고 웅성거리던 사람들의 소리가 카메라 셔터 소리와 함께 일순간 정지되어 버렸다. 사진을 찍은 후에 아무도 움직이지 않았다.

그 고요함을 깬 사람은 전두환이었다. 자리를 털고 일어나서 파티를 주최한 사람답게 호기로운 목소리로 말했다.

"다들 수고하셨습니다. 이제부터 파티를 즐기시죠."

장성들은 전두환의 안내를 받아 식당으로 향했다. 그들의 웃음소리가 보안사를 가득 채우고 공중으로 흩어졌다

보안사 담 넘어 시내는 언제 무슨 일이 있었냐는 듯 아무런 동요 없이 평화롭게 보였다. 어제 출근길에 시민들은 중앙청 앞에 배치된 9사단 병력을 보고 깜짝 놀랐다. 그런데 퇴근할 때 보니 모두 사라지고 없었다. 밤사이 군부대끼리 벌인 충돌을 언론에서 알려주지 않았다면, 군이 무슨 훈련을 했나보다 생각할 정도로 시민들의 일상생활 영역 밖에서 벌어진 일이었다.

석간신문에 최규하 대통령이 몇 명의 장관을 바꾸었다는 조각組閣 기사도 별다른 관심을 끌지 못했고, 오히려 OECD와 IMF에서 내년 세계 경제는 저성장할 것이고 대량 실업사태가 예상된다고 발표한 것이 관심을 끌었다. 한국은행도 73년 석유 파동 뒤 최악의 경기 전망을 내놓고 있었다.

시민들의 관심은 정치보다 먹고 사는 경제에 있었다. 행여 직장에서 쫓겨나지나 않을까 걱정스러웠다. 시민들은 옷깃을 세우고 바쁘게 걸음을 재촉했다. 거리를 나뒹구는 신문쪼가리가 행인들의 발에 밟혀 찢어지고 더럽게 변했다. 어디선가 바람이 불어왔다. 12월 12일 사태를 전하는 신문은 검은 흙먼지를 뒤집어쓰고 한쪽 구석으로 밀려나고 말았다. 끝.

박이선 장편소설

그날 밤 합동수사본부

인쇄 2024년 9월 10일
발행 2024년 9월 20일

지은이 박이선
발행인 서정환
펴낸곳 신아출판사
주소 전북 전주시 완산구 공북 1길 16(태평동 251-30)
전화 (063) 275-4000 · 0484
팩스 (063) 274-3131
이메일 sina321@hanmail.net
출판등록 제465-1984-000004호
인쇄·제본 신아문예사

저작권자 ⓒ 2024, 박이선
이 책의 저작권은 저자에게 있습니다. 서면에 의한 저자의 허락없이 내용의 일부를 인용하거나 발췌하는 것을 금합니다.
COPYRIGHT ⓒ 2024, by Park Iseon
All right reserved including the rights of reproduction in whole or in part in any form.
잘못된 책은 바꿔 드립니다.

ISBN 979-11-94198-36-9 03810
값 17,000원

Printed in KOREA